2

*Raccolta di classici
a cura di Angela Cerinotti*

IL RITRATTO
DI DORIAN GRAY

di Oscar Wilde

Traduzione e presentazione
di Nicoletta Della Casa Porta

Titolo originale: *The Picture of Dorian Gray*
Copertina: Giulia Pianigiani

IL RITRATTO DI DORIAN GRAY
2ª edizione aprile 1995
© DEMETRA S.r.l.
Via del Lavoro, 52 - Loc. Ferlina
37012 Bussolengo (VR)
Tel. 045/6767222 - Fax 045/6767205

Oscar Wilde: la vita e le opere

1854

Oscar Fingal O'Flahertie Wills Wilde nasce a Dublino il 16 ottobre. Il padre William è il più celebre chirurgo della città, di fama europea. La madre, Jane Francesca Elgee, è giornalista e poetessa.

1864/1871

Segue il fratello maggiore Willie alla Portora Royal School. Avido lettore, è allievo pigro e per nulla dedito agli sport.

1871/1874

Vince una borsa di studio grazie alla quale entra al Trinity College di Dublino e ottiene poi l'ammissione a Oxford.

1874/1878

Magdalen College, Oxford: incontra due insegnanti che eserciteranno su di lui un'influenza duratura, John Ruskin e William Pater. Nel 1876 muore il padre. Si laurea a pieni voti e vince il premio Newdigate per la poesia.

1879

Giunge a Londra. Non passeggiò mai per Piccadilly reggendo un giglio o un girasole in mano, ma le sue pose influenzarono imitatori e seguaci del nuovo indirizzo "estetizzante". È ricevuto in società grazie alle straordinarie doti di conversatore.

1880

Rappresentazione a New York, per la durata di una settimana, di *Vera o il nichilista*.

1881

Pubblicazione, in luglio, della sua prima raccolta di versi: *Poems*.

1882

Per dar sollievo alle precarie condizioni finanziarie, parte per un giro di conferenze negli Stati Uniti.

1883

Viene respinto dall'attrice americana Mary Anderson, per cui era stato scritto il dramma *La duchessa di Padova*. Parte per un nuovo giro di conferenze nelle provincie inglesi.

1884

Di ritorno a Londra sposa Constance Mary Lloyd, irlandese. Nasceranno due figli: Ciryl (1885) e Vyvyan (1886).

1885

È critico letterario della "Pall Mall Gazette".

1887/1889

Dirige la rivista femminile "Woman's World".

1888

Pubblica *Il principe felice e altri racconti*. Ciascuna delle cinque novelle, tra cui *L'usignolo e la rosa* e *Il gigante egoista*, è in realtà un poema più che una fiaba o una favola in senso stretto.

1889

Il ritratto di Mr. W. H. appare sul "Blackwood's Magazine" nel mese di giugno. I *Sonetti* di Shakespeare ne sono l'argomento.

1891

Appaiono in successione il volumetto *Il delitto di Lord Arthur Savile* e altri quattro racconti, di cui il più celebre è *Il fantasma di Canterville*; *La casa dei melograni*, una raccolta di quattro novelle, le più note delle quali sono *Il giovane re* e *Il pescatore e la sua anima*; *La sfinge*, poema concepito ai tempi di Oxford; *Intentions*, quattro saggi di cui *La decadenza della menzogna* e *Il critico come artista* sono tra le sue opere migliori; infine *Il ritratto di Dorian Gray*. La stampa inglese lo condanna. In questo stesso anno gli viene presentato Lord Alfred Douglas, studente di Oxford, figlio del Marchese di Queensberry. Inizia con lui una relazione fatale.

1891/1892

Scrive *Il ventaglio di Lady Windermere*, definita da Wilde come «una di quelle moderne commedie da salotto con paralumi rosa». Rappresentata nel febbraio 1892, riscuote un enorme successo. Wilde si ritira a Parigi per scrivere, in francese, il dramma *Salomè*.

1892/1893

Scrive *Una donna di nessuna importanza*, commedia che ottiene uno strabiliante successo.

1895

Il 3 gennaio ha luogo la prima di *Un marito ideale*. G. B. Show, presente come critico, e tutto il pubblico ne sono entusiasti. Il 14 febbraio viene rappresentata per la prima volta *L'importanza di chiamarsi Ernesto*: ovazioni.

1895

Il Marchese di Queensberry, vivamente contrario all'amicizia del figlio con Wilde, dà inizio a una furiosa campagna contro l'artista che, condotto in tribunale agli inizi di marzo, subisce tre processi per sodomia. Il 26 maggio 1895 è condannato a due anni di lavori forzati. È recluso nel carcere di Wandsworth. Le sue condizioni di salute sono tali da consentire il trasferimento, il 13 novembre, nella prigione di Reading, considerata meno infame.

1895

A Reading trascorrerà un anno e mezzo. Scrive una lettera in prosa a Lord Alfred Douglas: *Epistula in Carcere et Vinculis*, pubblicata postuma nel 1905 con il titolo *De Profundis*.

1897

Il 9 maggio, alle sei del mattino, Oscar Wilde riacquista la libertà. Già a mezzogiorno è in partenza per Parigi.

1897/1900

Soggiorna per lo più a Parigi in stato di grande indigenza. La sua vena artistica è spenta. Nel periodo settembre-dicembre 1897 si reca a Napoli, dove soggiorna con Lord Douglas. In febbraio 1898 si pubblica a Londra *La ballata del carcere di Reading*. Sul lago di Ginevra sarà ospite di un amico nel mese di marzo. Tornato a Parigi vive quasi del tutto a spese del suo albergatore. Invitato, trascorre a Palermo, Napoli e Roma il mese di aprile 1900. Dopo il rientro a Parigi le sue condizioni di salute incominciano a peggiorare: operato a un orecchio, non si riprende più e muore, probabilmente di meningite, il 30 novembre 1900, assistito da qualche fedele amico.

Il peccato e la bellezza

Sostando un giorno del 1884 nello studio di un amico pittore ad Oscar Wilde si mozzò il fiato vedendo posare davanti al cavalletto un giovane modello dalle fattezze incantevoli. Disse: «Che peccato che una creatura di tale gloriosa bellezza un giorno debba cominciare a invecchiare!» Il pittore replicò: «Che delizia sarebbe se potesse rimanere sempre come ora, e al suo posto invecchiasse e appassisse il ritratto!» L'idea non si cancellò dalla mente di Wilde che, a distanza di sei anni, pubblicò un romanzo imperniato su un ritratto, uno dei più noti ritratti letterari della storia, quello di Dorian Gray. Già a cominciare dal nome non gli si può resistere, come ad Anna Karenina, o a Madame Bovary. Il suono del nome stesso incanta, conquista. E poi, a casa, il libro si divora. Che cosa si scoprirà del dipinto?

Dopo averci chiamato dentro le mura del romanzo, l'autore sembra socchiudere la porta di accesso all'interno del palazzo e concederci soltanto di spiare gli eventi che i tre personaggi motori dell'azione costruiscono, smantellano, subiscono, dalla soglia. Sulla quale il lettore rimarrà sempre. E quando la tensione si fa pressante, l'ambiente insolito che viene descritto dà sollievo. Sale, serre, giardini meravigliosi, argenti e fiori, rari ed esotici mobili, suppellettili, libri: tanti motivi di distrazione. Viene in aiuto anche un gruppetto di aristocratici, con le loro mode di abbigliamento e di discorso, sorretti sempre dal brillìo della battuta, strabilianti, se il lettore riuscisse a creder loro. Questo gioco a suo favore inganna: si intuisce che l'autore deve proteggere qualcuno, il protagonista infatti. Deve fornire al lettore le giuste soste, per dargli fiato prima o dopo che l'eroe, ineluttabilmente, si abbandoni al male.

Dallo studio del pittore visitato nel 1884 lo spunto nato dalla vista del giovane e bellissimo modello dà vita a Dorian Gray. Dorian è un giovane dalle fattezze rare che, grazie al desiderio intenso di mantenerle tali, che ha la forza di un incantesimo, riesce a trasferire il naturale processo di invecchiamento sulla tela del ritratto che un amico pittore ha fatto di lui. Ma l'invecchiamento fisico, che non deve apparire nella realtà, non è un processo solitario – il mito dell'eterna giovinezza – ma ad esso si accompagna, in un comune spostamento sulla tela, la turpitudine morale che si impossessa di Dorian. Wilde di nuovo lo protegge. Dorian, che cresce orfano e solo pur nel lusso di una ricca magione, allevato da un nonno che non lo ama, si imbatte in una ben più fatale sfortuna, che indossa i panni di Lord Henry Wotton, amico affettuoso, ma grande iniziatore al male. O forse Lord Henry non indica a Dorian la via proprio dall'inizio: meglio sarebbe dire che i due si incontrano a metà strada. Tuttavia Wilde insiste nell'avvolgere Henry nel manto del cattivo, dalla favella di miele, irresistibile. Tutto quello che di delittuoso Dorian indirettamente o direttamente commette trova l'incitamento, l'assoluzione e infine, quando l'allievo supera il maestro, l'ottusa incomprensione di Wotton.

Una morale inflessibile

Ma che cosa giustifica la mano assassina, il ricatto, il cinismo di Dorian e l'assenso del suo nobile amico, vale a dire qual è il pretesto per lo svolgersi del romanzo? Wilde vuole far nascere lo scandalo, nel tentativo di scuotere i suoi contemporanei, chiusi e superbamente paghi, all'apparenza, dei ferrei principi della società vittoriana di fine Ottocento, così falsa, e conservatrice di regole ormai solo formali e incapsulate.

Alla fine del XIX secolo la rigidità dei costumi, l'inflessibilità di una morale che sfociava ovviamente nell'ipocrisia, la concezione limitata dell'arte dopo la fine del Romanticismo che si era smarrito, vede sorgere un movimento estetizzante che, con il saggio *Il Rinascimento* di W. Pater, trova il suo avvio. Wilde vi si aggrappa avidamente e, se da un lato si associa ai suoi aspetti esteriori più scontati, con l'apprezzamento e l'abbandono a tutte le forme che l'arte può assumere, anche a quelle più ossessivamente minute, si conforma, con grande esuberanza, all'idea della passione come salvezza, della conoscenza che affranca lo spirito, del valore intrinseco dei sensi. I sette vizi capitali si trasformano, per bocca di Wilde, nelle sette virtù capitali.

L'arte e la natura

Nello sviluppo del racconto sembra regnare la funzione di un'arte tesa a sfidare anche la natura, ma che alla fine dalla natura stessa risulterà sconfitta. La funzione salvifica dell'opera d'arte, a cui, nell'occultamento, è affidato il compito di assorbire in sé il deterioramento dello splendore di Dorian, dovuto oltre che ai guasti degli anni a quelli apportati dal peccato, sembra reggere in un tempo limitato. Crollerà infine, all'improvviso, come una facciata *trompel'oeil*, cedendo alla natura che avrà il sopravvento, che reclamerà quello che è suo, e l'otterrà senza sforzo. Come risposta, un grido soltanto.

Wilde, che nel corso del suo romanzo si diletta quanto mai a creare dei personaggi dissacratori dei codici vittoriani, non regge fino in fondo, sembra ripensarci, si ritira, affidando alla morte la funzione purificatrice e ristabilizzatrice di una morale naturale ed eterna che impedisce la vittoria del male. Non fu creduto, fu condannato. I critici si accanirono contro di lui, identificandolo con un artista maledetto. Non capirono che lui stesso, scrivendo o dipingendo, rideva, con la sua famosa accattivante risata, facendosi ironicamente gioco dei suoi destinatari. Quelle indulgenze, per esempio, sulle fughe di Dorian, solo sussurrate, nei bassifondi. Quella capacità del giovane di contaminare nobildonne che, dopo averlo frequentato, non potevano che scegliere di morire in solitudine (nella villa di famiglia della Costa Azzurra). Quel gusto di rovinare gentiluomini, davanti ai quali sapeva spalancare abissi di perversione...

Ma quali? Forse gli abissi sognati e mai affrontati, non avendone il coraggio e la fantasia, dai suoi stessi censori? Che, colmi di rabbia e di aggressività, incolparono Oscar Wilde, spirito libero, della loro schiavitù al conformismo. Mentre vitalissimo è da anni il successo del romanzo, un classico minore, che i giovani e i meno giovani leggono con tanto interesse, ma senza alcun turbamento.

Prefazione

L'artista è il creatore di cose belle.
    Rivelare l'arte e nascondere l'artista è lo scopo dell'arte.
    Il critico è colui che sa tradurre in un'altra forma o in un nuovo contenuto la sua impressione delle cose belle.
    La più alta come la più meschina forma di critica è una sorta di autobiografia.
    Coloro che scoprono brutti significati nelle cose belle sono corrotti senza essere affascinanti. Questo è un errore.
    Coloro che scoprono bei significati nelle cose belle sono le persone colte. Per loro c'è speranza.
    Essi sono gli eletti per i quali le cose belle significano solo bellezza.
    L'odio del XIX secolo per il realismo è l'odio di Calibano che vede riflesso il proprio volto nello specchio.
    L'odio del XIX secolo per il romanticismo è l'odio di Calibano che non vede il proprio volto riflesso nello specchio.
    La vita morale dell'uomo fa parte della materia dell'artista, ma la moralità dell'arte consiste nell'uso perfetto di un mezzo imperfetto. Nessun artista desidera dimostrare alcunché. Anche la verità può essere dimostrata.
    Nessun artista ha intenti morali. L'intento morale nell'artista è un imperdonabile manierismo di stile.
    Nessun artista è mai morboso. L'artista può esprimere tutto.
    Il pensiero e il linguaggio sono per l'artista strumenti di un'arte.
    Il vizio e la virtù sono per l'artista soggetto di un'arte.
    Dal punto di vista formale, l'arte per eccellenza è l'arte del musicista. Dal punto di vista del sentimento, il modello è l'arte dell'attore.
    Ogni arte è contemporaneamente superficie e simbolo.
    Coloro che vanno oltre la superficie lo fanno a loro rischio.
    Coloro che leggono il simbolo lo fanno a loro rischio.
    In realtà l'arte rispecchia lo spettatore, non la vita.
    La diversità di opinione intorno a un'opera d'arte dimostra che l'opera è nuova, complessa, vitale.
    Quando i critici discordano, l'artista è d'accordo con se stesso.
    Possiamo perdonare a un uomo di aver fatto una cosa utile fin tanto che non inizia ad ammirarla. L'unica scusa per aver fatto una cosa inutile è l'ammirarla intensamente.
    Tutta l'arte è completamente inutile.

1

Lo studio era impregnato dal profumo intenso delle rose e quando il leggero vento estivo frusciava tra gli alberi del giardino, dalla porta spalancata entrava il profumo denso dei lillà o quello più delicato dei fiori rosa dell'eglantina. Dall'angolo del divano, composto da coprisella pervenuti dalla Persia, su cui stava sdraiato, fumando com'era sua abitudine innumerevoli sigarette, Lord Henry Wotton riusciva appena a cogliere lo splendore dei bocciuoli di un liburno del colore e della dolcezza del miele, i cui tremuli rami sembravano sostenere a stento il peso della loro stessa fiammeggiante bellezza. Di tanto in tanto ombre fantastiche di uccelli in volo sfrecciavano contro le lunghe tende di seta grezza che scendevano dall'enorme finestra, producendo un fuggevole effetto giapponese che gli faceva pensare ai pittori di Tokyo dai pallidi visi di giada, i quali, per mezzo di un'arte che è di necessità immobile, cercano di comunicare il senso della velocità e del moto. L'ovattato ronzio delle api che vibravano nell'erba alta non falciata, o si muovevano in cerchio con monotona insistenza intorno agli stami polverosi e dorati del caprifoglio sparso, sembravano rendere ancora più opprimente l'immobile atmosfera. Il frastuono di Londra che giungeva smorzato assomigliava alle note basse di un organo distante. Al centro della stanza, fissato in posizione verticale a un cavalletto, stava il ritratto a figura intera di un giovane di straordinaria bellezza, di fronte al quale, poco lontano, sedeva l'artista stesso, Basil Hallward, la cui improvvisa scomparsa, alcuni anni prima, aveva sollevato un grande scalpore tra la gente e dato origine alle più strane congetture.

Mentre il pittore guardava la forma così bella e avvenente, che con tanta abilità aveva saputo far rivivere nella sua arte, un sorriso compiaciuto gli attraversò il volto e, per un istante, sembrò indugiarvi. Ma all'improvviso si alzò e, chiudendo gli occhi, posò le dita sulle palpebre, quasi volesse imprigionare nella mente uno strano sogno da cui temeva di risvegliarsi.

«È la tua opera migliore, Basil, la cosa migliore che tu abbia mai fatto,» disse Lord Henry languidamente. «L'anno prossimo devi esporla assolutamente alla Grosvenor. L'Accademia è troppo grande e troppo volgare. Tutte le volte che ci sono andato c'era così tanta gente che non sono riuscito a vedere i quadri, il che è terribile, o così tanti quadri che non sono riuscito a vedere la gente, il che è ancora peggio. Davvero, la Grosvenor è l'unico posto adatto.»

«Credo che non lo esporrò da nessuna parte,» rispose il pittore, gettando all'indietro il capo in quel suo strano modo che suscitava le risa dei suoi compagni fin dai tempi di Oxford. «No: non lo esporrò da nessuna parte.»

Lord Henry alzò le sopracciglia e lo guardò pieno di stupore attraverso le esili spirali di fumo azzurrino che si levavano in ghirigori fantastici dalla sigaretta dal forte sentore di oppio. «Non lo esporrai caro amico, perché? Hai qualche buona ragione? Che tipi strani siete voi pittori! Fate qualsiasi cosa pur di ottenere una buona reputazione. Quando poi l'avete ottenuta, sembra che vogliate sbarazzarvene. È molto sciocco da parte vostra, poiché c'è una sola cosa al mondo peggiore del far parlare da sé, ed è il non far parlare di sé. Un ritratto come questo ti innalzerebbe al di sopra di qualsiasi altro giovane inglese e renderebbe gelosi i vecchi, se i vecchi sono ancora capaci di emozioni.»

«So che riderai di me,» replicò «ma proprio non posso esporlo. Vi ho messo troppo di me stesso.»

Lord Henry si allungò sul divano e rise.

«Sì, sapevo che avresti riso; comunque, è proprio vero.»

«Troppo di te stesso! Parola mia, Basil, non sapevo che fossi così vanitoso; a dire il vero io non vedo nessuna somiglianza tra il tuo viso forte e segnato, i tuoi capelli neri come il carbone e questo giovane Adone, che sembra esser fatto di avorio e petali di rosa. Infatti, mio caro Basil, lui è Narciso, mentre tu – certamente hai l'espressione di un intellettuale e tutto il resto – ma la bellezza, la vera bellezza finisce dove incomincia un'espressione intelligente. L'intelletto è di per sé una forma di esagerazione e distrugge l'armonia di qualsiasi volto. Nel momento in cui uno si siede per pensare, diventa tutto naso, o fronte, o qualcos'altro di orribile. Guarda gli uomini che hanno avuto successo in tutte le professioni dotte: sono decisamente orribili! Eccetto, naturalmente gli uomini della Chiesa. Ma, si sa, quelli della Chiesa non pensano. Un vescovo continua a ripetere all'età di ottant'anni ciò che gli fu detto quand'era un ragazzo di diciotto, e, di conseguenza, è naturale che mantenga sempre un aspetto assolutamente delizioso. Il tuo giovane e misterioso amico, di cui mi hai sempre taciuto il nome, ma il cui ritratto realmente mi incanta, non pensa mai. Ne sono del tutto sicuro. È una creatura bella e senza cervello, che dovrebbe essere sempre presente d'inverno quando non abbiamo fiori da guardare, come pure d'estate quando ci serve qualcosa che ci rinfreschi la mente. Non lusingarti, Basil: non gli somigli minimamente.»

«Tu non mi capisci, Harry,» rispose l'artista. «È vero che non gli assomiglio. Lo so benissimo. Anzi, mi dispiacerebbe assomigliargli. Scuoti le spalle? Ti sto dicendo la verità. C'è un destino fatale intorno alla distinzione fisica e intellettuale, quella stessa fatalità che, nella storia, sembra perseguitare i passi incerti dei re. È preferibile non essere diversi dal nostro prossimo. I brutti e gli stupidi hanno la meglio in questo mondo. Se ne stanno seduti a loro agio e si godono lo spettacolo a bocca aperta. Se non conoscono la vittoria, almeno è risparmiato loro il sapore della sconfitta. Vivono come tutti noi dovremmo vivere, indisturbati, indifferenti e senza inquietudini. Non sono causa di rovina per gli altri, né la ricevono da mani sconosciute. Per te il rango e la ricchezza, Harry; per me l'intelligenza – per quella che è – e la mia arte – per quel poco che vale –; per Dorian Gray la bellezza: tutti noi soffriremo terribilmente per questi doni che gli dei ci hanno elargito.»

«Dorian Gray? Si chiama così?» chiese Lord Henry, dirigendosi verso Basil Hallward.

«Sì, si chiama così. Non avevo intenzione di dirtelo.»

«Perché no?»

«Oh, non so spiegarlo. Quando una persona mi piace moltissimo non dico a nessuno il suo nome. È come cederne una parte. Comincio ad amare la segretezza. Sembra che sia l'unico mezzo che possa rendere la vita moderna misteriosa e meravigliosa. La cosa più comune diventa deliziosa solo se la si nasconde. Quando devo partire non dico mai ai miei dove vado. Se lo facessi, perderei tutto il piacere. È una stupida abitudine, certo, ma in qualche modo sembra che porti un'atmosfera da romanzo nella mia vita. Suppongo che per questa ragione tu mi ritenga assolutamente sciocco.»

«Niente affatto,» rispose Lord Henry, «niente affatto, mio caro Basil. Non dimenticare che sono sposato, e che parte del fascino del matrimonio è quello di rendere del tutto indispensabile l'inganno a entrambi i coniugi. Io non so mai dove sia mia moglie e mia moglie non sa mai che cosa io stia facendo. Quando ci vediamo – e ci vediamo solo occasionalmente, quando usciamo a cena, oppure siamo ospiti dal duca – ci raccontiamo reciprocamente le più incredibili bugie con l'espressione più seria. Mia moglie è bravissima a farlo – molto più brava di me in verità. Non si confonde mai con gli appuntamenti, al contrario di me. Ma quando mi scopre, non fa mai scenate. A volte vorrei che ne facesse, ma si limita soltanto a ridere di me.»

«Non supporto il modo con cui parli del tuo matrimonio, Harry,» disse Basil Hallward, muovendosi verso la porta che conduceva in giardino. «Credo che tu sia un bravissimo marito, ma che ti vergogni profondamente delle tue virtù. Sei un tipo straordinario. Non dici mai una cosa che sia morale, ma non fai mai un errore. Il tuo cinismo è solo una posa.»

«La naturalezza è semplicemente una posa, ed è la più irritante di tutte,» esclamò Lord Henry, ridendo. I due giovani uscirono insieme nel giardino e si accomodarono su un lungo sedile di bambù posto all'ombra di un alto cespuglio di alloro. Il sole scivolava sulle lucide foglie e nell'erba le margherite bianche sembravano tremare.

Dopo una pausa, Lord Henry estrasse l'orologio. «Temo che sia ora di andare, Basil,» mormorò, «e, prima di andare, vorrei proprio che tu rispondessi a una domanda che ti ho fatto tempo fa.»

«Quale domanda?» disse il pittore con lo sguardo fisso al suolo.

«Lo sai benissimo.»

«No, Harry.»

«Allora te la ripeterò. Voglio che tu mi spieghi perché non vuoi esporre il ritratto di Dorian Gray. Voglio la verità.»

«Te l'ho detta.»

«No. Hai detto che dipendeva dal fatto che c'era nel ritratto troppo di te. Ora, questo è infantile.»

«Harry,» disse Basil Hallward, guardandolo negli occhi, «ogni ritratto dipinto con sentimento è il ritratto dell'artista, non del modello. Il modello è solo il pretesto, l'occasione. Non è lui che il pittore rivela, è piuttosto il pittore che, sulla tela colorata, rivela se stesso. La ragione per cui non esporrò il quadro è che temo di avervi mostrato il segreto della mia anima.»

Lord Henry rise. «E quale sarebbe?» chiese.

«Te lo dirò,» disse Hallward, ma un'espressione di perplessità gli attraversò il viso.

«Mi fai incuriosire, Basil,» continuò il compagno, lanciandogli uno sguardo.

«Oh, a dire il vero c'è poco da dire, Harry,» rispose il pittore; «e poi temo che lo capirai a fatica. Forse non lo crederai nemmeno.»

Lord Henry sorrise e, chinandosi sul prato, colse una margherita dai petali rosa e la esaminò. «Sono sicuro che lo capirò,» replicò, osservando con attenzione il piccolo disco d'oro dalla bianca corolla di piume «e quanto poi a credere alle cose, io sono pronto a credere ogni cosa, basta che sia del tutto incredibile.»

Il vento scosse alcuni boccioli dagli alberi e i pesanti fiori di lillà, come mazzi di stelle, oscillarono nell'aria struggente. Una cavalletta incominciò a ronzare sotto il muro e una libellula, dal corpo lungo e sottile, fluttuò nell'aria come un filo azzurrino su ali di bronzea garza. A Lord Henry parve quasi di sentir battere il cuore di Basil Hallward e si chiese che cosa sarebbe avvenuto.

«La storia è semplicemente questa,» disse dopo un certo tempo il pittore. «Due mesi fa andai a un ricevimento da Lady Brandon. Sai che noi poveri artisti di tanto in tanto dobbiamo farci vedere in società, solo per ricordare al pubblico che non siamo dei selvaggi. Con un abito da sera e una cravatta bianca – sei stato tu a dirmelo una volta – tutti, perfino un agente di cambio, possono guadagnarsi la reputazione di esseri civili. Bene, dopo che mi trovavo nella sala da circa dieci minuti, a parlare con vedove di rango troppo abbigliate e con accademici noiosi, improvvisamente avvertii che qualcuno mi stava fissando. Mi voltai e vidi Dorian Gray per la prima volta. Quando i nostri occhi si incontrarono, mi sentii impallidire. Una strana sensazione di terrore mi assalì. Seppi di essere faccia a faccia con qualcuno il cui semplice fascino era tale, se io l'avessi consentito, da assorbire la mia intera natura, la mia anima, la mia stessa arte. Non volevo alcuna influenza esterna sulla mia vita. Anche tu sai, Harry, come io sia indipendente per natura. Sono sempre stato padrone di me stesso, o, almeno, lo sono stato finché non ho incontrato Dorian Gray. E poi... ma non so come spiegartelo. Qualche cosa sembrò avvertirmi che ero sull'orlo di una terribile crisi. Ebbi la strana sensazione che il destino avesse in serbo per me gioie squisite e squisite sofferenze. Ebbi paura e mi voltai per lasciare la stanza. Non fu la coscienza che mi spinse a farlo, fu una specie di viltà, invece. Non mi vanto di aver cercato di fuggire.»

«La coscienza e la viltà sono in realtà la stessa cosa, Basil. Coscienza è semplicemente il marchio di fabbrica della ditta, nient'altro.»

«Non lo credo, Harry, e neppure tu, penso. Tuttavia, qualunque sia stata la ragione – forse è stato l'orgoglio, poiché sono sempre stato orgoglioso – è certo che cercai di guadagnare l'uscita. Lì, naturalmente, inciampai in Lady Brandon. "Non avrà intenzione di andarsene così presto, Hallward?" esclamò. Conosci quella sua voce così stridula?»

«Sì, assomiglia in tutto a un pavone, eccetto che per la bellezza,» disse Lord Henry riducendo a pezzetti la margherita con le dita lunghe e nervose.

«Non potei liberarmi di lei. Mi presentò ad Altezze reali, a persone decorate con Stelle e Giarrettiere, ad anziane signore con giganteschi diademi e nasi da pappagallo. Parlava di me come del suo più caro amico. L'avevo incontrata una sola volta, ma si mise in testa di esibirmi. Penso che qualche mio quadro avesse avuto un grande successo in quel periodo, o almeno se ne era parlato sulla stampa popolare che, nel XIX secolo, distribuisce l'immortalità. Improvvisamente mi trovai di fronte il giovane il cui fascino mi aveva così stranamente colpito. Eravamo vicinissimi, quasi ci toccavamo. I nostri occhi si incontrarono di nuovo. Fui sprovveduto, ma chiesi a

Lady Brandon di presentarci. Forse non fui sprovveduto, dopo tutto. Era semplicemente inevitabile. Pur senza una presentazione, ci saremmo parlati. Ne sono sicuro. In seguito Dorian me lo disse. Anch'egli sentì che eravamo destinati a conoscerci.»

«E che cosa ti disse Lady Brandon di questo giovane meraviglioso?» chiese l'amico. «So che le piace fare un rapido riassunto della vita di tutti i suoi ospiti. Ricordo che una volta mi presentò ad un vecchio gentiluomo truculento e rosso in viso, coperto di nastri e decorazioni dalla testa ai piedi, di cui mi sibilò nell'orecchio, con un tragico sussurro che devono aver udito tutti coloro che erano nella sala, i particolari più sorprendenti. Semplicemente fuggii. Amo scoprire le persone per conto mio. Ma Lady Brandon tratta i suoi amici esattamente come un battitore d'asta tratta gli oggetti da piazzare. Li descrive in tutti i dettagli, oppure racconta di loro tutto quanto, eccetto quello che si desidererebbe sapere.»

«Povera Lady Brandon! Sei duro con lei, Harry!» disse Hallward distrattamente.

«Mio caro, ha tentato di fondare un salotto, ma è solo riuscita a far funzionare la sua casa come un ristorante. Come potrei provare ammirazione per lei? Ma dimmi, che cosa ha detto di Dorian Gray?»

«Oh, qualche cosa come "Un ragazzo affascinante – la sua povera mamma e io assolutamente inseparabili... Non ricordo affatto che cosa faccia... temo che... non faccia nulla... oh, sì, suona il piano... o è forse il violino, mio caro Gray?" Entrambi non potemmo fare a meno di ridere, e diventammo immediatamente amici.»

«Una risata non è affatto un cattivo modo per iniziare un'amicizia, ed è senz'altro il migliore per finirla,» disse il giovane Lord, cogliendo un'altra margherita.

Hallward scosse il capo. «Tu non sai che cosa sia l'amicizia, Harry,» mormorò – «né che cosa sia l'inimicizia, del resto. A te piace chiunque, il che significa che tutti ti sono indifferenti.»

«È terribilmente ingiusto da parte tua!» esclamò Lord Henry, rovesciando all'indietro il cappello e guardando all'insù verso le piccole nuvole candide che, come intricate matasse di seta bianca, veleggiavano nell'incavo turchese del cielo estivo. «Sì, terribilmente ingiusto da parte tua. Io faccio molte differenze tra le persone. Scelgo i miei amici per la bellezza, i conoscenti per il buon carattere e i nemici per l'intelligenza. Non si è mai troppo attenti nella scelta dei propri nemici. Nessuno dei miei è uno sciocco. Sono tutte persone di una certa forza intellettuale e, di conseguenza, tutti loro mi apprezzano. È molto vanitoso da parte mia? Penso proprio di sì.»

«Non posso non essere d'accordo, Harry. Ma secondo le tue categorie io devo essere un semplice conoscente.»

«Mio caro vecchio Basil, tu sei molto di più di una conoscenza.»

«E molto meno di un amico. Una specie di fratello, suppongo?»

«Oh, i fratelli! A me non interessano i fratelli. Mio fratello maggiore non vuole morire, mentre i miei fratelli minori sembrano non fare altro.»

«Harry!» esclamò Hallward, corrugando la fronte.

«Mio caro, dico sul serio. Ma non posso fare a meno di detestare i miei parenti. Suppongo derivi dal fatto che nessuno di noi riesce a sopportare chi ha i nostri stessi difetti. Ho molta simpatia per la rabbia della democrazia inglese verso ciò che chiamano i vizi delle classi alte. Le masse pensano che l'ubriachezza, la stupidità e l'immoralità debbano essere loro proprietà privata, e che se uno di noi si rende ridicolo è come se andasse a caccia di frodo nelle loro riserve. Quando il povero Southwark si presentò al tribunale dei divorzi, l'indignazione della plebe fu davvero grandiosa. Eppure non credo che il dieci per cento del proletariato viva onestamente.»

«Non sono d'accordo con una sola parola di ciò che hai detto, e, inoltre, Harry, sono sicuro che neppure tu lo sei.»

Lord Henry si accarezzò la scura barba appuntita e diede un colpetto alla scarpa di vernice con il bastone di ebano da cui pendeva un fiocco. «Come sei inglese, Basil! È la seconda volta che fai la stessa osservazione. Se si esprime un'opinione a un vero inglese – cosa sempre imprudente – costui non si sogna nemmeno di considerare se l'idea è giusta o sbagliata. L'unica cosa che considera importante è se chi l'ha espressa ci crede personalmente. Ora, il valore dell'idea non ha proprio nulla a che fare con la sincerità di chi la espone. Anzi, è molto più probabile che, quanto meno uno è sincero tanto più intellettualmente limpida sarà l'idea, poiché, in questo caso, non sarà contagiata dalle sue necessità, desideri o pregiudizi. Tuttavia non intendo discutere di politica, sociologia o metafisica con te. Mi piacciono le persone più dei princìpi, e, più di ogni altra cosa al mondo, mi piacciono le persone senza princìpi. Dimmi qualche cosa d'altro di Dorian Gray. Lo vedi spesso?»

«Ogni giorno. Non sarei felice se non lo vedessi ogni giorno. Mi è assolutamente necessario.»

«Ma è straordinario! Pensavo che ti interessasse soltanto la tua arte.»

«Ora lui è per me tutta la mia arte» rispose gravemente il pittore. «A volte penso, Harry, che ci siano soltanto due momenti importanti nella storia del mondo. Il primo, quando appare un nuovo mezzo artistico; il secondo, quando appare una nuova personalità artistica. Ciò che per i veneziani fu l'invenzione della pittura a olio e per la tarda scultura greca fu il volto di Antinoo, un giorno sarà per me il volto di Dorian Gray. Non è solo perché dipingo, disegno, faccio schizzi ispirandomi a lui. Naturalmente ho fatto tutto ciò. Ma lui per me è molto di più di un modello o di un soggetto. Non ti dirò che non sono soddisfatto di quello che ho fatto di lui, o che la sua bellezza è tale che l'arte non può esprimerla. Non c'è nulla che l'arte non sia in grado di esprimere e io so che ciò che ho fatto da quando ho conosciuto Dorian Gray è un buon lavoro, il miglior lavoro della mia vita. Ma stranamente – e mi chiedo se mi capirai – la sua personalità mi ha suggerito un nuovo modo, uno stile interamente nuovo. Vedo le cose diversamente e le penso diversamente. Ora so ricreare la vita in un modo che prima mi era ignoto. "Un sogno di forma in giorni di pensiero": chi lo ha detto? non lo ricordo; ma è ciò che Dorian Gray ha significato per me. Solo la presenza viva di questo ragazzo – poiché mi sembra poco più di un ragazzo, anche se ha più di vent'anni – solo la sua viva presenza... ah! capirai mai quello che vuol dire? Inconsciamente lui mi delinea una nuova scuola, una scuola che dovrà avere in sé tutta la passione dello spirito romantico, tutta la perfezione dello spirito greco. L'armonia dell'anima e del corpo: pensa! Noi, nella nostra follia, li abbiamo separati, e abbiamo inventato un realismo volgare, un idealismo vuoto. Harry! Se tu solo sapessi che cosa significa per me Dorian Gray! Ricordi quel mio paesaggio, per il quale Agnew mi aveva offerto una somma altissima, ma da cui non volli separarmi? È una delle mie migliori opere. E perché? Perché, mentre la stavo dipingendo, Dorian era seduto accanto a me. Qualche sottile influenza passava da lui a me, e per la prima volta in vita mia ho visto nel bosco la meraviglia che avevo sempre cercato e che mi era sempre sfuggita.»

«Basil, è straordinario! Devo vedere Dorian Gray.»

Hallward si alzò e camminò avanti e indietro per il giardino. «Harry,» disse «Dorian Gray è per me un semplice spunto artistico. Tu potresti non veder nulla in lui, mentre io ci vedo tutto. Non è mai così presente nella mia opera come quando non vi appare nessuna immagine di lui. È uno stimolo, come ho detto, per un nuovo stile. Lo ritrovo nelle curve di certi tratti, nella grazia e sottigliezza di certi colori. Tutto qui.»

«E allora, perché non vuoi esporre il suo ritratto?» chiese Lord Henry.

«Perché, senza volerlo, vi ho messo qualche espressione di questa mia idolatria artistica, della quale, naturalmente, non gli ho mai parlato. Lui non ne sa nulla. Né lo saprà mai. Ma il mondo potrebbe indovinarla; e io non metterò a nudo la mia anima davanti agli occhi superficiali e indagatori del mondo. Il mio cuore non sarà mai esposto sotto quel microscopio. C'è troppo di me in quel dipinto, Harry - troppo di me.»

«I poeti non sono scrupolosi come te. Sanno quanto utile sia la passione per poter pubblicare. Oggi, con un cuore infranto, si raggiungono un mucchio di edizioni.»

«Li odio per questo,» esclamò Hallward. «Un artista dovrebbe creare cose belle, ma non dovrebbe metterci nulla della propria anima. Viviamo in un'età in cui si tratta l'arte come se fosse una specie di autobiografia. Abbiamo perduto il senso della bellezza astratta. Un giorno mostrerò al mondo che cosa è; e per questo motivo il mondo non vedrà mai il mio ritratto di Dorian Gray.»

«Penso che tu abbia torto, Basil, ma non discuterò con te. Sono solo coloro che hanno perso l'intelletto che discutono sempre. Dimmi, Dorian Gray ti è molto affezionato?»

Il pittore rifletté per qualche istante. «Gli piaccio,» rispose dopo una pausa, «so che gli piaccio. Naturalmente io lo adulo spaventosamente. Provo uno strano piacere nel dirgli cose che so che mi pentirò di avergli detto. Di regola, è gentilissimo con me; ce ne stiamo seduti nel mio studio e parliamo di mille cose. Di tanto in tanto, tuttavia, è terribilmente sconsiderato e sembra divertirsi nel farmi soffrire. In quei momenti, Harry, mi sembra di aver donato tutta la mia anima a qualcuno che la tratta come se fosse un fiore da mettere all'occhiello, una piccola decorazione per soddisfare la sua vanità, l'ornamento di un giorno d'estate.»

«I giorni estivi, Basil, indugiano,» mormorò Lord Henry. «Forse ti stancherai tu prima di lui. È triste dirlo, ma indubbiamente il genio dura più della bellezza. Perciò noi tutti ci diamo un gran daffare per istruirci al massimo. Nella lotta selvaggia per l'esistenza, vogliamo avere qualcosa che ci rimanga a lungo e riempiamo la mente di cose inutili e di fatti nella vana speranza di mantenere il nostro posto. L'uomo informato di tutto: questo è l'ideale moderno. E la mente dell'uomo informato di tutto è una cosa spaventosa. È come il negozio di un rigattiere, coperto di polvere e pieno di mostruosità, dove ogni cosa ha un prezzo più alto del suo valore. Penso comunque che sarai tu il primo a stancarti. Un giorno guarderai il tuo amico e ti sembrerà un po' sfocato, o non ti piacerà il tono del suo colore, o qualcosa d'altro. Lo rimprovererai amaramente nel tuo cuore e con tutta serietà penserai che si è comportato molto male nei tuoi confronti. La prima volta che verrà a farti visita, lo tratterai freddamente e con indifferenza. Sarà un gran peccato, perché tu non sarai più la stessa persona. Quello che mi hai raccontato è un vero romanzo, lo si potrebbe chiamare un romanzo d'arte, e la cosa peggiore quando si vive un romanzo di qualsiasi tipo è che lascia privi di ogni sentimento romantico.»

«Harry, non parlare così. Finché vivrò sarò dominato dalla personalità di Dorian Gray. Non puoi sentire ciò che sento io. Tu cambi troppo spesso.»

«Mio caro Basil, proprio per questo posso sentirlo. Le persone fedeli conoscono soltanto il lato più insignificante dell'amore: solo le persone infedeli ne conoscono le tragedie.» E Lord Henry accese un fiammifero sfregandolo su una scatoletta d'argento di squisita fattura, e cominciò a fumare una sigaretta con aria imbarazzata e nello stesso tempo soddisfatta, come se avesse riassunto il mondo in un'unica frase. Tra le foglie come laccate dell'edera ci fu un trapestio di passeri cinguettanti, mentre le ombre blu delle nuvole si inseguivano sull'erba come rondini. Com'era piacevole stare in giardino! E com'erano deliziose le emozioni altrui! Assai più deliziose, gli sembrò, delle idee. Le cose affascinanti della vita erano la propria anima e le passioni di un amico. Si raffigurò, divertendosi tra sé e sé, quella noiosissima colazione cui aveva mancato, trattenendosi più del previsto con Basil Hallward. Se fosse andato da sua zia, avrebbe di certo incontrato Lord Goodbody e tutta la conversazione si sarebbe dilungata esclusivamente su come nutrire i poveri e sulla necessità di dormitori modello. I rappresentanti di ciascuna classe avrebbero predicato l'importanza di quelle virtù che, in vita loro, non avevano alcun bisogno di esercitare. I ricchi avrebbero sottolineato l'importanza della parsimonia, gli oziosi avrebbero parlato con eloquenza della dignità del lavoro. Era una gioia essere sfuggiti a tutte queste chiacchiere! Mentre pensava a sua zia, un'idea lo colpì. Si rivolse a Hallward, dicendogli: «Mio caro amico, adesso mi ricordo.»

«Che cosa ricordi, Harry?»

«Dove ho sentito il nome di Dorian Gray.»

«E dove?» chiese Hallward, leggermente accigliato.

«Non fare quella faccia arrabbiata, Basil. È stato da mia zia, Lady Agatha. Mi disse di aver scoperto un giovane meraviglioso che l'avrebbe aiutata nell'East End e che si chiamava Dorian Gray. Devo riconoscere che non mi ha mai detto che era bello. Le donne non sanno apprezzare la bellezza, le brave donne, almeno. Mi disse solo che era serio e che aveva un ottimo carattere. Immediatamente ho immaginato qualcuno con gli occhiali e i capelli lunghi, orribilmente coperto di lentiggini e goffamente sorretto da due piedoni. Vorrei aver saputo che si trattava del tuo amico.»

«Sono contentissimo che tu non l'abbia saputo, Harry.»
«Perché?»
«Non voglio che tu lo conosca.»
«Non vuoi che io lo conosca?»
«No.»
«Il signor Dorian Gray è nello studio, signore,» disse il maggiordomo, varcando la soglia del giardino.
«Ora dovrai presentarmi,» esclamò ridendo Lord Henry.
Il pittore si rivolse al domestico che, immobile, batteva le ciglia per difendersi dalla luce del sole. «Chiedi al signor Gray di attendere, Parker: lo raggiungerò tra un istante.» L'uomo si inchinò e ritornò sui suoi passi.
Basil Hallward guardò Lord Henry. «Dorian Gray è il mio più caro amico,» disse. «Ha una natura semplice e bella. Quello che tua zia ha detto di lui è giustissimo. Non rovinarlo. Non cercare di influenzarlo. La tua influenza sarebbe nociva. Il mondo è grande e in esso ci sono molte persone meravigliose. Non allontanare da me l'unica persona che dà alla mia arte il fascino che possiede; la mia vita di artista dipende da lui. Ricordati, Harry, mi fido di te.» Parlava lentamente e le parole sembravano uscirgli quasi contro la sua volontà.
«Che sciocchezze dici,» disse Lord Henry sorridendo e, prendendo Hallward sottobraccio, quasi lo spinse in casa.

2

Come entrarono videro Dorian Gray. Sedeva di fronte al piano, volgendo loro le spalle e sfogliando le pagine delle *Scene della foresta* di Schumann. «Me le devi prestare, Basil,» esclamò. «Voglio studiarle. Sono assolutamente meravigliose.»
«Dipende soltanto da come poserai oggi, Dorian.»
«Oh, sono stufo di posare, e poi non voglio un mio ritratto a grandezza naturale,» rispose il giovane, girandosi sullo sgabello con petulante testardaggine. Quando si accorse di Lord Henry, un leggero rossore gli colorì per un istante le guance, quindi si alzò. «Ti prego di scusarmi, Basil. Non sapevo che ci fosse qualcuno con te.»
«Questo è Lord Henry Wotton, Dorian, un mio vecchio amico di Oxford. Gli avevo appena detto che modello eccezionale sei, e adesso hai rovinato tutto.»
«Non ha guastato il mio piacere di conoscerla, signor Gray,» disse Lord Henry, avanzando di qualche passo e tendendo la mano.

«Mia zia mi ha spesso parlato di lei: sembra che lei sia uno dei suoi favoriti e, temo, anche una delle sue vittime.»

«In questo momento sono sul libro nero di Lady Agatha,» rispose Dorian con una buffa espressione di penitenza sul viso. «Le avevo promesso di andare con lei in un club di White Chapel martedì scorso e me ne sono completamente dimenticato. Avremmo dovuto suonare a quattro mani... tre pezzi, credo. Non so proprio che cosa mi dirà, e sono troppo spaventato per passare da lei.»

«Oh, le farò far pace con mia zia. Le è molto affezionata. E non penso che la sua assenza sia stata realmente notata. Il pubblico probabilmente ha creduto che fosse comunque un duetto. Quando zia Agatha si mette al piano fa abbastanza rumore per due.»

«Ma questo è orribile verso di lei, e neppure troppo gentile verso di me» ribatté Dorian ridendo.

Lord Henry lo guardò. Sì, era davvero meravigliosamente bello, con le labbra scarlatte finemente ricurve, i franchi occhi azzurri, i capelli biondi e ricci. C'era qualche cosa nel suo viso che ispirava subito fiducia. Vi era racchiuso tutto il candore della gioventù insieme alla sua appassionata purezza. Si aveva l'impressione che non si fosse lasciato contaminare dal mondo. Non c'era da meravigliarsi che Basil Hallward lo adorasse.

«Lei è troppo affascinante per dedicarsi alle opere benefiche, signor Gray – davvero troppo affascinante.» Lord Henry si lasciò cadere sul divano e aprì il portasigarette.

Il pittore era intento a mischiare i colori e a preparare i pennelli. Aveva un'espressione preoccupata e quando udì l'ultima frase di Henry gli lanciò un'occhiata, esitò un momento e quindi disse: «Harry, voglio finire il dipinto oggi. Mi considereresti terribilmente scortese se ti chiedessi di andartene?»

Lord Henry sorrise e guardò Dorian Gray. «Devo andare signor Gray?» chiese.

«Oh, per favore, non se ne vada, Lord Henry. Vedo che Basil ha uno dei suoi accessi di cattivo umore e, quando è così, non lo sopporto. Inoltre vorrei che lei mi dicesse perché non dovrei dedicarmi alla filantropia.»

«Non credo che glielo dirò, signor Gray. È un argomento così noioso che se ne dovrebbe parlare seriamente. Ma certamente non me ne andrò, ora che lei mi ha chiesto di restare. Non ti dispiace, vero, Basil? Spesso mi hai detto che sei contento quando i tuoi modelli hanno qualcuno con cui chiacchierare.»

Hallward si morse il labbro. «Ovviamente puoi restare se Dorian lo desidera. I capricci di Dorian sono legge per tutti, eccetto che per lui.»

Lord Henry prese i guanti e il cappello. «Sei molto insistente, Basil, ma ora devo andare. Ho promesso di incontrare una persona all'Orléans. Arrivederci signor Gray. Venga a trovarmi un pomeriggio in Curzon Street. Alle cinque sono quasi sempre a casa. Mi scriva quando vorrà venire. Mi dispiacerebbe se non mi trovasse.»

«Basil,» esclamò Dorian Gray «se Lord Wotton se ne va, me ne andrò anch'io. Tu non apri bocca mentre dipingi, ed è di una noia mortale starsene in piedi sulla pedana, cercando di apparire gradevole. Chiedigli di restare. Insisto.»

«Fermati, Harry, per fare un piacere a Dorian e anche a me» disse Hallward con lo sguardo fisso sul quadro. «È proprio vero, non parlo mai quando dipingo, e neppure ascolto: deve essere terribilmente noioso per i miei sfortunati modelli. Ti prego di rimanere.»

«E l'appuntamento con la persona all'Orléans?»

Il pittore rise. «Non penso ci saranno delle difficoltà con questa persona. Rimettiti a sedere, Harry. E ora Dorian, sali sulla pedana e non muoverti troppo; non prestare la minima attenzione a ciò che dice Lord Henry. Ha una cattiva influenza su tutti i suoi amici. L'unica eccezione sono io.»

Dorian Gray salì sulla pedana, con l'aria di un giovane martire greco, e rivolse un leggero cenno di disappunto a Lord Henry, per il quale dimostrava un notevole interesse. Era così diverso da Basil! Insieme formavano un piacevole contrasto. Ed aveva una voce così bella. Dopo qualche momento gli disse: «Ha veramente una così cattiva influenza, Lord Henry? Così cattiva come dice Basil?»

«Non esiste una buona influenza, signor Gray. Ogni influenza è immorale – immorale da un punto di vista scientifico.»

«Perché?»

«Influenzare qualcuno significa dargli la propria anima: non pensa più liberamente con i suoi pensieri, non arde più delle sue passioni spontanee. Le sue virtù non sono più reali. I suoi peccati, se esistono cose come i peccati, sono presi in prestito. Diventa l'eco della musica di un altro e l'attore di una parte che non è stata scritta per lui. Lo scopo della vita è lo sviluppo di noi stessi. La realizzazione perfetta della nostra natura è lo scopo della nostra esistenza. Oggi la gente ha paura di sé. Gli uomini hanno dimenticato il più alto di tutti i doveri, quello che ognuno ha nei confronti di se stesso. Naturalmente sono caritatevoli. Danno da mangiare agli affamati e vestono gli ignudi, ma l'anima dell'uomo è affamata ed è nuda. Il coraggio ha abbandonato la nostra razza. Forse non l'abbiamo mai posseduto realmente. Il timore della società, che è alla base della morale, il timore di Dio, che è il segreto della religione, sono le due cose che ci governano. Eppure...»

«Volta la testa un pochino di più verso destra, Dorian, da bravo» disse il pittore, assorto nel suo lavoro, e consapevole soltanto che sul viso del ragazzo era passata un'espressione che non aveva mai visto prima.

«Eppure,» continuò Lord Henry, con la sua voce bassa e musicale e con quel grazioso gesto della mano che lo aveva sempre caratterizzato fin dai tempi di Eton, «credo che se ognuno dovesse vivere pienamente e completamente la sua vita, dovesse dar forma a ogni sua emozione, espressione a ogni suo pensiero, realtà a ogni suo sogno – credo che il mondo si arricchirebbe di un tale fresco impulso di gioia che dimenticheremmo tutti i mali del medievalismo e torneremmo all'ideale ellenico, a qualche cosa di più bello, di più ricco, forse, dell'ideale ellenico stesso. Ma il più coraggioso di noi ha paura di se stesso. La mutilazione del selvaggio sopravvive tragicamente nella negazione dell'io che rovina la nostra vita. Siamo puniti per i nostri rifiuti. Ogni impulso che cerchiamo di soffocare non si cancella dalla nostra mente e ci avvelena. Il corpo pecca una sola volta e poi smette di peccare, poiché l'azione è un modo per purificarci. Null'altro rimane allora se non il ricordo di un piacere, o il lusso di un rimpianto. L'unico modo per liberarsi di una tentazione è abbandonarvisi. Resisti, e la tua anima si ammalerà per il desiderio delle cose che si è negata, per il desiderio di ciò che le sue leggi mostruose hanno reso mostruoso e illegale. È stato detto che i grandi eventi di questo mondo avvengono nel cervello. Ed è nel cervello, nel cervello soltanto, che hanno luogo anche i grandi peccati. Lei, signor Gray, lei stesso, nella sua rutilante gioventù e nella sua candida fanciullezza, ha provato passioni che l'hanno spaventata, pensieri che l'hanno colmata di terrore, fantasie e sogni il cui semplice ricordo potrebbe farla arrossire di vergogna...»

«Basta!» balbettò Dorian Gray «basta! Lei mi sconvolge. Non so che cosa rispondere. C'è una risposta alle sue parole, ma non so trovarla. Non parli, mi lasci pensare. O meglio, non mi faccia pensare.»

Per circa dieci minuti stette ritto, immobile, con le labbra socchiuse e una strana luce negli occhi. Era oscuramente consapevole che in lui si agitavano forze del tutto nuove. Tuttavia gli sembravano emergere dal suo intimo. Quelle poche parole che gli aveva detto l'amico di Basil – parole dette senza dubbio casualmente e volutamente paradossali – avevano toccato qualche corda segreta che non era mai stata toccata prima, ma che ora sentiva vibrare e pulsare in fremiti strani.

In tal modo era stato colpito solo dalla musica. La musica lo aveva turbato molte volte. Ma la musica non è articolata: non crea in noi un nuovo mondo, ma piuttosto un nuovo caos. Parole! Semplici parole! Com'erano terribili! Com'erano chiare, vivide e crudeli! Non si poteva sfuggir loro. Tuttavia, quale sottile magia racchiudevano! Sembravano capaci di dare una forma plastica a cose senza forma, di possedere una musica tutta loro, dolce al pari di quella di un liuto o di una viola. Semplici parole! C'era qualcosa di altrettanto reale quanto le parole? Sì, nella sua adolescenza c'erano state cose che non aveva capito. Le capiva ora. Improvvisamente la vita aveva assunto il colore della fiamma. Gli sembrò di aver camminato nel fuoco. Perché non se ne era reso conto prima?

Lord Henry lo osservava con un leggero sorriso. Conosceva l'esatto momento psicologico in cui non bisogna dire nulla. Si sentì profondamente interessato. Si stupì della reazione che le sue parole avevano prodotto e, ricordandosi di un libro che aveva letto quando aveva sedici anni, un libro che gli aveva rivelato molte cose che non sapeva, si domandò se Dorian Gray stesse vivendo un'esperienza simile. Personalmente, aveva soltanto scagliato nell'aria una freccia. Aveva colpito il bersaglio? Com'era affascinante quel ragazzo!

Hallward continuava a dipingere con quel suo meraviglioso tocco ardito, ricco di vera raffinatezza e di pura delicatezza che in arte, almeno, deriva soltanto dalla forza. Non si accorgeva del silenzio.

«Basil, sono stanco di posare,» esclamò Dorian Gray improvvisamente. «Devo andare a sedermi in giardino. L'aria è soffocante qui dentro.»

«Mio caro amico, mi spiace davvero. Quando dipingo non penso ad altro. Ma tu non hai mai posato meglio. Eri perfettamente immobile. Ed io ho colto l'effetto che volevo – le labbra semichiuse e la luce negli occhi. Non so che cosa ti stesse dicendo Harry, ma sicuramente ti ha fatto assumere un'espressione meravigliosa. Suppongo che ti facesse dei complimenti. Non devi credere a una sola parola di quello che dice.»

«Non mi ha fatto nessun complimento. È forse per questo che non credo a nulla di ciò che mi ha detto.»

«Sa benissimo che invece crede a tutto,» disse Lord Henry, guardandolo con quei suoi occhi languidi e sognanti. «Uscirò con lei in giardino. Fa molto caldo qui nello studio. Basil, beviamo qualcosa di ghiacciato, qualcosa con delle fragole.»

«Certo, Harry. Basta suonare il campanello e, quando Parker viene, gli dirò ciò che desideri. Io devo lavorare allo sfondo e vi raggiungerò più tardi. Non trattenere Dorian troppo a lungo. Non sono mai stato così in forma come oggi. Questo sarà il mio capolavoro. Già quello che ho fatto fino adesso è il mio capolavoro.»

Lord Henry uscì in giardino e trovò Dorian Gray che affondava il viso nei grandi e freschi grappoli di lillà, bevendone avidamente il profumo come se fosse vino. Gli si avvicinò e gli mise una mano sulla spalla. «È bello far così,» mormorò. «Nulla può curare l'anima eccetto i sensi, così come nulla può curare i sensi eccetto l'anima.»

Il giovane sobbalzò e arretrò. Era a capo scoperto e le foglie gli avevano scomposto i riccioli ribelli, intrecciandone i fili dorati. C'era uno sguardo di spavento nei suoi occhi, come quello di chi è stato svegliato all'improvviso. Le narici delicatamente modellate fremettero e un nervo profondo agitò le labbra scarlatte, lasciandole tremanti.

«Sì,» continuò Lord Henry «questo è uno dei grandi segreti della vita – curare l'anima con i sensi e i sensi con l'anima. Lei è una creatura meravigliosa. Lei sa più di quanto crede di sapere, e nello stesso tempo sa meno di quanto vorrebbe.»

Dorian Gray aggrottò la fronte e volse altrove il capo. Non poteva fare a meno di essere attratto dal giovane alto e bello che gli stava accanto. Il suo romantico viso olivastro e l'espressione esausta lo interessavano. C'era qualcosa di assolutamente affascinante in quella voce languida e bassa. Anche le sue mani bianche e fresche, simili a un fiore, avevano un loro fascino. Si muovevano, mentre parlava, come musica, e sembravano possedere un linguaggio speciale. Ma Dorian aveva paura di lui e si vergognava di temerlo. Perché era toccato in sorte a uno sconosciuto il compito di rivelarlo a se stesso? Conosceva Basil Hallward da mesi, ma la loro amicizia non lo aveva mai scosso. Improvvisamente era giunto qualcuno nella sua vita che sembrava avergli svelato i misteri della vita. E, comunque, di che cosa aveva paura? Non era né uno scolaretto né una ragazzina. I suoi timori erano assurdi.

«Andiamo a sederci all'ombra,» disse Lord Henry. «Parker ha servito le bibite, e se lei si ferma ancora un poco al sole si sciuperà e Basil non le farà più ritratti. Davvero non deve lasciare che il sole l'abbronzi. Non le donerebbe.»

«Che importanza può avere?» esclamò Dorian Gray ridendo, mentre si accomodava sul sedile in fondo al giardino.

«Per lei, un'importanza totale, signor Gray.»

«Perché?»

«Perché lei possiede una meravigliosa giovinezza, che è l'unica cosa che vale la pena di possedere.»

«Non mi sembra, Lord Henry.»

«No, ora non le sembra. Un giorno, quando sarà vecchio, grinzoso e brutto, quando il pensiero avrà segnato di rughe la sua fronte, e

la passione marchiato di un orrendo fuoco le sue labbra, le sembrerà, le sembrerà terribilmente. Ovunque vada, ora, lei affascina il mondo. Sarà sempre così? Lei ha un viso di meravigliosa bellezza, signor Gray. Non aggrotti la fronte. È vero. E la bellezza è una forma di genio, è più elevata, in realtà, del genio, perché non ha bisogno di spiegazioni. È uno dei grandi miracoli della vita, come la luce del sole, o la primavera, o il riflesso nell'acqua scura di quell'argentea conchiglia che noi chiamiamo luna. Non si può mettere in dubbio. È sovrana per diritto divino. Rende principi coloro che la possiedono. Sorride? Ah! quando l'avrà perduta, non sorriderà più. La gente a volte dice che la bellezza è solo superficiale. Può darsi. Ma almeno non è superficiale quanto il pensiero. Per me la bellezza è la meraviglia delle meraviglie. Soltanto le persone superficiali non giudicano dalle apparenze. Il vero mistero del mondo sta nel visibile, non nell'invisibile... Sì, signor Gray, gli dei sono stati generosi con lei. Ma ciò che gli dei donano, lo tolgono in fretta. Si hanno solo pochi anni da vivere realmente, perfettamente, pienamente. Quando la giovinezza se ne andrà, con essa se ne andrà la sua bellezza e improvvisamente lei scoprirà che non ci saranno più trionfi e si dovrà accontentare di quelli meschini, che il ricordo del passato avrà reso più amari delle sconfitte. Il calare di ogni luna l'avvicinerà sempre più a qualcosa di spaventoso. Il tempo è geloso di lei e combatte contro i suoi gigli e le sue rose. Diventerà grigio, le sue guance si scaveranno e gli occhi diventeranno opachi. Soffrirà orribilmente...! Ah! goda della sua giovinezza mentre la possiede. Non butti al vento l'oro dei suoi giorni, ascoltando gente noiosa, cercando di migliorare un fallimento senza speranza, o sciupando la sua vita con gli ignoranti, la gente comune e volgare. Questi sono gli scopi malsani, i falsi ideali della nostra epoca. Deve vivere! Vivere la vita meravigliosa che è in lei! Non si lasci sfuggire nulla. Non si stanchi di ricercare sensazioni nuove. Non abbia paura di nulla... Un nuovo edonismo: ecco ciò di cui ha bisogno il nostro secolo. Lei potrebbe diventarne il simbolo visibile. Con la sua personalità, non c'è cosa che non potrebbe fare. Il mondo le appartiene per una stagione...
Nell'attimo stesso in cui l'ho incontrata, mi sono reso conto di come lei fosse inconsapevole di ciò che realmente è, di ciò che realmente potrebbe essere. Tante cose mi hanno affascinato in lei e io ho sentito il dovere di parlargliene. Ho pensato a che tragedia sarebbe se lei si sprecasse. La sua giovinezza durerà così poco – un tempo così breve. I semplici fiori di campo avvizziscono, ma poi rifioriscono. Il prossimo giugno i fiori del liburno saranno gialli come ora. Tra un mese, stelle di porpora orneranno la clematide, e, un anno dopo l'altro, la

verde notte delle sue foglie racchiuderà le sue stelle purpuree. Ma la nostra giovinezza non torna. Il pulsare gioioso che batte in noi a vent'anni si affievolisce. Le nostre membra ci vengon meno, i sensi si corrompono. Degeneriamo in odiosi fantocci, perseguitati dal ricordo di passioni che abbiamo troppo temuto, di squisite passioni a cui non abbiamo avuto il coraggio di abbandonarci. Giovinezza! Non c'è assolutamente nulla al mondo, fuorché la giovinezza!»

Dorian Gray ascoltava, con gli occhi spalancati per la sorpresa. Il tralcio di lillà gli cadde dalle mani sulla ghiaia. Giunse un'ape vellutata e per un momento si mise a ronzare intorno al tralcio. Poi, cominciò ad arrampicarsi sul globo ovale e stellato dei piccoli fiori. Il giovane la osservò con quello strano interesse per le cose irrilevanti che cerchiamo di far nascere quando fatti ben più importanti ci intimoriscono, o quando siamo colpiti da qualche emozione nuova che non sappiamo esprimere, o quando un pensiero terrorizzante ci assedia improvvisamente il cervello, chiedendo la nostra resa. Dopo poco l'ape volò via. La vide infilarsi nella tromba screziata di un convolvolo di Tiro. Il fiore sembrò tremare, quindi oscillò dolcemente su e giù.

Improvvisamente il pittore si affacciò alla porta dello studio, facendo gesti d'invito ad entrare. Lord Henry e Dorian si guardarono e sorrisero.

«Vi sto aspettando,» esclamò. «Venite dentro. La luce è perfetta e potete portare con voi i bicchieri.»

Si alzarono e insieme ripercorsero il sentiero. Due farfalle verdi e bianche svolazzarono loro accanto, mentre un tordo cominciò a cantare dall'albero di pero all'angolo del giardino.

«Lei è contento di avermi incontrato, signor Gray,» disse Lord Henry, guardandolo.

«Sì, ora lo sono. Mi domando se lo sarò sempre.»

«Sempre! Che terribile parola! Rabbrividisco ogni volta che la sento. È una parola che le donne amano tanto. Hanno l'arte di rovinare ogni storia romantica, cercando di farla durare per sempre. È anche una parola senza senso. L'unica differenza tra un capriccio e la passione di una vita è che il capriccio dura un poco più a lungo.»

Mentre entrarono nello studio, Dorian Gray posò una mano sul braccio di Lord Henry. «In questo caso auguriamoci che la nostra amicizia sia un capriccio,» mormorò, arrossendo alla propria audacia, quindi salì sulla pedana e si rimise in posa.

Lord Henry si lasciò cadere in un'ampia poltrona di vimini e lo osservò. Il fruscio e i piccoli colpi del pennello sulla tela erano gli unici rumori che rompevano il silenzio, salvo quando, di tanto in tanto, Hallward retrocedeva per contemplare la sua opera a distanza. Il pulviscolo dorato danzava nei raggi obliqui che dalla porta spalancata penetravano nella stanza. Tutto sembrava immerso nel denso profumo delle rose.

Dopo circa un quarto d'ora Hallward smise di dipingere, osservò a lungo Dorian Gray e poi il ritratto, mordicchiando l'estremità di un grosso pennello, accigliato. «È completamente finito,» esclamò alla fine e, chinatosi, scrisse il suo nome a grandi lettere vermiglie sull'angolo sinistro della tela.

Lord Henry si avvicinò ed esaminò il dipinto. Si trattava indubbiamente di una meravigliosa opera d'arte, come pure di una meravigliosa rassomiglianza.

«Amico mio, ti faccio le mie più calorose congratulazioni,» disse. «È il più bel ritratto dell'epoca moderna. Signor Gray, venga e si guardi.»

Il giovane sussultò come si fosse risvegliato da un sogno. «È davvero finito?» mormorò, scendendo dalla piattaforma.

«Completamente finito,» ripeté il pittore. «Oggi hai posato magnificamente. Te ne sono davvero grato.»

«È tutto merito mio,» intervenne Lord Henry. «Non è vero signor Gray?»

Dorian non rispose, ma passò con aria svogliata davanti al suo ritratto e si voltò a guardarlo. Quando lo vide arretrò e, per un attimo, il viso gli arrossì di piacere. Gli occhi si illuminarono di gioia, come se si fosse riconosciuto per la prima volta. Rimase immobile e stupito, avvertendo appena che Hallward gli stava parlando, senza tuttavia afferrare il significato delle sue parole. Il senso della sua bellezza lo colpì come una rivelazione. Non se ne era mai reso conto prima. I complimenti di Basil Hallward gli erano apparsi come semplici esagerazioni dovute all'amicizia. Li aveva ascoltati, ne aveva riso, li aveva dimenticati. Non lo avevano influenzato. Poi era giunto Henry Wotton con quel suo strano panegirico sulla giovinezza, con il terribile avvertimento sulla sua fugacità. Al momento la cosa lo aveva colpito, e ora, mentre se ne stava ritto a fissare l'ombra della propria bellezza, la piena realtà di quella descrizione sembrò fulminarlo. Sì, un giorno il suo viso sarebbe diventato vizzo e rugoso, i suoi occhi opachi e scoloriti, l'armonia della sua figura rotta e deforme. Il rosso scarlatto sarebbe scomparso dalle labbra, l'oro dai capelli. La vita, che avrebbe dato una forma alla sua anima, avrebbe rovinato il suo corpo. Sarebbe diventato orribile, disgustoso, goffo.

Mentre pensava a queste cose, una fitta acuta di dolore lo ferì come una coltellata, facendolo vibrare in ogni fibra della sua delicata natura. Gli occhi assunsero il colore dell'ametista e si velarono di una nebbia di lacrime. Gli parve che una mano di ghiaccio gli si fosse posata sul cuore.

«Non ti piace?», esclamò finalmente Basil Hallward, un poco ferito dal silenzio del giovane, incapace di capirne il motivo.

«Naturalmente gli piace,» disse Lord Henry. «A chi non piacerebbe? È una delle migliori opere dell'arte moderna. Ti darò qualsiasi cifra vorrai chiedermi. Devo averlo.»

«Non è mio, Harry.»

«Di chi è?»

«Di Dorian, naturalmente,» rispose il pittore.

«È davvero un individuo fortunato.»

«Che cosa triste!» mormorò Dorian Gray, gli occhi ancora fissi a contemplare il suo ritratto. «Com'è triste! Io diventerò vecchio, orribile, ripugnante. Ma questo dipinto rimarrà sempre giovane. Non invecchierà più dopo questa giornata di giugno... Se avvenisse invece il contrario! Se fossi io a rimanere sempre giovane e invecchiasse il mio ritratto invece! Se ciò potesse avverarsi... darei tutto quello che ho! Sì, non c'è nulla al mondo che non darei, darei anche la mia anima!»

«Non penso che tu saresti contento di uno scambio del genere, Basil,» esclamò ridendo Lord Henry. «Sarebbe svantaggioso per la tua opera.»

«Mi opporrei fortemente, Harry,» disse Hallward.

Dorian Gray si voltò verso di lui e lo guardò. «Sono sicuro che lo faresti, Basil. Preferisci la tua arte ai tuoi amici. Per te io non valgo più di una statuetta di bronzo antico. Anzi meno, oserei dire.»

Il pittore lo fissò stupito. Non era tipico di Dorian Gray esprimersi in questo modo. Che cosa era accaduto? Sembrava veramente in collera. Era rosso in volto, con le guance brucianti.

«Sì,» continuò «per te valgo meno del tuo Hermes di avorio o del tuo fauno d'argento. Quelli ti piaceranno sempre. Per quanto tempo ti piacerò io? Fino alla mia prima ruga, suppongo. Ora so che quando si perde la bellezza, qualunque essa sia, si perde tutto. Il tuo quadro me lo ha insegnato. Lord Henry Wotton ha perfettamente ragione. La giovinezza è l'unica cosa che valga la pena di avere. Quando scoprirò di stare invecchiando, mi ucciderò.»

Hallward impallidì e gli afferrò una mano. «Dorian! Dorian!» esclamò «Non parlare così. Non ho mai avuto un amico come te e non ne avrò mai un altro. Non sei geloso delle cose materiali, non è vero? – tu che sei più bello di tutte loro!»

«Sono geloso di tutte le cose la cui bellezza non muore. Sono geloso del ritratto che mi hai fatto. Perché il quadro dovrebbe mantenere intatto ciò che io perderò? Ogni momento che passa sottrae a me qualche cosa e la dona al ritratto. Oh, se fosse solo il contrario! Se potesse cambiare il quadro e io potessi rimanere sempre quello che sono ora! Perché lo hai dipinto? Un giorno mi deriderà, mi deriderà orribilmente!» Lacrime cocenti gli salirono agli occhi; strappò la mano dalla sua e, gettandosi sul divano, nascose il viso tra i cuscini come se pregasse.

«Questo è opera tua, Harry,» disse il pittore amaramente.

Lord Henry si strinse nelle spalle. «Questo è il vero Dorian Gray, tutto qui.»

«Non è vero.»

«Se non lo è, che cosa c'entro io?»

«Avresti dovuto andartene quando te l'ho chiesto» mormorò Hallward.

«Sono rimasto quando me l'hai chiesto» fu la risposta di Lord Henry.

«Harry, non posso litigare contemporaneamente con i miei due migliori amici, ma fra tutti e due mi avete fatto odiare l'opera più bella che abbia mai fatto e quindi la distruggerò. Che cosa è se non tela e colori? Non permetterò che interferisca nelle nostre vite e le guasti.»

Dorian sollevò la testa bionda dai cuscini e, pallido in viso e con gli occhi bagnati di lacrime, guardò il pittore che si avvicinava al cavalletto di abete posto sotto la finestra dagli alti tendaggi. Che cosa intendeva fare? Le dita si muovevano nella confusione dei tubetti di stagno e dei pennelli asciutti, in cerca di qualche cosa. Sì, cercava la lunga spatola dalla lama sottile di acciaio flessibile. Alla fine la trovò. Stava per lacerare la tela.

Con un singhiozzo soffocato il giovane balzò dal divano, e, precipitandosi addosso a Hallward, gli strappò di mano la lama e la gettò in fondo allo studio. «Non farlo, Basil, non farlo!» gridò, «sarebbe un delitto!»

«Sono contento che finalmente apprezzi il mio lavoro, Dorian,» disse freddamente il pittore, dopo essersi ripreso dalla sorpresa. «Pensavo che non l'avresti mai fatto.»

«Apprezzarlo? Ne sono innamorato, Basil. È parte di me, lo sento.»

«Bene, appena sarai asciutto, ti vernicerò, ti metterò la cornice e ti manderò a casa. Dopo di che, potrai fare di te stesso ciò che vorrai.» Attraversò la stanza e suonò il campanello per il tè. «Prendi il tè, naturalmente, Dorian? E anche tu, Harry? O avete da obiettare contro questi semplici piaceri?»

«Adoro i piaceri semplici,» disse Lord Henry. «Sono l'ultimo rifugio dalle cose complicate. Ma non mi piacciono le scene, eccetto che sul palcoscenico. Che tipi assurdi siete, tutti e due! Mi domando chi ha definito l'uomo come un animale razionale. È stata la definizione più prematura che sia mai stata data. L'uomo è molte cose, ma non è razionale. Ma sono contento che non lo sia, dopo tutto: anche se desidererei che voi due ragazzi non vi accapigliaste per il quadro. Avresti fatto meglio a darlo a me, Basil. Questo sciocco ragazzo non lo vuole realmente, mentre io sì.»

«Se lo darai a qualcun altro e non a me, Basil, non ti perdonerò mai!» gridò Dorian Gray « e non permetto a nessuno di chiamarmi sciocco ragazzo.»

«Sai che il quadro è tuo, Dorian. Te l'ho dato prima ancora che esistesse.»

«E lei sa di essere stato un pochino sciocco, signor Gray, e sa anche che, in realtà, non si oppone al sentirsi ricordare che è molto giovane.»

«Avrei avuto da oppormi moltissimo questa mattina, Lord Henry.»

«Ah! questa mattina! Da allora lei ha cominciato a vivere.» Si udì bussare alla porta e il maggiordomo entrò con il vassoio del tè che depose su di un tavolino cinese. Ci fu un rumore di tazze e piattini e il sibilo di un samovar russo. Due globi di porcellana cinese furono introdotti da un giovane domestico. Dorian Gray si avvicinò e versò il tè. I due uomini avanzarono con movimenti languidi verso il tavolo ed esaminarono che cosa c'era sotto i coperchi.

«Andiamo a teatro questa sera,» disse Lord Henry. «Deve esserci senz'altro qualcosa, da qualche parte. Ho promesso di pranzare da White, ma si tratta solo di un vecchio amico, pertanto posso inviargli un telegramma per dirgli che sono malato o che non posso andare a causa di un impegno preso successivamente. Penso che sarebbe una buona scusa: una vera sorpresa per il suo candore.»

«È una tal noia indossare l'abito da sera,» disse sottovoce Hallward. «E poi quando lo si ha indosso è orribile.»

«Sì,» rispose Lord Henry con aria sognante «gli abiti del nostro secolo sono detestabili. Così cupi, così deprimenti. Il peccato è l'unico elemento di colore sopravvissuto nella vita moderna.»

«Harry, non devi affatto dire queste cose di fronte a Dorian.» «Di fronte a quale Dorian? Quello che ci sta versando il tè o quello del quadro?»

«Di fronte a tutti e due.»

«Vorrei venire a teatro con lei, Lord Henry,» disse il giovane.

«E allora venga; verrai anche tu Basil, non è vero?»

«Proprio non posso. Preferirei non venire. Ho molto da fare.»

«Bene, allora andremo noi due soli, signor Gray.»

«Ne sarei felicissimo.»

Il pittore si morse il labbro e si diresse, sorreggendo la tazza, verso il quadro. «Io starò con il vero Dorian» disse tristemente.

«È proprio il vero Dorian?» esclamò l'originale del ritratto, andando verso di lui. «Sono realmente così?»

«Sì, sei realmente così.»

«Che meraviglia, Basil!»

«Almeno, sei così in apparenza. Ma il ritratto non cambierà mai» sospirò Hallward. «È già qualcosa.»

«Quante storie fa la gente a proposito della fedeltà!» esclamò Lord Henry. «Ebbene, anche in amore è una questione di fisiologia. Non ha nulla a che fare con la nostra volontà. I giovani vorrebbero essere fedeli e non lo sono; i vecchi vorrebbero essere infedeli e non possono: è tutto quello che se ne può dire.»

«Non andare a teatro questa sera, Dorian,» disse Hallward. «Fermati a cena con me.»

«Non posso, Basil.»

«Perché?»

«Perché ho promesso a Lord Henry Wotton di andare con lui.»

«Non gli piacerai di più per il fatto di mantenere le promesse. Lui non mantiene mai le sue. Ti prego di non andare.»

Dorian Gray rise e scosse il capo.

«Ti scongiuro.»

Il giovane esitò e guardò in direzione di Lord Henry che, seduto accanto al tavolino da tè, li osservava con un sorriso divertito.

«Devo andare, Basil» rispose.

«Molto bene,» disse Hallward. Si mosse e posò la tazza sul vassoio. «Si è fatto tardi e, dato che vi dovete vestire, fareste meglio a non perdere tempo. Arrivederci, Harry. Arrivederci, Dorian. Venite presto a trovarmi. Venite domani.»

«Certamente.»

«Non ve lo dimenticherete?»

«No, naturalmente, no» esclamò Dorian Gray.

«E... Harry!»

«Sì, Basil?»

«Ricordati quello che ti ho chiesto questa mattina quando eravamo in giardino.»

«Me ne sono dimenticato.»

«Mi fido di te.»

«Desidererei tanto potermi fidare di me stesso,» disse Lord Henry, ridendo. «Venga, signor Gray, la mia carrozza aspetta fuori e potrei accompagnarla fino a casa. Arrivederci, Basil. È stato un pomeriggio davvero interessante.»

Non appena la porta si chiuse alle loro spalle, il pittore si lasciò cadere pesantemente sul divano, mentre un'espressione di sofferenza gli apparve sul viso.

3

Il giorno dopo, alle dodici e mezza, Lord Henry Wotton compì a piedi il tratto da Curzon Street ad Albany per visitare suo zio, Lord Fermor, uno scapolo incallito dai modi gioviali, anche se un po' bruschi, che la gente, non traendo nessun particolare beneficio da lui, definiva egoista, ma che la buona società considerava generoso, poiché invitava a pranzo chi lo divertiva. Il padre era stato ambasciatore inglese a Parigi, quando Isabella era una giovinetta e non si pensava ancora a Prim, ma si era ritirato dal servizio diplomatico in un capriccioso impulso di contrarietà perché non gli era stata offerta la sede di Parigi, sede a cui pensava di aver pieno diritto per la nascita, l'indolenza, il buon inglese dei suoi dispacci e la disordinata passione per i piaceri. Il figlio, che era stato il suo segretario, aveva dato le dimissioni insieme a lui, piuttosto sciccamente come si era pensato all'epoca, e, avendo ereditato il titolo alcuni mesi dopo, si era dedicato al serio studio di quella grande arte aristocratica del non fare assolutamente nulla. Possedeva due grandi residenze in città, ma preferiva vivere in una casa d'affitto perché dava meno seccature e consumava quasi tutti i pasti al club. Dedicava qualche attenzione alla direzione delle miniere di carbone nelle contee del Midland e si scusava di questo suo vizio industriale, affermando che l'unico vantaggio di possedere del carbone consisteva nel permettere a un gentiluomo di bruciare con una certa dignità legna nel caminetto. In politica era un conservatore, tranne quando erano in carica i conservatori, periodo in cui li accusava apertamente di essere un mucchio di radicali. Era un eroe per il suo cameriere, che lo tiranneggiava, e il terrore per la maggior parte dei suoi parenti, che tiranneggiava a sua volta. Soltanto l'Inghilterra avrebbe potuto dare i natali a un tipo come lui; ripeteva di continuo che il Paese stava andando allo sfascio. I suoi princìpi erano superati e ci sarebbe stato anche molto da dire a proposito dei suoi pregiudizi.

Quando Lord Henry entrò nella stanza, trovò lo zio vestito di un ruvido completo da caccia, intento a fumare un sigaro e a brontolare sul "Times". «Bene, Harry,» disse il vecchio signore «che cosa ti porta qui così presto? Credevo che voi dandy non vi alzaste mai prima delle due del pomeriggio e non foste visibili prima delle cinque.»

«Puro affetto familiare, ti assicuro, zio George. Ho bisogno di qualcosa di te.»

«Soldi, suppongo,» disse Lord Fermor, con un'espressione ironica. «Bene, siediti e dimmi di che cosa si tratta. I giovani, oggi, pensano che i soldi siano tutto.»

«Sì,» mormorò Lord Henry, sistemandosi il fiore all'occhiello; «e quando invecchiano si rendono conto che è vero. Ma non voglio soldi. Solo le persone che pagano i loro conti vogliono soldi, zio George, mentre io non pago mai i miei. Il credito è il capitale di un figlio cadetto e non ci si vive poi male. Inoltre tratto sempre con i fornitori di Dartmoor che, di conseguenza, non mi seccano mai. Ciò che invece voglio è un'informazione; non un'informazione utile, naturalmente, ma un'informazione del tutto inutile.»

«Bene, posso dirti qualsiasi cosa si trovi in un Libro Azzurro inglese, anche se attualmente chi lo compila scrive un mucchio di sciocchezze. Quando ero nel servizio diplomatico le cose andavano meglio. Ma sento che ora ammettono i candidati solo dopo un esame. Che cosa ci si può aspettare, allora. Gli esami sono un tranello dall'inizio alla fine. Se uno è un gentiluomo ne sa abbastanza; se non lo è, qualsiasi cosa sappia gli fa un cattivo servizio.»

«Il signor Dorian Gray non è sui Libri Azzurri, zio George» disse Lord Henry con aria languida.

«Il signor Dorian Gray? Chi è?» chiese Lord Fermor, aggrottando le bianche sopracciglia cespugliose.

«È proprio quello che sono venuto a sentire da te, zio George. O meglio, so chi è. È il nipote del defunto Lord Kelso. Sua madre era una Devereux; Lady Margaret Devereux. Voglio che tu mi parli di sua madre. Com'era? Chi aveva sposato? Conoscevi quasi tutti ai tuoi tempi, pertanto conoscevi forse anche lei. In questo momento Dorian Gray mi interessa molto. L'ho appena conosciuto.»

«Il nipote di Kelso!» ripeté il vecchio gentiluomo. «Il nipote di Kelso!... Certo, conoscevo molto bene sua madre. Penso di essere stato al suo battesimo. Era una ragazza di straordinaria bellezza, Margaret Devereux; e fece impazzire tutti gli uomini, fuggendo di casa con un giovane squattrinato; proprio un nessuno, un ufficiale subalterno di un reggimento di fanteria, o qualcosa del genere. Certo! Ricordo tutta la faccenda proprio come se fosse ieri. Il poveraccio fu ucciso in un duello a Spa, qualche mese dopo le nozze. Si parlò di una brutta storia. Si mormorava che Kelso avesse assoldato qualche avventuriero senza scrupoli, un criminale belga, per insultare in pubblico il genero. Lo pagò, signori, lo pagò perché facesse questo; e l'uomo infilzò il genero come fosse un piccione. La cosa fu messa a tacere, ma, perdio, per qualche tempo dopo questa storia Kelso si mangiò da solo le sue costolette al club. Mandò a riprendere la figlia, così mi è stato detto, ma la ragazza non gli rivolse mai più la parola. Sì; fu un brutto affare. Anche la ragazza morì, morì in quell'anno. E lasciò un figlio, non è vero? Me l'ero dimenticato. Che tipo di ragazzo è? Se assomiglia alla madre deve essere molto bello.»

«È molto bello» ripeté Lord Henry.

«Spero che capiti in buone mani,» continuò il vecchio signore. «Erediterà un mucchio di soldi, se Kelso ha disposto le cose come si deve. Anche sua madre era ricca. Le toccò, da parte del nonno, tutta la proprietà di Selby. Suo nonno odiava Kelso, lo considerava un bastardo. Lo era davvero. Una volta venne a Madrid mentre io ero là. Come mi vergognai di lui, perdio! La regina mi domandava continuamente di quel nobile inglese che litigava sempre con i vetturini per il prezzo. Ne uscì una storia. Per un mese io non osai farmi vedere a corte. Spero che abbia trattato il nipote meglio dei vetturini.»

«Non so,» rispose Lord Henry. «Credo che il ragazzo sia benestante. Non è ancora maggiorenne. So che Selby è sua. Me lo ha detto lui. E... era molto bella sua madre?»

«Margaret Devereux era la più bella donna che io abbia mai visto. Non riuscirò mai a capire che cosa la spinse ad agire così. Avrebbe potuto sposare chi voleva. Carlington era pazzo di lei. Ma era romantica. Una vena delle donne della sua famiglia. Gli uomini non erano nulla, ma le donne, perdio, erano meravigliose. Carlington si mise in ginocchio. Me lo disse lui. Lei gli rise in faccia, e non c'era ragazza in tutta Londra a quel tempo che non gli andasse dietro. E, Harry, parlando di matrimoni scombinati, che cos'è questa storia che mi racconta tuo padre a proposito di Dartmoor che vuole sposare un'americana? Le ragazze inglesi non sono abbastanza buone per lui?»

«Zio George, in questo periodo va abbastanza di moda sposare le americane.»

«Io sosterrò le inglesi contro tutto il mondo, Harry,» disse Lord Fermor, battendo un pugno sul tavolo.

«Ora si scommette sulle americane.»

«Non durano, mi si dice» borbottò lo zio.

«Una prova lunga le sfianca, ma sono grandiose nella corsa agli ostacoli. Sanno prendere le cose al volo. Non credo che Dartmoor abbia qualche possibilità.»

«Chi sono i suoi genitori?» brontolò lo zio. «Ne ha, poi?»

Lord Henry scosse il capo. «Le ragazze americane sono bravissime a nascondere i loro genitori, come le inglesi a nascondere il loro passato,» disse alzandosi per congedarsi.

«Immagino trattino carne di maiale in scatola.»

«Lo spero proprio, zio George, per amore di Dartmoor. Mi hanno detto che inscatolare maiale sia la professione che arricchisce di più in America, dopo la politica, naturalmente.»

«È graziosa?»

«Si comporta come se fosse bella. Quasi tutte le americane lo fanno. È il segreto del loro fascino.»

«Ma perché queste americane non se ne stanno al loro Paese? Non fanno che dirci che è il paradiso per le donne.»

«È vero. Ed è per questo che, come Eva, sono così ansiose di uscirne,» disse Lord Henry. «Arrivederci, zio George. Se mi trattengo ancora farò tardi per il pranzo. Grazie per avermi dato l'informazione che volevo. Adoro sapere tutto dei miei nuovi amici, niente di quelli vecchi.»

«Dove pranzi, Harry?»

«Da zia Agatha. Le ho chiesto di invitarmi con il signor Gray: è il suo ultimo protetto.»

«Uh! Di' a zia Agatha di non seccarmi più con le sue richieste di beneficenza. Ne sono proprio stufo. Quella brava donna pensa che io non abbia nient'altro da fare che firmare assegni per i suoi sciocchi capricci.»

«Va bene, zio George. Glielo dirò, ma non avrà nessun effetto. I filantropi perdono ogni senso di umanità: è la loro caratteristica fondamentale.»

«Il vecchio gentiluomo emise un grugnito di approvazione e suonò per chiamare il cameriere. Lord Henry passò sotto la bassa arcata che conduce in Burlington Street, e poi voltò verso Berkley Square.

E così questa era la storia della famiglia di Dorian Gray. Pur essendogli stata raccontata con crudezza, dentro di lui si agitò l'idea di un insolito romanzo, quasi dai tratti moderni. Una donna bellissima che rischia tutto per una folle passione. Qualche settimana di sfrenata felicità interrotta da un crimine vile e odioso. Mesi di muta agonia, quindi un figlio nato nel dolore. La madre strappata dalla morte, il bambino lasciato in solitudine e alla tirannia di un vecchio incapace di amare. Sì; lo sfondo era interessante. Contro di esso si stagliava la figura del ragazzo, rendendolo anche più perfetto. Dietro ogni cosa squisita c'era qualcosa di tragico. Il travaglio di interi mondi dava vita a un piccolo fiore. E come era stato incantevole a cena la sera precedente, mentre con gli occhi spalancati e le labbra semichiuse in un'espressione di timoroso piacere sedeva di fronte a lui a un tavolo del club, e il riverbero rosso delle candele dava una più ricca sfumatura di rosa alla nascente meraviglia del suo volto! Parlare con lui era come suonare un meraviglioso violino. Rispondeva a ogni tocco e ad ogni fremito dell'archetto... C'era qualcosa di terribilmente avvincente nell'esercitare la propria influenza. Non era paragonabile a nessun'altra attività. Proiettare la propria anima in qualche forma graziosa e lasciarvela attardare un momento; udire le proprie idee ritornare come un'eco accompagnate da tutta la musica della passione e della giovinezza; trasferire il proprio temperamento in un altro come fosse un fluido sottile o un profumo straordinario. C'era una gioia vera in tutto ciò – forse la gioia più appagante, sopravvissuta in un'epoca così limitata e volgare come la nostra, un'epoca così rozzamente carnale nei suoi piaceri e comune nei suoi fini... Era un tipo meraviglioso questo ragazzo che aveva incontrato per puro caso nello studio di Basil; o, almeno, avrebbe potuto essere modellato in un tipo meraviglioso. Aveva la grazia e la candida purezza dell'adolescenza e la bellezza che le statue marmoree della Grecia conservano per noi da secoli. Tutto si sarebbe potuto fare di lui: un titano o un giocattolo. Che peccato che una tale bellezza fosse destinata a svanire!... E Basil? Com'era interessante da un punto di vista psicologico! Questo suo nuovo stile, questo suo nuovo modo di guardare la vita, così stranamente suggeriti dalla sola presenza di qualcuno che ne era totalmente inconsapevole; lo spirito silenzioso che dimorava nella penombra della foresta e solcava invisibile i campi aperti si era materializzato improvvisamente, come una driade, e senza timori, poiché nella sua anima, che lo cercava, si era risvegliata quella prodigiosa visione interiore a cui solo si rivelano le cose meravigliose; le pure forme e configurazioni delle cose che, per così dire, si affinano e acquistano una specie di valore simbolico, come se esse stesse fossero gli esempi di qualche altra e più perfetta forma la cui ombra rendevano reale. Quant'era strano tutto ciò! Ricordava qualcosa di simile nella storia. Non era Platone, quell'artista del pensiero, che per primo lo aveva analizzato? Non era Michelangelo che lo aveva scolpito nel marmo colorato di un sonetto? Ma era strano che ciò accadesse nel nostro secolo... Sì; avrebbe cercato di essere per Dorian Gray ciò che, senza saperlo, il ragazzo era per il pittore che aveva creato quel meraviglioso ritratto. Avrebbe cercato di dominarlo – in verità, già lo aveva fatto per metà. Avrebbe fatto suo quello spirito meraviglioso. C'era qualcosa di affascinante in questo figlio dell'amore e della morte.

Improvvisamente si fermò e guardò in alto verso le case. Si rese conto di aver oltrepassato da un pezzo quella di sua zia e, sorridendo tra sé e sé, tornò sui suoi passi. Entrando nel vestibolo un po' buio il maggiordomo gli disse che si erano già messi a tavola. Consegnò a uno dei camerieri il bastone e il cappello e passò subito nella sala da pranzo.

«In ritardo come sempre, Harry,» esclamò la zia scuotendo il capo.

Inventò una facile scusa e, dopo essersi accomodato nel posto libero accanto a lei, si guardò intorno per vedere chi c'era. Dorian gli fece un timido cenno dal fondo della tavola, arrossendo di piacere. Di fronte a lui sedeva la duchessa di Harley – una signora dal carattere ammirevole e dall'altrettanto buon umore, amata da tutti i suoi conoscenti, le cui maestose proporzioni architettoniche, se si ritrovano in donne che non sono duchesse, sono definite corpulente dagli storici contemporanei. Alla sua destra sedeva Sir Thomas Burdon, deputato radicale al Parlamento, che seguiva il suo capo nella vita pubblica e i migliori cuochi nella vita privata, pranzando con i conservatori e pensando con i liberali, secondo una saggia e ben nota regola. Il posto alla sua sinistra era occupato dal signor Erskine di Treadley, un vecchio gentiluomo di notevole fascino e cultura che, tuttavia, era caduto nella cattiva abitudine di tacere, avendo detto tutto ciò che c'era da dire, secondo ciò che una volta spiegò a Lady Agatha, prima dei trent'anni. Accanto a lui c'era solo la signora Vandeleur, una delle più vecchie amiche di sua zia, una vera santa tra le donne, ma vestita in modo così sciatto che faceva pensare a un vecchio libro di preghiere mal rilegato. Fortunatamente per il signor Erskine, alla sua destra era seduto Lord Faudel, un'intelligentissima mediocrità di mezz'età, interessante come un rapporto ministeriale della Camera dei Comuni, con il quale la signora stava parlando, in quel modo estremamente serio che è l'unico errore imperdonabile in cui cadono tutte le persone veramente buone e dal quale nessuna di loro è mai riuscita a sfuggire.

«Stiamo parlando del povero Dartmoor, Lord Henry,» esclamò la duchessa, facendogli un cenno amichevole dall'altra parte del tavolo. «Pensa che sposerà veramente quella giovane affascinante?»

«Penso che lei si sia decisa a fargli una proposta di matrimonio, duchessa.»

«Che cosa orribile!» esclamò Lady Agatha. «Qualcuno dovrebbe proprio intervenire.»

«So da fonti attendibilissime che il padre di lei ha un grande emporio alimentare,» disse Sir Thomas con tono di disprezzo.

«Mio zio ha appena suggerito maiale in scatola, Sir Thomas.»

«Un emporio alimentare! Che cosa sono queste cose americane?» chiese la duchessa, sollevando con un gesto interrogativo le grandi mani e ponendo l'accento sul verbo.

«Romanzi americani,» rispose Lord Henry, servendosi qualche quaglia.

La duchessa sembrò dubbiosa.

«Non dargli retta, mia cara,» bisbigliò Lady Agatha. «Non fa mai sul serio.»

«Quando l'America fu scoperta...» disse il deputato radicale, e cominciò a esporre alcuni fatti molto noiosi. Come tutte le persone che cercano di esaurire un argomento, esauriva gli ascoltatori. La duchessa sospirò ed esercitò il suo privilegio di poter interrompere. «Vorrei caldamente che non fosse mai stata scoperta!» esclamò. «Davvero, le nostre ragazze perdono tutte le occasioni al giorno d'oggi. È terribilmente ingiusto.»

«Forse, dopo tutto, l'America non è mai stata scoperta,» disse il signor Erskine. «Io direi che è stata semplicemente scovata.»

«Oh! ma io ho visto esemplari dei suoi abitanti,» rispose la duchessa con aria vaga. «Devo confessare che la maggior parte è estremamente graziosa. E si vestono bene anche. Comperano tutti i loro vestiti a Parigi. Vorrei tanto poterlo fare anch'io.»

«Dicono che quando gli americani buoni muoiono vanno a Parigi,» ridacchiò Sir Thomas che aveva un ampio repertorio di battute sorpassate.

«Davvero? E dove vanno gli americani cattivi quando muoiono?» chiese la duchessa.

«Vanno in America,» mormorò Lord Henry.

Sir Thomas aggrottò le sopracciglia. «Temo che suo nipote abbia dei pregiudizi contro quel grande Paese,» disse a Lady Agatha. «Io l'ho visitato tutto, in vetture offertemi dalle autorità, che, in queste cose, sono estremamente civili. Vi assicuro che è molto educativo visitarlo.»

«Ma dobbiamo proprio vedere Chicago per completare la nostra educazione?» chiese il signor Erskine in tono lamentoso. «Non mi sento in grado di affrontare il viaggio.»

Sir Thomas agitò la mano. «Il signor Erskine di Treadley ha il mondo nella sua biblioteca. Noi uomini pratici amiamo vedere le cose, non leggerle soltanto. Gli americani sono un popolo estremamente interessante. Hanno un grande buon senso. Penso sia la loro caratteristica più spiccata. Sì, signor Erskine, un popolo di assoluto buon senso. Le assicuro che non fanno sciocchezze.»

«Che cosa terribile!» esclamò Lord Henry. «Riuscirei a sopportare la forza bruta, ma la ragione bruta è veramente insopportabile.

Farne uso è abbastanza sleale. È un colpo basso all'intelletto.»

«Non vi capisco,» disse Sir Thomas, arrossendo un poco.

«Io invece sì, Lord Henry,» mormorò il signor Erskine aprendosi a un sorriso.

«I paradossi, a modo loro, vanno bene...» ribadì il baronetto.

«Era un paradosso?» chiese il signor Erskine. «Non mi è sembrato. Forse lo era. Bene, la via dei paradossi è anche la via della libertà. Per provare la verità dobbiamo sfidarla sulla corda dei funamboli. Quando le verità diventano acrobati possiamo giudicarle come tali.»

«Povera me!» disse Lady Agatha «come discutete voi uomini! Non capisco mai di che cosa state parlando. Oh! Harry, sono proprio arrabbiata con te. Perché stai cercando di persuadere il nostro caro signor Dorian Gray a lasciar perdere l'East End? Ti assicuro che sarebbe assai prezioso. Sarebbero felici di sentirlo suonare.»

«Voglio che lui suoni per me,» esclamò Lord Henry, sorridendo; guardò verso l'estremità del tavolo e colse una splendente occhiata di risposta.

«Ma sono tutti così infelici a White Chapel,» continuò Lady Agatha.

«Posso aver compassione di tutto tranne che della sofferenza,» disse Lord Henry, stringendosi nelle spalle. «Proprio non riesco. È troppo brutta, orribile, angosciante. C'è qualcosa di terribilmente morboso nella compassione che oggi si prova per la sofferenza. Si dovrebbe provare simpatia per il colore, la bellezza, la gioia di vivere. Quanto meno si parla dei mali della vita, tanto meglio è.»

«Tuttavia l'East End è un problema molto grave,» rimarcò Sir Thomas scuotendo pesantemente il capo.

«Proprio così,» rispose il giovane Lord. «È il problema della schiavitù, che noi cerchiamo di risolvere divertendo gli schiavi.»

L'uomo politico lo fissò attentamente. «Quale cambiamento propone, allora?» chiese.

Lord Henry rise. «Non desidero cambiare nulla in Inghilterra, a eccezione del tempo,» rispose. «La contemplazione filosofica mi basta. Ma poiché il XIX secolo ha fatto bancarotta per aver troppo speso in compassione, suggerirei che guardassimo alle scienze per rimetterci in riga. Il vantaggio delle emozioni è che ci portano fuori strada, mentre il vantaggio delle scienze è che sono prive di emozioni.»

«Ma abbiamo delle responsabilità così gravi,» osò dire timidamente la signora Vandeleur.

«Terribilmente gravi,» le fece eco zia Agatha.

Lord Henry volse lo sguardo in direzione del signor Erskine. «Il genere umano si prende troppo sul serio. Questo è il peccato originale del mondo. Se l'uomo delle caverne avesse saputo ridere, la storia sarebbe stata diversa.»

«Lei mi è di grande conforto,» cinguettò la duchessa. «Mi sono sempre sentita in colpa tutte le volte che venivo a trovare la sua cara zia, poiché le faccende dell'East End proprio non mi interessano. D'ora in avanti potrò guardarla in faccia senza arrossire.»

«Ma arrossire le dona molto, duchessa,» replicò Lord Henry.

«Solo quando si è giovani,» rispose. «Quando una vecchia come me arrossisce è un brutto segno. Ah! Lord Henry, vorrei che mi dicesse come tornar giovane.»

Rifletté un momento. «Ricorda qualche grosso errore da lei commesso in gioventù, duchessa?» le chiese, guardandola attraverso la tavola.

«Molti, temo,» esclamò.

«E allora, li ripeta,» le disse con un'espressione seria. «Per ritornare giovani non si deve che ripetere le proprie follie.»

«Che teoria deliziosa!» esclamò. «Devo metterla in pratica.»

«Una teoria pericolosa!» uscì dalle labbra strette di Sir Thomas. Lady Agatha scosse la testa, ma non poteva fare a meno di divertirsi. Il signor Erskine ascoltava.

«Sì,» proseguì Lord Henry «questo è uno dei grandi segreti della vita. Attualmente gran parte della gente muore a causa del buon senso che la pervade, e poi scopre troppo tardi che l'unica cosa di cui non ci si pente mai sono i propri errori.»

Una risata percorse la tavola.

Lord Henry Wotton giocò con l'idea e se ne compiacque, la gettò in aria e la trasformò; se la fece sfuggire e la ricatturò; la rese fantasticamente iridescente e, con il paradosso, le diede le ali. L'elogio della follia – man mano che procedeva – si librò nella filosofia, la filosofia stessa tornò giovane e, afferrando la folle musica del piacere e, indossando, potremmo immaginare, una tunica macchiata di vino e il serto dell'edera, danzò come una baccante sulle colline della vita, facendosi beffe del pigro Sileno e della sua sobrietà. Davanti a lei i fatti fuggivano come creature spaventate della foresta. I suoi bianchi piedi calpestavano il grosso tino presso il quale siede il saggio Omar, finché il succo in fermento salì intorno alle sue membra nude in onde di bolle purpuree, o in una schiuma scarlatta tracimò dai fianchi inclinati e sgocciolanti del tino. Fu un'improvvisazione straordinaria. Lord Henry sentì gli occhi di Dorian Gray fissi su di lui e la consapevolezza che nell'uditorio c'era qualcuno che desiderava affascinare sembrava affilare il suo spirito e colorire la sua immaginazione. Era brillante, fantastico, irresponsabile. Sconvolse con il suo fascino gli ascoltatori che seguivano il suo flauto ridendo. Dorian Gray non tolse mai lo sguardo da lui, ma sedeva come in preda a un incantesimo. I sorrisi si inseguivano sulle sue labbra, la meraviglia cresceva nei suoi occhi sempre più scuri.

Alla fine, la realtà con indosso una livrea del tempo entrò nella stanza sotto forma di un domestico, per annunciare alla duchessa che la sua carrozza era in attesa. La nobildonna si torse le mani in un gesto di finta disperazione. «Che seccatura!» esclamò. «Devo andare. Devo passare a prendere mio marito al club e accompagnarlo a qualche assurda riunione che deve presiedere alle Willie's Rooms. Se farò tardi lui andrà su tutte le furie e io non posso sostenere una scenata con un cappello così. È di gran lunga troppo fragile: una parola brusca basterebbe a rovinarlo. No, devo proprio andare, cara Agatha. Arrivederci, Lord Henry; lei è davvero delizioso e spaventosamente demoralizzante. Non so proprio che cosa dire delle sue opinioni. Deve venire a cena da noi una di queste sere. Martedì? È libero martedì?»

«Per lei, duchessa, manderei all'aria tutti,» disse Lord Henry con un inchino.

«Ah! ciò è molto carino e molto ingiusto da parte sua,» esclamò la duchessa; «allora cerchi di venire» e lasciò frusciando la stanza seguita da Lady Agatha e dalle altre signore.

Quando Lord Henry si rimise a sedere, il signor Erskine si accomodò accanto a lui e gli pose una mano sul braccio.

«Lei supera libri interi, parlando; perché non ne scrive uno?»

«Mi piace troppo leggerli per curarmi di scriverne uno, signor Erskine. Certamente mi piacerebbe scrivere un romanzo; un romanzo che dovrebbe stare alla pari di un tappeto persiano ed essere altrettanto irreale. Ma non c'è un pubblico amante della lettura in Inghilterra, a eccezione dei giornali, dei libri per ragazzi e delle enciclopedie. Fra tutti i popoli al mondo, gli inglesi sono quelli che hanno il senso della bellezza in letteratura meno sviluppato.»

«Credo che lei abbia ragione,» rispose il signor Erskine. «Anch'io nutrivo ambizioni letterarie, ma ho rinunciato molto tempo fa. E ora, mio caro giovane amico, se mi consente di chiamarla così, posso chiederle se credeva davvero a tutto quello che ci ha detto a colazione?»

«Non ricordo più quello che ho detto,» sorrise Lord Henry. «Era davvero così brutto?»

«Sì, davvero molto brutto. Infatti la considero una persona estremamente pericolosa: se dovesse succedere qualcosa alla nostra buona duchessa, penseremo tutti a lei come al maggior responsabile. Ma mi piacerebbe parlare con lei della vita. La mia generazione è molto noiosa. Un giorno, se sarà stanco di Londra, venga a Tradley e mi esponga la sua filosofia del piacere davanti a un Borgogna eccezionale che ho la fortuna di possedere.»

«Ne sarò incantato. Una visita a Tradley sarebbe un grande privilegio, con un ospite perfetto e una perfetta biblioteca.»

«E lei ne sarà il completamento,» rispose il vecchio gentiluomo con un cortese inchino. «Ora devo dire arrivederci alla sua ottima zia. Mi aspettano all'Atheneum. È l'ora in cui facciamo il riposino.»

«Tutti, signor Erskine?»

«Tutti e quaranta in quaranta poltrone. Ci stiamo esercitando per entrare in una Accademia Britannica delle Lettere.»

Lord Henry rise e si alzò. «Io andrò a Hyde Park,» esclamò.

Mentre varcava la soglia Dorian Gray gli toccò un braccio. «Mi permetta di venire con lei,» mormorò.

«Ma pensavo che avesse promesso a Basil Hallward di andare a trovarlo,» rispose Lord Henry.

«Preferirei venire con lei; sì, sento che devo venire con lei. Me lo permetta. E mi promette di parlare con me tutto il tempo? Nessuno parla in un modo così meraviglioso.»

«Ah! Ho parlato abbastanza per oggi,» disse Lord Henry, sorridendo. «Ora voglio soltanto guardare la vita. Può venire a osservarla con me, se vuole.»

4

Un pomeriggio, un mese dopo, Dorian Gray era sdraiato in una lussuosa poltrona, nella piccola biblioteca in casa di Lord Henry a Mayfair. Era, a modo suo, una stanza graziosissima, con il rivestimento a pannelli di quercia verde oliva, il fregio color crema, gli stucchi in rilievo e la moquette color mattone su cui erano stesi tappeti persiani dalle lunghe frange. Su di un tavolino lucidato era posata una statuetta di Clodion, accanto alla quale giaceva una copia di *Les Cent Nouvelles*, rilegata da Clovis Eve per Margherita di Valois e tutta ornata di margherite d'oro che la regina aveva scelto come proprio stemma. Sulla mensola del caminetto erano disposti dei grandi vasi di porcellana blu colmi di tulipani a pappagallo e la luce color albicocca di un giorno d'estate londinese si riversava dalle piccole lastre piombate della finestra.

Lord Henry non era ancora arrivato. Era sempre in ritardo per principio, e il suo principio era che la puntualità è il ladro del tempo. Pertanto Dorian Gray aveva un aspetto piuttosto annoiato mentre sfogliava distrattamente le pagine di una edizione finemente illustrata di *Manon Lescaut* che aveva trovato in uno degli scaffali. Il ticchettio monotono e regolare dell'orologio in stile Luigi XIV lo disturbava. Una volta o due pensò di andarsene.

Finalmente udì dei passi all'esterno, quindi la porta si aprì. «Come sei in ritardo, Harry!» mormorò.

«Temo non sia Harry, signor Gray,» rispose una voce acuta. Diede una rapida occhiata intorno e si alzò in piedi. «Mi scuso. Pensavo...»

«Pensava si trattasse di mio marito. Sono solo sua moglie. Lasci che mi presenti. Io la conosco molto bene dalle fotografie. Penso che mio marito ne abbia diciassette.»

«Non diciassette, Lady Wotton.»

«Saranno diciotto, allora. E l'ho anche vista con lui l'altra sera all'Opera.» Mentre parlava rideva nervosamente, osservando il giovane con vaghi occhi color fiordaliso. Era una donna strana, i cui abiti sembravano essere stati disegnati in un attacco di furia e indossati durante una tempesta. Era sempre innamorata di qualcuno e, poiché le sue passioni non erano mai corrisposte, aveva mantenuto intatte tutte le illusioni. Cercava di sembrare pittoresca, ma riusciva soltanto a essere sciatta. Si chiamava Vittoria e aveva la mania di andare in chiesa.

«La sera del *Lohengrin*, Lady Wotton, non è vero?»

«Sì; è stato al mio amato *Lohengrin*. Amo la musica di Wagner più di ogni altra. È così forte che si può parlare tutto il tempo senza che gli altri odano quello che si dice. È un grande vantaggio; non crede signor Gray?»

Lo stesso riso nervoso e a scatti eruppe dalle sue labbra e le dita cominciarono a giocherellare con un lungo tagliacarte di tartaruga.

Dorian sorrise e scosse il capo. «Mi spiace, ma non sono d'accordo, Lady Wotton. Non parlo mai durante la musica, almeno quando la musica è buona. Se invece la musica è cattiva è nostro dovere affogarla nella conversazione.»

«Ah! Questa è un'idea di Harry, non è vero, signor Gray? Io vengo a conoscere le idee di Harry attraverso i suoi amici. È l'unico modo per venirle a sapere. Ma lei non deve credere che non mi piaccia la buona musica. La adoro, ma la temo anche. Mi rende troppo romantica. Ho semplicemente adorato dei pianisti – a volte due contemporaneamente, secondo quanto dice Harry. Non so che cosa ci sia in loro. Forse perché sono stranieri. Sono tutti stranieri, non è vero? Anche quelli che sono nati in Inghilterra diventano stranieri dopo un po' di tempo, non è vero? È così intelligente da parte loro e un tale complimento per l'arte! La rende davvero cosmopolita, non le pare? Lei non è mai venuto a uno dei miei ricevimenti, mi sembra, signor Gray. Deve venire. Non posso permettermi le orchidee, ma non bado a spese per gli stranieri. Danno un aspetto così pittoresco alla stanza. Ma ecco Harry! – Harry sono venuta qui per cercarti, per chiederti qualcosa che adesso non ricordo e ho trovato qui il signor Gray. Abbiamo fatto una piacevolissima chiacchierata sulla musica. Abbiamo le stesse idee. No, penso che le nostre idee siano completamente diverse. Ma lui è stato piacevolissimo. Sono così contenta di averlo conosciuto.»

«Ne sono felice, tesoro, proprio felice,» disse Lord Henry, sollevando le sopracciglia scure e arcuate e osservando entrambi con un sorriso divertito. «Mi dispiace tanto di essere in ritardo, Dorian. Sono andato a vedere un pezzo di broccato antico in Wardour Street e ho dovuto contrattare per ore per averlo. Oggi la gente conosce il prezzo di tutto e non conosce il valore di nulla.»

«Mi dispiace, ma devo andare,» esclamò Lady Wotton, rompendo un silenzio imbarazzante con una delle sue sciocche improvvise risate. «Ho promesso di accompagnare la duchessa nel suo giro in carrozza. Arrivederla, signor Gray. Arrivederci, Harry. Pranzi fuori, suppongo. Anch'io. Forse ti rivedrò da Lady Thornbury.»

«Penso anch'io, cara,» disse Lord Henry, chiudendo la porta dietro di lei che, simile a un uccello del paradiso rimasto fuori tutta la notte sotto la pioggia, uscì svolazzando dalla stanza, lasciando una scia di un leggero profumo di frangipani. Quindi accese una sigaretta e si lasciò cadere sul divano.

«Non sposare mai una donna dai capelli color paglia, Dorian,» disse dopo qualche boccata.

«Perché, Harry?»

«Perché sono così sentimentali.»

«Ma a me piacciono le persone sentimentali.»

«Non sposarti affatto, Dorian. Gli uomini si sposano perché sono stanchi; le donne perché sono curiose; entrambi rimangono delusi.»

«Non credo che mi sposerò facilmente, Henry. Sono troppo innamorato. Questo è uno dei tuoi aforismi. Lo sto mettendo in pratica, come avviene con tutto quello che dici.»

«Di chi sei innamorato?» chiese Lord Henry, dopo una pausa.

«Di un'attrice,» disse Dorian Gray, arrossendo.

Lord Henry si strinse nelle spalle. «Un debutto piuttosto banale.»

«Non diresti così se la vedessi, Harry.»

«Chi è?»

«Si chiama Sybil Vane.»

«Mai sentita.»

«Nessuno l'ha mai sentita nominare. Ma un giorno si parlerà di lei. È un genio.»

«Mio caro ragazzo, nessuna donna è un genio. Le donne sono un sesso decorativo. Non hanno mai nulla da dire, ma lo dicono in modo affascinante. Le donne rappresentano il trionfo della materia sull'intelletto, così come gli uomini rappresentano il trionfo dell'intelletto sulla morale.»

«Harry, come puoi dire queste cose?»

«Mio caro Dorian, è verissimo. In questo periodo sto analizzando le donne, perciò dovrei saperlo. L'argomento non è così astruso come pensavo. Ho scoperto che, alla fine, ci sono solo due tipi di donne, quelle tutte acqua e sapone e quelle che si dipingono. Le donne acqua e sapone sono molto utili. Se vuoi guadagnarti una buona reputazione, non hai che da invitarle fuori a cena. Le altre invece sono molto affascinanti. Fanno un errore tuttavia. Si truccano allo scopo di apparire giovani. Le nostre nonne si truccavano allo scopo di conversare brillantemente. Il rossetto e lo spirito andavano a braccetto. Adesso è tutto finito. Quando una donna riesce a dimostrare dieci anni meno di sua figlia è perfettamente soddisfatta. Per quanto riguarda la conversazione, ci sono soltanto cinque donne a Londra con cui vale la pena di conversare, e due di queste non possono essere ammesse nella buona società. Comunque, parlami del tuo genio. Da quanto tempo la conosci?»

«Ah! Harry, le tue opinioni mi fanno paura.»

«Non badarci. Da quanto tempo la conosci?»

«Da circa tre settimane!»

«E dove l'hai incontrata?»

«Te lo dirò, Harry, ma devi mostrarmi la massima comprensione. Infatti non sarebbe mai successo se non ti avessi incontrato. Mi hai comunicato un desiderio folle di conoscere tutto della vita. Per giorni e giorni, dopo averti incontrato, avevo la sensazione che qualche cosa mi pulsasse nelle vene. Mentre mi soffermavo a Hyde Park o passeggiavo per Piccadilly, non smettevo di guardare la gente che mi passava accanto e di chiedermi, con una folle curiosità, che tipo di vita facessero. Alcuni mi affascinavano, altri mi mettevano terrore. Nell'aria c'era uno squisito veleno. Avevo una grande passione per le sensazioni... Bene, una sera verso le sette decisi di uscire in cerca di qualche avventura. Sentivo che questa nostra Londra grigia e mostruosa, con la sua miriade di persone, con i suoi sordidi peccatori e i suoi splendidi peccati, come tu hai ben detto una volta, doveva avere qualcosa in serbo per me. Immaginai mille cose. Il semplice pericolo mi dava un senso di piacere. Ricordai quello che mi avevi detto quella sera meravigliosa in cui cenammo per la prima volta insieme: che la ricerca della bellezza è il vero segreto della vita. Non so che cosa mi aspettassi, ma uscii e mi diressi verso est, subito smarrendomi in un labirinto di stradine anguste e di piazze buie senza un filo d'erba. Verso le otto e mezza passai vicino a un assurdo teatrino con grandi lampade a gas lucenti e sgargianti locandine. Un ebreo dall'aria odiosa, che indossava il panciotto più bizzarro che avessi mai visto, stava ritto all'ingresso intento a fumare un sigaro di cattiva qualità. Aveva riccioli unti e un enorme diamante gli brillava al centro della lurida camicia. «Un palco, milord?» disse, vedendomi e togliendosi il cappello in modo esageratamente servile. C'era in lui, Harry, qualcosa che mi divertiva. Era un vero mostro. Riderai di me, lo so, ma entrai, pagando un'intera ghinea per il palco. Ancora oggi non so perché lo feci. Eppure, se non l'avessi fatto – mio caro, Henry, se non l'avessi fatto, avrei perso la più grande storia sentimentale della mia vita. Vedo che stai ridendo. È orribile da parte tua!»

«Non sto ridendo, Dorian; almeno, non sto ridendo di te. Ma non dovresti dire la più grande storia sentimentale della tua vita, ma semplicemente la prima. Tu sarai sempre amato e sarai sempre innamorato dell'amore. Una *grande passion* è il privilegio di chi non ha nulla da fare. È l'unica cosa a cui servono le classi oziose di un Paese. Non temere, ci sono cose squisite in serbo per te. Questo è solo l'inizio.»

«Pensi che abbia una natura così superficiale?» esclamò Dorian Gray con una certa irritazione.

«No, penso che sia molto profonda.»

«Che cosa vuoi dire?»

«Mio caro ragazzo, sono le persone superficiali che amano solo una volta in vita. Quella che esse chiamano lealtà e fedeltà, io le chiamerei piuttosto letargia dell'abitudine o mancanza di immaginazione. La fedeltà sta alla vita emotiva come la coerenza a quella intellettuale – una semplice confessione di fallimento. Fedeltà! Vorrò farne l'analisi un giorno. C'è in essa l'amore per il possesso. Ci sono molte cose che getteremmo volentieri via se non temessimo che altri potrebbero raccoglierle. Ma non voglio interromperti. Continua la tua storia.»

«Bene, mi ritrovai seduto in un orribile palchetto, con un sipario volgaruccio davanti agli occhi. Diedi un'occhiata da dietro la tenda e feci scorrere lo sguardo sul locale. Roba di pessimo gusto, tutta amorini e cornucopie, come una torta nuziale di terza categoria. Il loggione e la platea erano quasi al completo, ma le due file dei palchi striminziti erano quasi vuote e c'era a stento una persona in quella che, suppongo, chiamano la prima galleria. Delle donne andavano avanti e indietro a vendere arance e birra e quasi tutti sgranocchiavano noccioline in quantità.»

«Doveva essere come ai giorni gloriosi del teatro inglese.»

«Proprio così, immagino, e molto deprimente. Cominciai a chiedermi che cosa dovevo fare, quando vidi il programma. Quali pensi fosse il dramma che stavano per rappresentare?»

«Direi *L'Idiota, ovvero Sordo ma Innocente*. Credo che ai nostri padri piacesse questo genere di teatro. Quanto più vivo, Dorian, tanto più mi rendo conto che tutto ciò che andava bene per i nostri padri non va più bene per noi. In arte, come in politica, *les grandpères ont toujours tort*.»

«Ma questa rappresentazione andava bene anche per noi, Harry: era *Giulietta e Romeo*. Devo riconoscere che ero piuttosto seccato all'idea di vedere Shakespeare recitato in un buco come quello. Eppure, in un certo senso, mi interessava. Ad ogni buon conto, decisi di aspettare fino al primo atto. L'orchestra era tremenda: la dirigeva un giovane ebreo che sedeva a un piano sconquassato che quasi mi fece lasciare la sala, ma finalmente si alzò il sipario e lo spettacolo ebbe inizio. Romeo era un signore anziano e robusto, con le sopracciglia nerofumo, una voce roca e drammatica e la figura di un barile. Mercuzio era più o meno lo stesso tipo. Lo impersonava un attore di basso rango che aveva introdotto nel testo battute tutte sue ed era in rapporti molto amichevoli con la platea. Erano entrambi grotteschi, come le scene, che sembravano provenire da un baraccone. Ma Giulietta! Harry, immagina una ragazza di neppure diciassette anni, con il visino come un fiore, una piccola testa greca con trecce castano scuro da cui sfuggivano i riccioli, occhi come pozzi viola di passione, labbra come petali di rosa. Era la creatura più bella che avessi mai visto in vita mia. Una volta mi hai detto che la passione ti lasciava indifferente, ma che la bellezza, la semplice bellezza, ti riempiva gli occhi di lacrime. Ti assicuro, Henry, a stento riuscivo a vedere questa ragazza attraverso il velo di lacrime che mi offuscava gli occhi. E la sua voce – non ho mai udito una simile voce. Era molto bassa da principio, con note profonde e dolci che sembravano cadere ad una ad una negli orecchi. Poi si fece un po' più forte, sembrava un flauto o un oboe lontano. Nella scena del giardino aveva tutta la tremula estasi che si ode appena prima dell'alba quando cantano gli usignoli. Ci furono momenti, più tardi, in cui aveva la selvaggia passione delle viole. Sai quanto una voce possa commuovere. La tua voce e quella di Sybil Vane sono due cose che non dimenticherò mai.

Quando chiudo gli occhi le sento e ciascuna dice qualcosa di diverso. Non so quale seguire. Perché non dovrei amarla, Harry? Io la amo davvero. Lei è tutto nella mia vita. Vado a vederla recitare ogni sera. Una sera è Rosalind la sera dopo è Imogene. L'ho vista morire nell'oscurità di una tomba italiana, succhiando il veleno dalle labbra del suo amante. L'ho vista vagare nella foresta delle Ardenne, travestita da ragazzo con braghe e farsetto e un elegante copricapo. Era pazza ed è apparsa alla presenza di un re colpevole e gli ha dato un cilicio da indossare ed erbe amare da assaggiare. Era innocente e le mani nere della gelosia hanno strangolato il suo collo sottile come un giunco. L'ho vista in ogni epoca e in ogni costume. Le donne comuni non attraggono mai la nostra immaginazione. Sono chiuse nell'ambito del loro secolo. Non hanno fascino che le trasfiguri. Si conosce la loro mente tanto facilmente quanto i loro cappellini. Si possono sempre trovare. Non c'è nessun mistero in nessuna di loro. Vanno a cavalcare a Hyde Park il mattino e a chiacchierare al tè il pomeriggio. Hanno il loro sorriso stereotipato, maniere all'ultima moda. Sono del tutto ovvie. Ma un'attrice! Com'è diversa un'attrice! Harry! Perché non mi hai detto che un'attrice è l'unica persona che valga la pena di amare?»

«Perché ne ho amate tante, Dorian!»

«Oh, sì, gente orribile dai capelli tinti e dal viso truccato.»

«Non parlare male dei capelli tinti e dei visi truccati. A volte, hanno un fascino straordinario,» disse Lord Henry.

«Adesso vorrei non averti detto di Sybil Vane.»

«Non avresti potuto fare a meno di parlarmene, Dorian. Tu mi dirai sempre tutto quello che farai.»

«Sì, Harry, credo proprio che sia vero. Non posso fare a meno di raccontarti le cose. Hai una strana influenza su di me. Se mai commettessi un delitto, verrei da te a confessartelo. Tu mi capiresti.»

«Gli esseri come te, i forti raggi del sole della vita – non commettono delitti, Dorian. Tuttavia ti sono obbligatissimo per il complimento. E ora dimmi – passami i fiammiferi, da bravo, grazie – quali sono i tuoi rapporti con Sybil Vane?»

Dorian Gray balzò in piedi, le guance in fiamme e gli occhi ardenti. «Harry! Sybil Vane è sacra!»

«Le cose sacre sono le sole che valga la pena di toccare, Dorian,» disse Lord Henry con una strana nota di passione nella voce. «Ma perché dovresti essere seccato? Immagino che un giorno sarà tua. Quando si è innamorati, si comincia sempre ingannando se stessi e si finisce ingannando gli altri. È ciò che il mondo chiama "una bella storia". Comunque, la conosci, immagino?»

«Certo che la conosco. La prima sera che ero a teatro, quell'orribile vecchio ebreo è venuto nel mio palco dopo la fine dello spettacolo offrendosi di accompagnarmi dietro il palcoscenico e di presentarmela. Mi infuriai con lui e gli dissi che Giulietta era morta da qualche secolo e il suo corpo giaceva in una tomba di marmo a Verona. Penso che, dal suo sguardo vacuo per la sorpresa, pensasse che io avessi bevuto troppo champagne o qualcosa del genere.»

«Non mi sorprende.»

«Quindi mi chiese se scrivevo per i giornali. Gli dissi che neppure li leggevo. Mi sembrò molto deluso e mi confidò che tutti i critici teatrali cospiravano contro di lui e che, nessuno escluso, erano dei prezzolati.»

«Non mi meraviglierei se su questo punto avesse ragione. D'altra parte, giudicando dal loro aspetto, la maggioranza non deve costare molto.»

«Sembrava comunque pensare che fossero al di là dei suoi mezzi,» rise Dorian. «Ma ormai nel teatro le luci venivano spente e io dovevo andare. Voleva offrirmi un sigaro di cui decantava la qualità. La sera dopo, naturalmente, tornai. Quando mi vide fece un profondo inchino e mi assicurò che ero un munifico patrono delle arti. Era un animale sgradevole, nonostante la sua straordinaria passione per Shakespeare. Mi disse anche, con orgoglio, che i suoi cinque fallimenti erano interamente avvenuti a causa del "Bardo", come insisteva a chiamare Shakespeare. Sembrava considerarlo un segno di distinzione.»

«Era davvero un segno di distinzione, mio caro Dorian – di grande distinzione. Molta gente fa bancarotta per avere troppo investito nella prosa della vita. Essersi rovinati per amore della poesia è una cosa onorevole. Ma, quando hai parlato per la prima volta a Sybil Vane?»

«La terza sera. Interpretava il ruolo di Rosalind. Non potei fare a meno di andare a trovarla. Le avevo gettato dei fiori e lei mi aveva guardato; o, almeno, così mi sembrava. Il vecchio ebreo insisteva. Sembrava deciso a portarmi dietro le quinte e infine acconsentii. Era strano che non volessi conoscerla, vero?»

«No; penso di no.»

«Perché, mio caro Harry?»

«Te lo dirò un'altra volta. Ora voglio sapere della ragazza.»

«Sybil? Oh, era così timida, e così gentile. C'è qualche cosa di fanciullesco in lei. Spalancò gli occhi assolutamente meravigliata quando le dissi che cosa pensavo della sua interpretazione e sembrava del tutto inconsapevole della sua bravura. Penso che entrambi fossimo piuttosto nervosi. Il vecchio ebreo era in piedi sogghignando sulla soglia del camerino polveroso, facendo discorsi elevati su di noi, mentre noi ci guardavamo l'un l'altro come bambini. Il vecchio insisteva nel chiamarmi milord, tanto che dovetti assicurare Sybil che non ero niente di simile. Lei disse semplicemente: "Sembra più un principe. La chiamerò Principe Azzurro".»

«Parola mia; Dorian, la signorina Sybil sa come fare i complimenti.»

«Tu non la capisci, Harry. Mi considerava semplicemente come il personaggio di una commedia. Non sa nulla della vita. Vive con la madre, una donna ormai esausta, che faceva la parte di Donna Capuleti la prima sera, avvolta in una specie di manto color magenta, e che sembra aver conosciuto tempi migliori.»

«Conosco quello sguardo. Mi deprime,» mormorò Lord Henry, esaminandosi gli anelli.

«L'ebreo voleva raccontarmi la sua storia, ma gli dissi che non mi interessava.»

«Avevi ragione. C'è sempre qualcosa di infinitamente meschino nelle tragedie degli altri.»

«Sybil è l'unica cosa che m'interessi. Che cosa m'importa da dove viene. È assolutamente, interamente divina. Ogni sera vado a vederla recitare, ogni sera è sempre più meravigliosa.»

«Suppongo che sia per questo motivo che non vieni più a cena con me. Immaginavo che tu avessi qualche strana avventura per le mani. È vero, allora; ma non è proprio quello che mi aspettavo.»

«Mio caro Harry, facciamo colazione o ceniamo insieme ogni giorno e spesso sono stato all'opera con te,» disse Dorian spalancando stupito gli occhi azzurri.

«Arrivi sempre terribilmente in ritardo.»

«È che non posso fare a meno di veder recitare Sybil,» esclamò «anche per un solo atto. Bramo la sua presenza; e quando penso all'anima meravigliosa che si nasconde in quel piccolo corpo d'avorio, mi sento pieno di sgomento.»

«Puoi cenare con me, Dorian, questa sera, vero?»

Dorian scosse il capo. «Questa sera è Imogene,» rispose «e domani sera sarà Giulietta.»

«Quando sarà Sybil Vane?»

«Mai.»

«Mi congratulo con te.»

«Sei tremendo! Lei è tutte le eroine del mondo in una volta sola. È più di un solo essere. Ridi, ma ti assicuro che è un genio. Io l'amo e devo fare in modo che anch'ella mi ami. Tu, che conosci tutti i segreti del mondo, dimmi a quale incantesimo devo ricorrere affinché Sybil Vane mi ami. Voglio ingelosire Romeo. Voglio che tutti gli amanti morti del mondo odano le nostre risa e piangano. Voglio che un alito della nostra passione rianimi le loro ceneri, risvegli le loro ceneri al dolore. Mio Dio, Harry, come l'adoro! Parlando, misurava a lunghi passi la stanza. Rosse macchie febbrili gli infiammavano il volto. Era in un grande stato di eccitazione.

Lord Henry lo osservò con un sottile senso di piacere. Come appariva diverso, ora, dal ragazzo timido e spaventato che aveva incontrato nello studio di Basil Hallward. La sua natura era cresciuta come un fiore, aveva dischiuso boccioli di fiamma scarlatta. Dal suo nascondiglio segreto era emersa la sua anima e, per via, il desiderio avanzava a incontrarla.

«E che cosa intendi fare?» chiese infine Lord Henry.

«Voglio che una sera tu e Basil veniate a vederla recitare. Non temo affatto il risultato. Dovrete riconoscere il suo genio. Poi dobbiamo toglierla dalle mani dell'ebreo. Ha un contratto di tre anni con lui – forse due anni e otto mesi – a partire da oggi. Dovrò pagargli qualche cosa, naturalmente. Quando tutto sarà sistemato, prenderò un teatro del West End e la farò debuttare come si deve. Farà impazzire la gente come ha fatto impazzire me.»

«Potrebbe non succedere, mio caro ragazzo.»

«Sì, ci riuscirà. Sybil non solo ha talento, un consumato istinto artistico, ma anche una forte personalità. Tu spesso mi hai detto che sono le personalità, non i princìpi a fare un'epoca.»

«Bene, che sera proponi?»

«Fammi vedere. Oggi è martedì. Fissiamo per domani. Sarà Giulietta domani.»

«Va bene. Al Bristol, alle otto. Porterò Basil con me.»

«Non alle otto, Harry, per favore. Alle sei e mezza. Dobbiamo esserci prima che si alzi il sipario. Dovete vederla durante il primo atto, quando incontra Romeo.»

«Alle sei e mezza. Che ora impossibile! Sarà come prendere un tè servito con carne o leggere un romanzo inglese. Facciamo le sette. Nessun vero gentiluomo cena prima delle sette. Vedrai Basil prima di allora o devo scrivergli io?»

«Caro Basil! Non lo vedo da una settimana. È orribile da parte mia, tanto più che mi ha mandato il ritratto in una meravigliosa cornice, disegnata appositamente da lui e, anche se sono un po' geloso del quadro, che ha un mese meno di me, devo ammettere che mi fa molto piacere. Forse faresti meglio a scrivergli tu. Non voglio vederlo da solo. Dice cose che mi annoiano. Mi dà buoni consigli.»

Lord Henry sorrise. «La gente ama regalare ciò di cui ha maggiormente bisogno. Si tratta di quello che io chiamo il pozzo della generosità.»

«Oh, Basil è il migliore degli amici, ma mi sembra un pochino filisteo. Me ne sono reso conto dopo averti conosciuto, Harry.»

«Basil, mio caro ragazzo, trasferisce nella sua opera tutto il fascino che è in lui. Di conseguenza non gli rimangono, per la vita, che i suoi soli pregiudizi, i suoi princìpi e il suo buon senso. I soli artisti che io abbia conosciuto dotati di fascino personale sono i cattivi artisti. I buoni artisti esistono soltanto per quello che producono e di conseguenza non sono affatto interessanti per quello che sono. Un grande poeta, un poeta veramente grande, è la meno poetica di tutte le creature. Ma i poeti minori sono assolutamente affascinanti. Quanto più brutti i loro versi, tanto più pittoreschi appaiono. Il semplice fatto di aver pubblicato un libro di sonetti di seconda qualità rende un uomo irresistibile. Vive la poesia che non sa scrivere. Gli altri scrivono la poesia che non sanno vivere nella realtà.»

«Mi domando se sia proprio così, Harry» disse Dorian Gray, versandosi del profumo sul fazzoletto da una grossa boccia dal tappo d'oro che era sul tavolo. «Sarà così, se lo dici tu. E ora devo andare. Imogene mi attende. Non dimenticarti di domani. Arrivederci.»

Come lasciò la stanza, Lord Henry abbassò le pesanti palpebre e incominciò a pensare. Certamente poche persone lo avevano interessato tanto quanto Dorian Gray, eppure la folle adorazione del ragazzo per un'altra persona non gli provocava la più piccola punta di fastidio o fitta di gelosia. Anzi ne era contento. Lo rendeva uno studio ancora più interessante. Era sempre stato incantato dai metodi delle scienze naturali, al contrario dei soggetti di queste scienze, che gli erano sempre sembrati di poco conto e di nessuna importanza. Pertanto aveva cominciato a vivisezionare se stesso così come aveva finito per vivisezionare gli altri. La vita umana: gli era apparsa come l'unica cosa che valesse la pena di indagare. Nient'altro sembrava aver valore al confronto. È vero che, osservando la vita in quel suo strano crogiolo di sofferenze e piaceri, non è possibile coprirsi il viso con una maschera di vetro né impedire che i vapori di zolfo turbino il cervello, intorbidando l'immaginazione con fantasie mostruose e sogni dalle forme sconclusionate. Ci sono veleni così sottili che per conoscerne le proprietà è necessario intossicarsene. Ci sono malattie così strane che per capirne la natura bisogna subirle. Eppure quali grosse ricompense si ricevevano! Come diventava meraviglioso il mondo! Che piacere osservare la strana e dura logica della passione e la vita emozionante e colorata dell'intelletto, osservare il loro punto di congiunzione e di distacco, dove vivono all'unisono e dove in disaccordo! Che importa se il prezzo è alto? Non c'è prezzo che sia troppo alto per una sensazione!

Era consapevole – e il pensiero portò un guizzo di piacere in quegli occhi di agata bruna – come fosse dovuto a certe sue parole, parole dal morbido suono espresse come fossero musica, se l'animo di Dorian Gray si era rivolto verso questa candida fanciulla, per chinarsi adorante ai suoi piedi. In larga misura il ragazzo era una sua creazione. Lo aveva reso precoce. Non era cosa da poco. La gente comune attende finché la vita non le dischiude i suoi segreti, ma solo a pochi, agli eletti, i misteri della vita si rivelano prima che il velo venga scostato. Qualche volta ciò avviene per effetto dell'arte, e soprattutto della letteratura, che tratta con immediatezza delle passioni e dell'intelletto. Ma talvolta una personalità complessa prende il posto dell'arte, anzi, in realtà, diventa a suo modo un'autentica opera d'arte, perché anche la vita produce le sue elaborate opere d'arte, proprio come la poesia, la scultura o la pittura.

Sì, il giovane era precoce. Raccoglieva le sue messi mentre era ancora primavera. In lui c'erano le pulsioni e le passioni della gioventù, ma stava diventando cosciente di sé. Era un piacere osservarlo. Con il suo bellissimo viso, con la sua bellissima anima, sembrava quasi un prodigio. Non importava come tutto sarebbe finito o era destinato a finire. Assomigliava a una di quelle graziose figure di una processione o di una recita, le cui gioie sembrano così distanti, ma le cui pene colpiscono il nostro senso del bello e le cui ferite sembrano rose.

Anima e corpo, corpo e anima: com'erano misteriosi! C'era qualche cosa di animalesco nell'anima, mentre il corpo aveva i suoi momenti di spiritualità. I sensi potevano affinarsi e l'intelletto deteriorarsi. Chi poteva dire dove cessava l'impulso della carne o iniziava quello della materia? Come sono superficiali le definizioni arbitrarie dei comuni psicologi! Eppure come è difficile decidere tra le esposizioni delle grandi scuole! Era forse l'anima un'ombra assisa nella casa del peccato? Oppure il corpo aveva sede nell'anima, come pensava Giordano Bruno? La separazione dello spirito dalla materia era un mistero grande tanto quanto quello dell'unione dello spirito con la materia.

Cominciò a domandarsi se saremmo stati in grado di fare della psicologia una scienza così assoluta da rivelarci ogni piccolo principio di vita. Invece, ancora non capivamo noi stessi e raramente gli altri. L'esperienza non aveva nessun valore etico. Era semplicemente il nome che gli uomini davano ai loro errori. Di regola i moralisti l'avevano considerata una sorta di avvertimento, le avevano attribuito una certa efficacia morale nella formazione del carattere, l'avevano lodata come qualcosa che ci addita la via che bisogna seguire, ci indica quella da evitare. Ma nell'esperienza non c'è forza motivante. Come causa attiva è tanto limitata quanto la coscienza stessa. Tutto quello che in realtà dimostra è che il nostro futuro sarà uguale al nostro passato e che il peccato che abbiamo commesso una prima volta con ripugnanza lo commetteremo poi in seguito con gioia.

Gli appariva chiaro che il metodo sperimentale era l'unico attraverso il quale si sarebbe potuto giungere a un'analisi scientifica delle passioni; certamente Dorian Gray era un soggetto adatto che sembrava promettere risultati ricchi e fruttuosi. Il suo amore improvviso e folle per Sybil Vane era un fenomeno psicologico di nessun interesse. Non c'era dubbio che la curiosità giocava una parte importante, la curiosità e il desiderio per nuove esperienze; tuttavia non era una passione semplice, bensì molto complessa. Ciò che in essa era puro istinto sensuale dell'adolescenza era stato trasformato dal lavoro dell'immaginazione, cambiato in qualcosa che appariva al ragazzo stesso non aver nulla a che fare con i sensi, ed era, per questa stessa ragione, tanto più pericoloso. Sono le passioni, sulla cui origine noi inganniamo noi stessi, che ci tiranneggiano con maggior forza. Le nostre motivazioni più deboli sono quelle della cui natura siamo consapevoli. Spesso capita che quando pensiamo di sperimentare sugli altri, in realtà, sperimentiamo su noi stessi.

Mentre Lord Henry seduto in poltrona sognava queste cose, si udì bussare alla porta e il suo cameriere entrò a ricordargli che era ora di vestirsi per la cena. Si alzò e guardò giù nella strada. Il sole aveva sbalzato in oro scarlatto le finestre dei piani alti delle case di fronte. I vetri rosseggiavano come lastre di metallo rovente. In alto, il cielo era simile a una rosa appassita. Pensò alla giovane vita dai colori di fiamma del suo amico e si chiese come tutto sarebbe finito.

Quando rientrò a casa ben dopo la mezzanotte vide un telegramma appoggiato sul tavolo del vestibolo. Lo aprì e vide che era stato inviato da Dorian Gray. Gli diceva che si era fidanzato con Sybil Vane.

5

«Mamma, mamma, sono così felice!» sussurrò la ragazza, nascondendo il viso nel grembo della donna appassita, dall'aspetto stanco che, con le spalle rivolte alla luce intensa e penetrante, sedeva sull'unica poltrona del loro angusto salotto. «Sono così felice!» ripeté «e anche tu devi essere felice.»

La signora Vane sussultò, posando le mani sottili e sbiadite dal bismuto sul capo della figlia. "Felice!» ripeté «Io sono felice, Sybil, quando ti vedo recitare. Tu non devi pensare ad altro che a recitare. Il signor Isaacs è stato buono con noi e noi gli dobbiamo dei soldi.»

La ragazza guardò in su, imbronciata. «Soldi, mamma?» esclamò «Che importano i soldi? L'amore vale più del denaro.»

«Il signor Isaacs ci ha anticipato cinquanta sterline per pagare i nostri debiti e per comperare gli abiti che servivano a James. Non devi dimenticarlo, Sybil. Cinquanta sterline sono una grossa somma. Il signor Isaacs è stato molto comprensivo.»

«Non è un vero signore, mamma, e non posso sopportare il modo in cui mi parla» disse la ragazza, alzandosi e andando alla finestra.

«Non so come ce la caveremmo senza di lui,» rispose la donna in tono lamentoso.

Sybil Vane scosse il capo ridendo. «Non abbiamo più bisogno di lui, mamma. Il Principe Azzurro penserà a noi, d'ora in poi.» Fece una pausa. Una rosa sembrò agitarsi nel suo sangue, colorandole il viso. Un breve respiro schiuse i petali delle sue labbra, facendole tremare. Un vento di passione, che sembrava spirare dalle terre del sud, agitò le pieghe sottili del suo abito. «Lo amo,» disse semplicemente.

«Mia sciocca bambina, sciocca bambina!» fu la frase che, ripetuta a pappagallo, le fu data come risposta. L'agitarsi delle dita adunche, ornate di falsi gioielli, rendeva ancor più grottesche le parole.

La ragazza rise di nuovo. Nella sua voce, la gioia di un uccellino in gabbia. Gli occhi colsero la melodia e la diffusero raggianti; quindi si chiusero un attimo come per nascondere il loro segreto. Quando si aprirono, su di loro era passato il velo di un sogno.

La saggezza dalle labbra sottili le parlò dalla poltrona consunta, le consigliò prudenza, citando da quel libro della vigliaccheria il cui autore scimmiotta il nome del buon senso. Non ascoltava. Era libera nella sua prigione di passione. Il suo principe, il Principe Azzurro, era con lei. Aveva chiesto alla memoria di restituirglielo. Aveva incaricato la sua anima di ricercarglielo ed essa l'aveva accontentata. Il suo bacio le bruciava ancora sulle labbra. Le palpebre erano ancora calde del suo respiro.

Allora la saggezza cambiò metodo e parlò di informazioni e scoperte. Questo giovane doveva essere ricco. In questo caso si poteva parlare di matrimonio. Contro le conchiglie dei suoi orecchi si infransero le onde dell'astuzia del mondo. Le frecce della furbizia le caddero accanto. Vide le labbra sottili muoversi, e sorrise.

Improvvisamente sentì il bisogno di parlare. «Mamma, mamma,» esclamò «perché mi ama tanto? Io lo so perché lo amo. Lo amo perché è come dovrebbe essere l'amore stesso. Ma lui che cosa vede in me? Io non sono degna di lui. Eppure, non so perché, quantunque mi senta molto inferiore a lui, non mi sento umile: mi sento orgogliosa, tremendamente orgogliosa. Mamma, tu hai amato mio padre come io amo il mio Principe Azzurro?»

L'anziana signora impallidì sotto la cipria di poco prezzo che le copriva le guance, mentre le sue labbra secche si contrassero in uno spasimo di sofferenza. Sybil corse da lei, le gettò le braccia al collo e la baciò. «Perdonami, mamma. So che ti addolora molto parlare di mio padre. Ma soffri solo perché lo hai amato tanto. Non essere triste. Oggi io sono felice come lo eri tu vent'anni fa. Lascia che io sia sempre felice.»

«Figlia mia, sei troppo giovane per pensare di innamorarti. E poi, che cosa sai di questo giovane? Non sai neppure il suo nome. Questa faccenda non viene a proposito, proprio ora che James sta partendo per l'Australia e io ho tante cose a cui pensare: devo dire che non hai dimostrato molta considerazione. Però, come ho detto prima, se è ricco...»

«Ah! mamma, mamma, lasciami essere felice!»

La signora Vane le lanciò un'occhiata, e, con uno di quei gesti falsamente teatrali che spesso diventano negli attori una seconda natura, la strinse tra le braccia. Improvvisamente la porta si aprì e un giovane dai capelli castani arruffati entrò nella stanza. Aveva una figura tarchiata, con mani e piedi grossi ed era goffo nei movimenti. Non era fine come la sorella. A stento si sarebbe potuto indovinare la loro stretta parentela. La signora Vane lo fissò e il suo sorriso si fece più intenso. Elevò mentalmente suo figlio alla dignità di un pubblico. Era sicura che il quadretto era interessante.

«Potresti risparmiare qualcuno dei tuoi baci per me, Sybil,» disse il ragazzo con un brontolio affettuoso.

«Ah! ma a te non piace farti baciare, Jim,» esclamò. «Sei un orso terribile.» Ma corse da lui e lo abbracciò.

James Vane guardò con tenerezza il viso della sorella. «Vorrei che uscissi a fare una passeggiata con me, Sybil. Non credo di rivedere mai più questa orribile Londra. E di certo non lo desidero.»

«Figlio mio, non dire queste brutte cose,» mormorò la signora Vane, prendendo uno sgargiante costume teatrale con un sospiro e disponendosi a rammendarlo. Era un po' seccata che anche lui non facesse l'attore, cosa che avrebbe aumentato la pittoresca teatralità della situazione.

«Perché no, mamma? È proprio così.»

«Mi addolori, figlio mio. Spero che tornerai dall'Australia con una florida posizione. Penso che non ci sia sorta di rapporti sociali laggiù nelle colonie, niente almeno che io definirei buona società; così, dopo che avrai fatto fortuna, tornerai e potrai stabilirti qui a Londra.»

«Buona società!» quasi balbettò il ragazzo. «Non voglio saperne. Vorrei fare un po' di soldi per togliere te e Sybil dalle scene. Le odio!»

«Oh, Jim!» disse Sybil, ridendo. «Come è poco gentile da parte tua! Ma hai davvero intenzione di fare una passeggiata con me? Che bello! Credevo che volessi andare a salutare i tuoi amici – Tom Hardy, per esempio, che ti ha regalato quell'orribile pipa, o Ned Lamgton, che ti canzona perché la fumi. Sei un tesoro a riservarmi il tuo ultimo pomeriggio. Dove andiamo? Andiamo a Hyde Park.»

«Sono troppo mal vestito,» rispose lui aggrottando la fronte. «Soltanto gli elegantoni vanno al Park.»

«Sciocchezze, Jim,» sussurrò, carezzandogli la manica della giacca.

Il giovane esitò per un momento. «Va bene» disse finalmente «ma non metterci troppo tempo a vestirti.» Lei lasciò la stanza quasi danzando. La si sentiva cantare mentre saliva le scale, e dall'alto giunse il rumore dei suoi passi.

Tre o quattro volte Jim misurò a grandi passi la stanza. Poi si volse verso la figura silenziosa seduta in poltrona. «Sono pronte le mie cose, mamma?» chiese.

«Prontissime, James,» rispose la donna, gli occhi abbassati sul suo lavoro. Negli ultimi mesi si era sentita a disagio ogni volta che si era trovata sola alla presenza di questo suo figlio rude e severo. Quando i loro occhi si incontravano, la sua natura segreta e superficiale ne era turbata. Il silenzio – lui non aveva detto altro – le divenne intollerabile. Più volte si era domandata se sospettasse qualche cosa. Cominciò a lamentarsi. Le donne si difendono attaccando, proprio come attaccano con rese improvvise e inaspettate. «Spero che sarai contento della tua vita di mare, James,» disse. «Ricordati comunque che l'hai scelta tu. Avresti potuto entrare nello studio di un procuratore. I procuratori sono di una classe molto rispettabile; in campagna, poi, vanno a pranzo spesso dalle migliori famiglie.»

«Odio gli uffici e gli impiegati,» rispose. «Ma hai tutte le ragioni. La mia vita è una mia scelta. Ti dico una cosa soltanto: abbi cura di Sybil, bada che non le succeda niente di male. Devi aver cura di Sybil, mamma.»

«James, in che modo strano parli! Naturalmente avrò cura di Sybil.»

«Ho sentito che tutte le sere viene un signore a teatro, e poi va dietro le quinte per parlarle. È vero? Di che cosa si tratta?»

«Parli di cose che non capisci, James. Nella nostra professione siamo abituate a ricevere un gran numero di attenzioni gratificanti. Io stessa ero abituata a ricevere molti mazzi di fiori ogni sera. Questo succedeva quando recitare era una cosa molto apprezzata. Quanto a Sybil, non so se la relazione sia seria oppure no. Non c'è dubbio, tuttavia, che il giovanotto in questione è un gentiluomo di stampo perfetto. È gentilissimo con me. Inoltre pare che sia molto ricco e i fiori che manda sono bellissimi.»

«Non sai come si chiama, però,» disse il giovane in modo brusco.

«No,» rispose la madre con un'espressione placida sul volto. «Non ha ancora rivelato il suo vero nome. Penso che sia una cosa molto romantica da parte sua. Probabilmente è un membro dell'aristocrazia.»

James Vane si morse un labbro. «Bada a Sybil, mamma,» esclamò «bada a lei!»

«Figlio mio. Mi stai tormentando. A Sybil io dedico tutte le mie attenzioni. Certo che, se questo gentiluomo è ricco, non c'è ragione per cui non debba unirsi a lui. Confido che appartenga all'aristocrazia. Devo dire che ne ha tutto l'aspetto. Potrebbe essere un matrimonio molto brillante per Sybil. Farebbero una bellissima coppia insieme. Lui ha un aspetto davvero splendido, tutti lo notano.»

Il ragazzo mormorò qualcosa tra sé e tamburellò sui vetri della finestra con le rozze dita. Si era appena voltato per dire qualcosa quando si aprì la porta ed entrò Sybil.

«Come siete seri tutti e due!» esclamò. «Che cosa succede?»

«Nulla,» rispose il fratello. «Penso che bisogna pure essere seri qualche volta. Arrivederci, mamma. Cenerò alle cinque. Il bagaglio è pronto; mancano solo le camicie, perciò non preoccuparti.»

«Arrivederci, figlio mio,» rispose la donna con un inchino artificiosamente solenne.

Era estremamente seccata dal tono che egli aveva assunto con lei e, nel suo aspetto, c'era qualcosa che la intimoriva.

«Dammi un bacio, mamma,» disse la ragazza. Le sue labbra, simili a un fiore, toccarono la guancia avvizzita e ne scaldarono il gelo.

«Bimba! Bimba mia!» esclamò la signora Vane, alzando gli occhi al soffitto, come se cercasse un'immaginaria galleria.

«Vieni, Sybil,» disse James con impazienza. Odiava i modi affettati della madre.

Uscirono alla luce del sole, tremolante e spazzata dal vento, avviandosi giù per la triste Euston Road. I passanti guardavano stupiti quel giovane robusto e dall'aria incupita che, pur indossando abiti di poco prezzo che gli cadevano male addosso, era in compagnia di una ragazza così graziosa e dall'aspetto raffinato. Sembrava un povero giardiniere a spasso con una rosa.

Di tanto in tanto Jim si accigliava, cogliendo lo sguardo curioso di qualche passante. Odiava essere osservato, come succede ai grandi geni solo negli ultimi anni della loro vita, e, sempre, alla gente comune. Sybil, tuttavia, non era affatto conscia dell'effetto che produceva. L'amore le faceva fremere le labbra che si schiudevano in risate. Pensava al Principe Azzurro e, per pensarlo meglio, non ne parlava, ma chiacchierava della nave sulla quale Jim si sarebbe imbarcato, dell'oro che sicuramente avrebbe trovato e della meravigliosa ereditiera cui avrebbe salvato la vita dall'attacco dei vagabondi del bush in camicia rossa. Non sarebbe, infatti, rimasto sempre un marinaio, un commissario di bordo o qualcosa del genere. Oh, no! La vita del marinaio era terribile. Immaginatevi essere rinchiusi in una nave orrenda, mentre onde gonfie e ruggenti cercano di penetrarvi e un vento cupo abbatte gli alberi, strappando le vele in lunghi brandelli. Suo fratello sarebbe sceso dalla nave a Melbourne, avrebbe salutato educatamente il capitano per dirigersi immediatamente nei campi in cui si cercava l'oro. Neanche dopo una settimana avrebbe trovato una grossa pepita d'oro purissimo, la più grande mai scoperta, e l'avrebbe portata verso la costa su un carro scortato da sei poliziotti a cavallo. I banditi lo avrebbero assalito tre volte, ma sarebbero stati sconfitti in un'immensa carneficina. Oppure no. Non sarebbe andato affatto a cercare l'oro. Erano posti orrendi in cui gli uomini si intossicavano e poi si sparavano l'un l'altro nei saloon e parlavano un linguaggio pieno di oscenità. Sarebbe stato un abile allevatore di pecore e una sera, mentre tornava cavalcando a casa, avrebbe incontrato una bella ereditiera che un bandito stava trascinando via, dopo averla rapita, su un cavallo nero. Naturalmente lei si sarebbe innamorata di lui, e lui di lei; si sarebbero sposati e quindi sarebbero tornati a vivere in una grandissima casa a Londra. Sì, c'erano cose meravigliose in serbo per lui. Ma avrebbe dovuto essere molto bravo, non avrebbe dovuto farsi prendere dalla collera, né spendere sciocamente il denaro. Lei aveva solo un anno più di lui, ma quante più cose sapeva della vita! Jim doveva anche scriverle a ogni partenza del servizio postale e dire le orazioni tutte le sere prima di coricarsi. Dio era molto buono e l'avrebbe protetto dal cielo. Anche lei avrebbe pregato per lui, e in pochi anni sarebbe tornato a casa ricco e felice.

Il ragazzo l'ascoltava imbronciato senza risponderle. Aveva il cuore stretto all'idea della partenza.

Ma non era solo questo a renderlo cupo e taciturno. Pur inesperto com'era, sentiva acutamente la pericolosità della situazione di Sybil. Questo zerbinotto che le faceva la corte non le avrebbe certo fatto alcun bene. Era un gentiluomo ed egli lo odiava proprio per questo, lo odiava per uno strano e inspiegabile istinto di razza e che proprio per questo lo dominava ancora di più. Inoltre era consapevole della superficialità e vanità della natura della madre, che rappresentava un pericolo per Sybil e per la sua felicità. I figli cominciano con l'amare i propri genitori; quando crescono li giudicano; e, a volte, li perdonano.

Sua madre! Aveva nella mente un proposito, di chiederle una cosa che da mesi rimuginava nella sua testa. Una frase casuale che aveva udito a teatro, una frase di scherno sussurrata, e che gli era giunta all'orecchio una sera mentre era in attesa sulla porta del palcoscenico, aveva scatenato in lui una serie di orribili pensieri. Se ne ricordava come una sferzata sul viso. Aggrottò le sopracciglia e, con una smorfia di sofferenza si morse il labbro inferiore.

«Non stai ascoltando neppure una parola, Jim,» esclamò Sybil «mentre sto facendo i più fantastici piani per il tuo futuro. Dimmi qualcosa.»

«Che cosa vuoi che ti dica?»

«Che farai il bravo ragazzo e non ti dimenticherai di noi,» gli rispose con un sorriso.

Il fratello si strinse nelle spalle. «È più facile che tu ti dimentichi di me che io di te, Sybil.»

Lei arrossì. «Che cosa vuoi dire, Jim?» chiese.

«Ho saputo che hai un nuovo amico. Chi è? Perché non me ne hai parlato? Non ti verrà molto bene da lui.»

«Smettila, Jim!» esclamò. «Non devi parlare male di lui. Io lo amo.»

«Chi è? Ho il diritto di saperlo.»

«Lo chiamo Principe Azzurro. Non ti piace il suo nome? Oh! sciocone! Non dovresti dimenticarlo mai. Se soltanto tu lo vedessi, capiresti che è la persona più meravigliosa della terra. Un giorno lo conoscerai. Quando tornerai dall'Australia. Ti piacerà moltissimo. Piace a tutti e io... lo amo. Vorrei che tu potessi venire a teatro questa sera. Sarò Giulietta. Oh! come reciterò! Pensa, Jim, essere innamorata e recitare Giulietta! E averlo tra gli spettatori! Recitare per deliziarlo! Temo che spaventerò il pubblico, lo spaventerò o lo incanterò. Essere innamorati significa superare se stessi. Il povero, orribile signor Isaacs griderà "è un genio" ai suoi fannulloni del bar. Mi ha predicato come un dogma. Questa sera mi annuncerà come una rivelazione. Lo sento. E tutto questo è suo, Principe Azzurro, il mio meraviglioso amante, il mio dio della bellezza. Vicino a lui io sono povera. Povera? Che importanza ha? Quando la povertà entra strisciando dalla porta, l'amore arriva volando dalla finestra. I nostri proverbi hanno bisogno di essere riscritti. Furono composti in inverno e ora siamo in estate. La primavera per me, penso, è come una danza di fiori in bocciolo nel cielo azzurro.»

«È un signore,» disse il ragazzo, cupo.

«Un principe!» lei esclamò come in un canto. «Che cosa vuoi di più?»

«Lui vuole farti sua schiava.»

«Tremo al pensiero di essere libera.»

«Voglio che tu stia ben attenta a lui.»

«Vederlo significa adorarlo, conoscerlo averne fiducia.»

«Sybil, tu sei pazza di lui.»

La fanciulla rise e gli prese il braccio. «Sì, mio caro Jim, parli come se avessi cent'anni. Un giorno anche tu ti innamorerai. Allora saprai che cosa significa. Non guardarmi con questo broncio. Dovresti invece essere contento che, sebbene tu parta, mi lasci più felice di quanto sia mai stata. La vita è stata dura per tutti e due, terribilmente dura e difficile. Ora sarà diversa. Tu stai partendo per un nuovo mondo e io ne ho trovato uno. Ecco due sedili; sediamoci e guardiamo passare la bella gente.»

Presero posto in mezzo a una folla di gente intenta a guardare. Le aiuole di tulipani dall'altra parte della strada fiammeggiavano come anelli di fuoco pulsanti. Una polvere bianca, simile a una tremula nube di iris, era sospesa nell'aria palpitante. Gli ombrellini dai colori vivaci danzavano su e giù come enormi farfalle.

Sybil fece parlare il fratello di sé, delle sue speranze, dei suoi progetti. Lui parlava lentamente e con sforzo. Le parole passavano tra di loro come i gettoni tra i giocatori. Sybil si sentì oppressa. Non era capace di comunicare la sua gioia. Un debole sorriso sulle pieghe della bocca triste era l'unica eco di risposta che la fanciulla riusciva a ottenere da lui.

Dopo poco lei tacque. Improvvisamente colse un guizzo di capelli d'oro e di labbra ridenti, mentre Dorian Gray, seduto in una carrozza aperta, in compagnia di due signore, passava.

Balzò in piedi. «Eccolo!»

«Chi?» disse Jim Vane.

«Il Principe Azzurro,» rispose lei, seguendo con lo sguardo la carrozza.

Jim scattò in piedi e l'afferrò rudemente per il braccio. «Fammelo vedere. Chi è? Indicamelo. Devo vederlo!» esclamò. Ma in quel momento il tiro a quattro del duca di Berwick si frappose e, quando fu passato, la carrozza aveva ormai lasciato Hyde Park.

«Se ne è andato,» mormorò con tristezza Sybil. «Avrei voluto che tu lo vedessi.»

«Anch'io avrei voluto vederlo, perché, come è vero Iddio, se dovesse farti del male, lo ucciderò.»

Lo guardò terrorizzata. Lui ripetè le sue parole. Tagliarono l'aria come un pugnale. La gente intorno cominciò a guardarli a bocca aperta. Una signora vicino a Sybil ridacchiò nervosamente.

«Vieni via, Jim, vieni via,» sussurrò. Lui la seguì riluttante mentre fendeva la folla. Si sentiva contento di ciò che aveva detto.

Quando furono vicino alla statua di Achille, lei si voltò. Nei suoi occhi c'era un'espressione compassionevole che si trasformò in una risata sulle sue labbra. «Sei sciocco, Jim, proprio sciocco; un ragazzo dal brutto carattere, ecco quello che sei. Come puoi dire cose tanto orribili? Non sai quello che dici. Sei semplicemente geloso e poco gentile. Ah, come vorrei che tu ti innamorassi! L'amore rende buona la gente, mentre ciò che hai detto è molto cattivo.»

«Ho sedici anni,» rispose «e so quello che dico. La mamma non sa esserti di aiuto. Non capisce che deve sorvegliarti. Ora vorrei non dover partire affatto per l'Australia. Sono molto tentato di mandare a monte tutto. Lo farei se il contratto non fosse già stato firmato.»

«Oh, non essere così serio, Jim. Sei come uno degli eroi di quegli stupidi melodrammi che la mamma amava tanto recitare. Non voglio litigare con te. L'ho visto, e il vederlo è una perfetta felicità. Non litigheremo. So che tu non faresti mai male a chi amo, non è vero?»

«No, finché tu lo amerai, penso» fu la cupa risposta.

«Lo amerò per sempre!» lei esclamò.

«E lui?»

«Anche lui, per sempre!»

«Sarà meglio per lui.»

Sybil si ritrasse dal fratello. Poi rise e gli appoggiò una mano sul braccio. Era davvero soltanto un ragazzo.

A Marble Arch salirono su un omnibus che li depositò nei pressi della loro squallida casa in Euston Road. Erano le cinque passate e Sybil dovette sdraiarsi per un paio d'ore prima dello spettacolo. Jim aveva insistito perché lo facesse. Disse anche che preferiva dirle addio quando non c'era la madre, che avrebbe fatto senz'altro una scena, mentre lui detestava le scene.

Si salutarono nella camera di Sybil. Nell'animo del ragazzo c'era un forte sentimento di gelosia e un feroce odio mortale verso quello sconosciuto che, così gli sembrava, si era messo tra loro. Tuttavia, quando lei gli gettò le braccia al collo e gli passò le dita tra i capelli, si addolcì e la baciò con sincero affetto. Mentre scendeva le scale, aveva gli occhi pieni di lacrime.

La madre lo aspettava dabbasso. Al suo entrare, brontolò perché non era puntuale. Il ragazzo non rispose, ma si sedette di fronte a un magro pasto. Le mosche ronzavano intorno alla tavola e camminavano sulla tovaglia piena di macchie. Attraverso il rombo degli omnibus e il fracasso delle carrozze udiva il ronzare di quella voce che gli divorava ogni minuto rimasto.

Poco dopo, scostò il piatto e nascose il viso tra le mani. Sentiva che aveva il diritto di sapere. Se la cosa era come egli sospettava, lei avrebbe già dovuto dirglielo. Immobile per la paura, la madre lo osservava. Le parole le uscirono macchinalmente dalle labbra. Le dita torcevano un lacero fazzoletto di pizzo. Quando l'orologio battè le sei, lui si alzò e andò alla porta. Poi si voltò e la guardò. I loro occhi si incontrarono. Riconobbe nei suoi una folle domanda di grazia, che lo fece infuriare.

«Mamma, devo chiederti una cosa,» disse. Gli occhi di lei vagarono per la stanza. Non rispose. «Dimmi la verità. Ho diritto di saperla, ora. Tu e mio padre eravate sposati?»

Ella sospirò profondamente. Era un sospiro di sollievo. Quel terribile momento, quel momento che da mesi, giorno e notte, aveva temuto, finalmente era giunto. Tuttavia non ne aveva paura, anzi, in un certo senso, ne era delusa. La volgare franchezza della domanda richiedeva una risposta altrettanto franca. La situazione non era stata preparata con gradualità. Bensì con crudezza. Le ricordava una prova teatrale mal fatta.

«No,» rispose, stupita della dura semplicità della vita.

«Allora mio padre era un mascalzone?» esclamò il ragazzo, stringendo i pugni.

La donna scosse il capo. «Sapevo che non era libero. Ci amavamo moltissimo. Se avesse vissuto avrebbe provveduto a noi. Non parlare male di lui, figlio mio. Era tuo padre ed era un gentiluomo. In effetti era di elevata parentela.»

Dalle labbra del ragazzo eruppe una bestemmia. «Non mi importa di me,» esclamò, «ma non lasciare che Sybil... È un gentiluomo, non è vero, quello che è innamorato di lei, oppure dice di esserlo? Elevata parentela anche lui, suppongo.»

Per un attimo la donna fu sopraffatta da un pesante senso di umiliazione. Lasciò cadere la testa. Si asciugò gli occhi con mani tremanti. «Sybil ha una madre,» mormorò; «io non l'ho avuta.»

Il ragazzo si commosse. Andò verso di lei e, chinatosi, le diede un bacio. «Mi dispiace se ti ho fatto soffrire nel chiederti di mio padre,» disse «ma non ho potuto farne a meno. Ora devo andare. Addio. Non dimenticare che ora avrai solo una figlia a cui badare e credimi, se quest'uomo farà del male a mia sorella, scoprirò chi è, lo seguirò, lo ucciderò come un cane. Lo giuro.»

Il tono esagerato e folle della minaccia, il gesto appassionato che lo accompagnò, le parole melodrammatiche le fecero apparire la vita sotto una luce più vivida. Questa atmosfera le era familiare. Respirò più liberamente e, per la prima volta dopo tanti mesi, ammirò sinceramente il figlio. Le sarebbe piaciuto continuare la scena a questo livello emotivo, ma lui tagliò corto. Bisognava portar giù i bauli e bisognava cercare gli indumenti pesanti. L'uomo di fatica della pensione faceva avanti e indietro. Poi bisognava fissare il prezzo con il vetturino. Si consumava il tempo rimasto in futili dettagli. Fu con un rinnovato senso di delusione che, mentre il figlio si allontanava in carrozza, sventolò dalla finestra il fazzoletto lacero. Sentiva che una grande occasione era andata perduta. Si consolò dicendo a Sybil come la sua vita sarebbe stata desolata ora che le era rimasta una figlia sola a cui badare. Ricordò la frase. Le era piaciuta. Della minaccia non disse nulla. Era stata espressa con vivacità e senso drammatico. Sentiva che un giorno ne avrebbero riso tutti insieme.

6

«Suppongo che tu abbia sentito la notizia, Basil!» disse Lord Henry, quella sera, mentre Hallward veniva introdotto in un salottino privato del Bristol, dove era stato apparecchiato per tre.

«No, Harry,» rispose l'artista, consegnando soprabito e cappello a un ossequioso cameriere. «Di che cosa si tratta? Niente di politica, spero? Proprio non mi interessa. In tutta la Camera dei Comuni ci sarà a stento una persona a cui valga la pena di fare il ritratto, anche se molti migliorerebbero con una piccola imbiancatina.»

«Dorian Gray si è fidanzato,» disse Lord Henry, gli occhi fissi su di lui mentre parlava.

Hallward sussultò e aggrottò la fronte. «Dorian fidanzato?» esclamò. «Impossibile!»

«È verissimo!»

«Con chi?»

«Con una attricetta o qualcosa del genere.»

«Non posso crederci. Dorian ha troppo buon senso.»

«Dorian è troppo saggio per non fare qualche sciocchezza di tanto in tanto, mio caro Basil.»

«Il matrimonio non è una cosa che si possa fare di tanto in tanto, Harry.»

«Fuorché in America,» aggiunse Lord Henry languidamente. «Ma non ho detto che si è sposato. Ho detto che si è fidanzato. C'è una grande differenza. Io ho il netto ricordo di essere sposato, ma non ricordo affatto di essere stato fidanzato. Tendo a credere di non essere mai stato fidanzato.»

«Ma penso alla nascita, alla posizione e alla ricchezza di Dorian. Sarebbe assurdo da parte sua sposarsi così al di sotto della sua condizione.»

«Digli tutte queste cose, Basil, se vuoi che sposi questa ragazza. Così, lo farà sicuramente. Quando un uomo fa una cosa veramente stupida, la fa sempre per i più nobili motivi.»

«Spero che la ragazza sia buona, Harry. Non voglio vedere Dorian legato a un essere spregevole, che potrebbe deteriorare la sua natura e rovinargli l'intelletto.»

«Oh, è più che brava – è bella,» mormorò Lord Henry, sorseggiando un bicchiere di vermouth e arancia amara. «Dorian dice che è bella; e non si sbaglia quasi mai in questo tipo di giudizi. Il ritratto che tu gli hai fatto ha risvegliato in lui la capacità di giudicare l'aspetto esteriore degli altri. Ha avuto anche questo effetto, tra le altre cose. La vedremo questa sera, se il ragazzo non dimenticherà il suo appuntamento con noi.»

«Dici davvero?»

«Dico davvero, Basil. Mi sentirei meschino se pensassi di poter essere più serio di quanto non lo sia in questo momento.»

«Ma tu approvi, Harry?», chiese il pittore, camminando avanti e indietro per la stanza, mordendosi il labbro. «Non è possibile che tu approvi. È una sciocca infatuazione.»

«Allora, non approvo né disapprovo, mai. È un atteggiamento assurdo da assumere verso la vita. Non siamo stati inviati sulla terra per dar sfogo ai nostri pregiudizi morali. Non bado mai a quello che dice la gente comune e non interferisco mai in quello che fanno le persone affascinanti. Se una personalità mi affascina, per me è sempre assolutamente deliziosa, qualsiasi sia il modo di esprimersi che possa aver scelto. Dorian Gray si innamora di una graziosissima ragazza che recita nella parte di Giulietta e si propone di sposarla. Perché no? Se anche sposasse Messalina, non sarebbe meno interessante. Tu sai che io non sono un grande paladino del matrimonio. Il vero svantaggio del matrimonio è che rende le persone altruiste e le persone altruiste sono scialbe. Sono prive di individualità. Tuttavia, nel matrimonio, alcuni temperamenti si fanno più complessi. Mantengono il loro egoismo e gli aggiungono molti altri ego. Sono costretti ad avere più di una vita. Sanno organizzarsi molto meglio, e l'organizzazione è, secondo me, il vero obiettivo della vita di un uomo. Inoltre, ogni esperienza ha un suo valore e, al di là di ciò che si possa dire del matrimonio, esso rimane sempre un'esperienza. Spero che Dorian Gray sposi questa ragazza, la ami appassionatamente per sei mesi e poi rimanga affascinato da qualcun'altra. Sarebbe uno studio meraviglioso.»

«Non pensi neppure una parola di quello che hai detto, Harry, sai che è così. Se la vita di Dorian fosse rovinata, nessuno sarebbe più dispiaciuto di te. Sei molto migliore di ciò che pretendi di essere.»

Lord Henry rise. «La ragione per cui noi tutti amiamo pensare bene degli altri è che temiamo noi stessi. La base dell'ottimismo è il puro terrore. Pensiamo di essere generosi perché attribuiamo al nostro prossimo il possesso di quelle virtù da cui potremmo trarre beneficio. Lodiamo il banchiere per poter tenere il nostro conto scoperto e troviamo buone qualità nel predone di strada con la speranza che ci risparmi le tasche. Sono consapevole di quello che dico. Una vita rovinata? Nessuna vita lo è, se non quella il cui sviluppo si arresta. Se vuoi guastare una natura, devi soltanto cercare di correggerla. Per quanto riguarda il matrimonio, certo che sarebbe una sciocchezza, ma esistono altri e più interessanti legami tra un uomo e una donna. Da parte mia li incoraggerò. Hanno il fascino di essere alla moda. Ma ecco che viene Dorian. Potrà dirti qualcosa più di me.»

«Mio caro Harry, mio caro Basil. Tutti e due dovete congratularvi con me!» disse il giovane, gettando il mantello da sera con le ali foderate di seta e stringendo successivamente la mano degli amici. «Non sono mai stato più felice. Certo è stata una cosa improvvisa; ma tutte le cose veramente gradevoli lo sono. Eppure mi sembra l'unica che io abbia atteso per tutta la vita.» Aveva le guance colorite per l'eccitazione e la gioia, e appariva eccezionalmente bello.

«Spero che tu possa essere sempre felice, Dorian,» disse Basil Hallward «ma non ti ho ancora perdonato per non avermi fatto sapere del tuo fidanzamento. Lo hai fatto sapere ad Harry.»

«Ed io non ti perdono di essere in ritardo per il pranzo,» intervenne Lord Henry, posando la mano sulla spalla del giovane e sorridendo mentre parlava. «Venite, sediamoci e vediamo di che cosa è capace il nuovo *chef*; poi ci racconterai come è successo.»

«Non c'è molto da raccontare,» esclamò Dorian, mentre prendevano posto intorno al tavolino. «Si tratta solo di questo. Dopo che ti ho lasciato, Harry, ieri sera, mi vestii, cenai in quel piccolo ristorante italiano in Rupert Street dove tu mi hai portato per primo, e alle otto ero a teatro. Sybil faceva la parte di Rosalind. Naturalmente le scene erano orribili e Orlando era assurdo. Ma Sybil! Avreste dovuto vederla! Quando entrò in scena cogli abiti da ragazzo era semplicemente meravigliosa. Indossava un farsetto di velluto color muschio con le maniche color cannella, calzoncini marroni aderenti, un elegante berretto verde con una penna di falco fermata da un gioiello e un mantello fornito di cappuccio, bordato di rosso cupo. Non mi era mai apparsa più squisita. Aveva tutta la grazia delicata di quella figurina di Tanagra, Basil, che tieni nel tuo studio. I capelli le si intrecciavano intorno al volto come foglie scure intorno a una pallida rosa. Il suo modo di recitare poi... bene, la vedrete questa sera. È semplicemente un'artista nata. Assolutamente incantato, sedevo nel mio angusto palco. Dimenticai di essere a Londra e in questo secolo. Ero lontano con il mio amore in un bosco in cui nessuno era mai penetrato. Quando lo spettacolo finì andai dietro le quinte e le parlai. Mentre eravamo seduti l'uno accanto all'altra, nei suoi occhi improvvisamente passò uno sguardo che mai le avevo visto prima. Le mie labbra si accostarono alle sue. Ci baciammo. Non posso descrivervi che cosa provai in quel momento. La mia vita sembrava essersi ristretta in un unico punto perfetto di gioia rosata. Lei tremava tutta e si agitava come un bianco narciso. Quindi si gettò in ginocchio e mi baciò le mani. Sento che non dovrei dirvi tutto ciò, ma non posso tacere. Naturalmente il nostro fidanzamento è un segreto di tomba. Lei non lo ha detto neppure alla madre. Non so che cosa diranno i miei tutori. Sicuramente Lord Radley sarà furioso. Non m'importa. Tra meno di un anno diventerò maggiorenne e allora potrò fare quel che vorrò. Ho avuto ragione, vero, Basil, a prendere il mio amore dalla poesia, a trovarlo nei drammi di Shakespeare? Labbra a cui Shakespeare ha insegnato a parlare hanno sussurrato nel mio orecchio il loro segreto. Ho avuto intorno al collo le braccia di Rosalind e ho baciato la bocca di Giulietta.»

«Sì, Dorian, penso che tu abbia avuto ragione.»

«L'hai vista oggi?» chiese Lord Henry.

Dorian Gray scosse il capo. «L'ho lasciata nella foresta di Arden, la ritroverò in un giardino a Verona.»

Lord Henry sorbiva lo champagne con aria meditabonda. «In quale esatto momento hai pronunciato la parola matrimonio, Dorian? Che cosa ha risposto lei? Forse, te ne sei completamente dimenticato.»

«Mio caro Henry, non ho trattato la cosa come una transazione di affari e non le ho fatto nessuna proposta formale. Le ho detto che l'amavo e lei ha risposto che non era degna di diventare mia moglie. Non era degna! Ai miei occhi non c'è niente al mondo che possa reggere al suo confronto.»

«Le donne hanno un meraviglioso senso pratico,» mormorò Lord Henry «molto maggiore del nostro. In situazioni di questo genere, noi spesso dimentichiamo di accennare al matrimonio e loro ce lo ricordano sempre.»

Hallward gli posò la mano sul braccio. «Non dire così, Harry. Hai rattristato Dorian. Lui non è come gli altri. Non farebbe mai rattristare nessuno. Ha una natura troppo delicata per fare ciò.»

Lord Henry lanciò uno sguardo attraverso la tavola. «Dorian non si rattrista mai con me,» rispose. «Ho fatto questa domanda per la migliore delle ragioni, per l'unica ragione che, in verità, giustifica una domanda: la semplice curiosità. Secondo la mia teoria, sono sempre le donne che ci propongono il matrimonio e non viceversa. Ad eccezione, forse, delle classi borghesi. Ma i borghesi non sono moderni.»

Dorian Gray rise e scosse il capo. «Sei proprio incorreggibile, Harry, ma non importa. È impossibile rimanere in collera con te. Quando vedrai Sybil Vane capirai che chi volesse farle del male sarebbe un bruto, un bruto senza cuore. Non riesco a capire perché ognuno desideri fare del male alla persona amata. Io amo Sybil Vane. Voglio metterla su un piedistallo d'oro, vedere il mondo adorare la donna che mi appartiene. Che cos'è il matrimonio? Un voto irrevocabile. Per questo tu te ne fai beffe. Ah, non farlo! È un voto irrevocabile che io desidero prendere. La sua fiducia mi rende fedele, la sua fede mi rende buono. Quando sono con lei, mi rammarico di tutto ciò che mi hai insegnato. Non sono più quello che tu conosci. Sono cambiato e il semplice tocco della mano di Sybil Vane basta a farmi dimenticare di te, e di tutte le tue errate, affascinanti, velenose, deliziose teorie.

«E quali sarebbero...?» chiese Lord Henry, servendosi l'insalata.

«Oh, le tue teorie sulla vita, sull'amore, sul piacere. Tutte le tue teorie, Harry, in realtà.»

«Il piacere è l'unica cosa degna di avere una sua teoria,» rispose con la sua voce lenta e melodiosa. «Ma mi dispiace di non poter vantare la mia teoria come se mi appartenesse. Infatti è alla natura che appartiene, non a me. Il piacere è la prova della natura, il suo segno di approvazione. Quando siamo felici siamo anche buoni, ma quando siamo buoni non sempre siamo felici.»

«Ah! ma che cosa intendi per buoni?» esclamò Basil Hallward.

«Sì,» gli fece eco Dorian, allungandosi all'indietro sulla poltrona e guardando Lord Henry al di sopra del folto mazzo di iris dalle labbra purpuree che stavano al centro del tavolo, «che cosa intendi per "buoni", Harry?»

«Essere buoni significa essere in armonia con noi stessi,» replicò, toccando lo stelo sottile del bicchiere con le dita bianche e affusolate. «Siamo in disaccordo, invece, quando siamo forzati ad essere in armonia con gli altri. La propria vita – questa è la cosa importante. Per quanto riguarda la vita del prossimo, se si vuole fare i moralisti o i puritani, gli si può gettare addosso i nostri giudizi morali, ma la cosa non ci riguarda. Inoltre l'individualismo tende realmente a più alti scopi. La morale moderna consiste nell'accettare i valori della nostra epoca. Ritengo che accettare i valori della propria epoca sia per ogni uomo di cultura una forma della più rozza immoralità.»

«Di sicuro, se uno vive esclusivamente per se stesso, Harry, non paga un prezzo terribile?» aggiunse il pittore.

«Sì, paghiamo prezzi esorbitanti per tutto, oggi. Immagino che la vera tragedia dei poveri consista nel non potersi concedere altro che mortificazioni. I bei peccati, come tutte le cose belle, sono il privilegio dei ricchi.»

«Si può pagare anche con moneta diversa dal danaro.»

«E quale, Basil?»

«Oh, con il rimorso, la sofferenza... la consapevolezza della degradazione, anche...»

Lord Henry si strinse nelle spalle. «Mio caro amico, l'arte medievale è affascinante, ma le emozioni medievali sono sorpassate. Naturalmente si possono sempre usare nei romanzi. Ma allora le uniche cose che si possono usare nei romanzi sono quelle che non si adoperano più nella realtà. Credimi, nessun uomo civile si rammarica mai per un piacere e nessun uomo incivile sa che cosa sia un piacere.»

«So che cos'è un piacere,» esclamò Dorian Gray. «È adorare qualcuno.»

«È senza dubbio meglio che essere adorati,» rispose Lord Henry, giocherellando con la frutta. «Essere adorati è una seccatura. Le donne ci trattano proprio come gli essere umani trattano le loro divinità. Ci adorano e ci infastidiscono sempre affinché facciamo qualche cosa per loro.»

«Avresti dovuto dire che qualunque cosa ci chiedano ci è stata data da loro in precedenza,» mormorò il giovane con aria grave. «Le donne creano l'amore nella nostra natura. Hanno il diritto di richiedercelo indietro.»

«È verissimo, Dorian» esclamò Hallward.

«Niente è verissimo» disse Lord Henry.

«Questo lo è» lo interruppe Dorian. «Devi ammettere, Harry, che le donne donano agli uomini i loro tesori.»

«Può darsi,» sospirò «ma invariabilmente li vogliono indietro in spiccioli. Questo è il guaio. Le donne, come ha detto una volta un francese pieno di spirito, ci ispirano il desiderio di fare capolavori, ma ci impediscono sempre di eseguirli.»

«Harry, sei terribile! Non so perché mi piaci tanto...»

«Io ti piacerò sempre, Dorian,» replicò. «Volete del caffè, amici? – Cameriere, porti del caffè, champagne e sigarette. No, le sigarette non servono, le ho io. Basil, non ti permetto di fumare sigari. Devi provare una sigaretta. La sigaretta è il modello perfetto del piacere perfetto. È squisita, eppure lascia insoddisfatti. Che cosa si vuole di più? Sì, Dorian, tu mi vorrai sempre bene. Rappresento per te tutti i peccati che non hai avuto il coraggio di commettere.»

«Che sciocchezze dici, Harry» esclamò il ragazzo, accendendo la sigaretta da una fiamma che spirava da un drago d'argento, che il cameriere aveva posto sul tavolo. «Andiamo a teatro. Quando Sybil entrerà in scena avrai un nuovo ideale di vita. Rappresenterà per te qualcosa che non hai mai conosciuto.»

«Ho conosciuto tutto,» disse Lord Henry, con uno sguardo stanco negli occhi «ma sono sempre pronto per una nuova emozione. Temo comunque che per me non ce ne siano più. Tuttavia la tua meravigliosa ragazza potrebbe ancora elettrizzarmi. Mi piace recitare. È tanto più reale della vita. Andiamo. Dorian, tu verrai con me. Mi dispiace, Basil, ma c'è posto solo per due in questa carrozza. Dovrai seguirci a bordo di un'altra.»

Si alzarono, indossarono il soprabito, sorbendo il caffè in piedi. Il pittore era silenzioso e preoccupato. Nubi scure sembravano avvolgerlo. Non poteva sopportare questo matrimonio, eppure gli sembrava meglio di tante altre cose che avrebbero potuto capitare. Dopo qualche minuto scesero tutti. Salì in vettura da solo, com'era stato concordato. Guardò le luci della piccola carrozza che correva davanti. Uno strano senso di vuoto lo pervase. Sentì che mai più Dorian Gray sarebbe stato per lui ciò che era stato in passato. La vita si era frapposta tra loro... Gli si oscurarono gli occhi e le strade affollate e balenanti di luci gli apparvero sfocate. Quando la carrozza si fermò davanti al teatro gli sembrò di essere diventato più vecchio di molti anni.

7

Per qualche strana ragione quella sera il teatro era gremito e il grasso ebreo che li accolse all'entrata era raggiante; un sorriso untuoso e tremulo gli illuminava il volto. Li scortò fino al palco con una specie di umiltà pomposa, agitando le grasse mani ingioiellate e parlando a voce assai alta. Dorian Gray lo odiava più che mai. Gli sembrava di essere venuto per vedere Miranda e di aver trovato Calibano. A Lord Henry, al contrario, piacque abbastanza, o, almeno, così disse. Insistette poi per stringergli la mano, assicurandogli di essere orgoglioso di conoscere un uomo che aveva scoperto un vero genio e che aveva fatto bancarotta a causa di un poeta. Hallward si divertiva a osservare le facce giù in platea. Il caldo era opprimente e il massiccio lampadario fiammeggiava come una dalia mostruosa, dai gialli petali di fiamma. I giovanotti del loggione avevano tolto la giacca e l'avevano gettata sul bordo del parapetto. Si parlavano da un'estremità all'altra del teatro e offrivano spicchi d'arancia alle ragazze vestite sgargiantemente cui sedevano a fianco. Alcune donne ridevano in platea. Avevano voci orribilmente sgraziate e acute. Dal bar proveniva lo schiocco dei tappi che saltavano.

«Che posto per trovare la propria divinità!» disse Lord Henry.

«Sì!» rispose Dorian Gray. «L'ho trovata qui e lei è divina, più di ogni altra creatura vivente. Quando recita ci si dimentica di tutto. Quando lei è sul palcoscenico, questi tipi ordinari e volgari, con i loro visi rozzi e i loro gesti brutali non si riconoscono più. Siedono in silenzio e la guardano. Piangono e ridono a suo piacimento. Li fa rispondere come un violino. Infonde loro uno spirito e allora si sente che sono fatti della nostra stessa carne, dello stesso sangue.»

«Nostra stessa carne e nostro stesso sangue! Spero proprio di no!» esclamò Lord Henry, che scrutava il pubblico del loggione con il suo binocolo da teatro.

«Non starlo a sentire, Dorian,» disse il pittore. «Capisco quello che vuoi dire e credo in questa ragazza. Ogni creatura che tu ami deve essere meravigliosa, e qualunque ragazza, che ottiene l'effetto che tu dici, deve essere d'animo nobile e sensibile. Spiritualizzare la propria epoca: ecco una cosa degna di essere fatta. Se questa ragazza può dare un'anima a coloro che finora sono vissuti senza, se può suscitare il senso del bello in coloro che hanno vissuto in modo sordido e squallido, se può strapparli dal proprio egoismo e suscitare in loro lacrime per le sofferenze altrui, allora è degna di tutta la tua adorazione e di quella del mondo intero. Questo matrimonio è giusto. Prima non lo credevo, ma ora devo ammetterlo. Gli dei hanno creato Sybil Vane per te. Senza di lei saresti stato incompleto.»

«Grazie, Basil,» rispose Dorian Gray, stringendogli la mano. «Sapevo che mi avresti capito. Harry è così cinico, mi terrorizza. Ma ecco l'orchestra: è terrificante, ma dura solo cinque minuti. Poi si alzerà il sipario e vedrai la ragazza cui sto per dedicare tutta la mia vita, a cui ho donato tutto ciò che di buono è in me.»

Un quarto d'ora più tardi, tra scrosci di applausi, Sybil Vane fece il suo ingresso sul palcoscenico. Sì, pensò Lord Henry, era veramente bella – una della più belle creature che avesse mai visto. C'era qualcosa del cerbiatto nella sua timida grazia e negli occhioni stupiti. Un leggero rossore, simile al riflesso di una rosa in uno specchio d'argento, le salì sul viso, mentre osservava il teatro affollato e plaudente. Indietreggiò di alcuni passi e le labbra sembrarono tremarle. Basil Hallward balzò in piedi e cominciò ad applaudire. Immobile, come rapito in un sogno, Dorian Gray sedeva senza riuscire a togliere lo sguardo da lei. Lord Henry, da dietro il binocolo, ripeteva: «Incantevole! Incantevole!»

La scena era il vestibolo della casa dei Capuleti: Romeo, vestito da pellegrino, aveva fatto il suo ingresso con Mercuzio e gli altri amici. L'orchestra, per quanto poteva, fece risuonare alcune note e la danza ebbe inizio.

In mezzo alla folla degli attori, goffi e malvestiti, Sybil Vane si muoveva come una creatura di un mondo lontano. Il suo corpo ondeggiava nella danza, come una canna ondeggia nell'acqua. La curva della gola era simile a quella di un bianco giglio. Le mani parevano fresco avorio.

Tuttavia sembrava stranamente distratta. Non rivelò alcun segno di gioia quando i suoi occhi si posarono su Romeo. Le poche parole che doveva dire:

«Buon pellegrino, per dimostrare la tua cortese devozione, fai troppo torto alla tua mano. Le mani dei pellegrini possono toccare le mani delle sante e il vero bacio del fedele è quello della palma contro la palma.»

e il breve dialogo che segue furono recitati in modo del tutto artificiale. La voce era squisita, il tono, invece, completamente falso. La coloritura data al passo suonava inadeguata. Toglieva vita ai versi, rendeva irreale la passione.

Osservandola, Dorian si fece pallido. La cosa gli sembrava inspiegabile ed egli si angosciò. I suoi amici non osavano dirgli nulla. Sybil sembrava loro assolutamente incompetente e ne furono tremendamente delusi.

Tuttavia sapevano che Giulietta si può giudicare realmente nella scena del balcone, del secondo atto. Pertanto aspettarono. Se lì cadeva, non era un'attrice.

Era incantevole quando uscì sotto la luce della luna, non lo si poteva negare. Ma la teatrale artificiosità della sua recitazione era insopportabile e peggiorava progressivamente. I suoi gesti divennero assurdamente artificiali. Metteva un'enfasi esagerata in tutto quello che doveva dire. Il bel passaggio:

«Se la notte non celasse il mio volto, tu mi vedresti arrossire per ciò che hai udito dire questa notte.»

fu declamato con la penosa precisione di una scolaretta a cui è stato insegnato a recitare da un maestro di dizione di seconda categoria. Quando si affacciò al balcone e giunse a quei meravigliosi versi:

...benché tu sia la mia gioia io non riesco a gioire del patto d'amore che ci lega questa notte: è troppo rapido, troppo improvviso, troppo simile al lampo che passa prima che si sia potuto dire: "Fulmina". Dolcezza mia, buona notte. Questo bocciolo d'amore si maturerà nel soffio dell'estate e forse, quando ci ritroveremo, sarà uno splendido fiore.»

pronunciò le parole come se non suscitassero in lei nessuna emozione. Non era nervosa. Per nulla nervosa, era, al contrario, assolutamente composta. Semplice cattiva recitazione: un fallimento totale.

Anche il pubblico più rozzo e incolto della platea e del loggione perse ogni interesse alla rappresentazione. Cominciarono ad agitarsi, a parlare a voce alta, a fischiare. L'impresario ebreo, in piedi all'uscita della quarta galleria, battè i piedi e si mise a bestemmiare con rabbia. L'unica persona impassibile era la ragazza.

Quando terminò il secondo atto ci fu un uragano di fischi; Lord Henry si alzò e indossò il soprabito. «È bellissima, Dorian,» disse, «ma non sa recitare. Andiamo.»

«Io mi fermo fino alla fine,» rispose il giovane con voce rotta e amara. «Mi spiace molto di averti fatto sprecare la serata, Harry. Mi scuso con entrambi.»

«Mio caro Dorian, forse la signorina Vane non si sente bene,» lo interruppe Hallward. «Torneremo un'altra sera.»

«Vorrei che non si sentisse bene,» esclamò Dorian. «A me sembra soltanto fredda e insensibile. Non è più la stessa. Ieri sera era una grande artista. Questa sera è soltanto un'attrice banale e mediocre.»

«Non parlare così, Dorian, chiunque sia la persona che ami. L'amore è una cosa ancor più meravigliosa dell'arte.»

«Entrambe sono semplici forme d'imitazione,» osservò Lord Henry. «Ma andiamo ora. Dorian, anche tu devi venire, non fermarti più a lungo qui. Non fa bene al morale assistere a una cattiva recitazione. Suppongo poi che non vorrai che tua moglie reciti. Perciò che cosa importa se nella parte di Giulietta assomiglia a una bambola di legno? Lei è bellissima, e se conosce così poco della vita come dell'arte della recitazione, sarà per te un'esperienza gradevolissima. Ci sono solo due tipi di persone che sono affascinanti – coloro che sanno assolutamente tutto e coloro che non sanno assolutamente nulla. Santo cielo, ragazzo mio, non fare quella faccia tragica! Il segreto per rimanere giovani è di non aver mai un'emozione impropria. Vieni al club con Basil e con me. Fumeremo una sigaretta e faremo un brindisi alla bellezza di Sybil Vane. È bellissima. Cosa vuoi di più?»

«Va via, Harry,» esclamò il ragazzo. «Voglio rimanere solo. Basil, vattene anche tu. Ah! non vedete che mi si spezza il cuore?» Lacrime brucianti gli salirono agli occhi. Gli tremarono le labbra e, appoggiandosi contro la parete di fondo del palco, nascose il viso tra le mani.

«Andiamo, Basil,» disse Lord Henry, con una strana tenerezza nella voce. Quindi i due uomini uscirono insieme.

Qualche minuto dopo si accesero le luci della ribalta e il sipario si alzò sul terzo atto. Dorian Gray tornò al suo posto. Sembrava pallido, fiero, indifferente. Lo spettacolo si trascinò in modo interminabile. Metà del pubblico se n'era andata, strusciando pesantemente gli stivali e ridendo. Era stato un grande fiasco. L'ultimo atto fu recitato davanti a file di poltrone vuote. Il sipario calò fra una risatina e qualche gemito.

Appena finito lo spettacolo, Dorian si precipitò dietro le scene nel camerino. Trovò la ragazza, in piedi, sola, con un'espressione di trionfo sul volto. Un fuoco squisito le illuminava lo sguardo. Sembrava avvolta da una luce splendente. Le labbra dischiuse sorridevano per un intimo segreto.

Quando entrò, lei lo guardò, emanando un'espressione di gioia infinita. «Come ho recitato male, questa sera, Dorian!» esclamò.

«Orribilmente!» rispose, fissandola con enorme stupore «orribilmente! È stato spaventoso. Non ti senti bene? Non hai idea di che tormento sia stato. Non hai idea di quanto abbia sofferto.»

La ragazza sorrise. «Dorian,» rispose, indugiando nel pronunciare il suo nome con note musicali prolungate, come se sui rossi petali della sua bocca esso diventasse più dolce del miele «Dorian, dovresti aver capito. Ora, almeno, capisci?»

«Capire che cosa?» le chiese furioso.

«Perché ho recitato così male questa sera. Perché in futuro reciterò sempre male. Perché non reciterò mai più bene.»

Lui si strinse nelle spalle. «Suppongo che tu non stia bene. Quando non stai bene non dovresti recitare. Ti rendi ridicola. I miei amici si sono annoiati. Anch'io.»

Sembrava non ascoltarlo. Era trasfigurata dalla gioia, completamente dominata da un'estasi felice.

«Dorian, Dorian,» esclamò «prima di conoscerti, recitare era l'unica realtà della mia vita. Vivevo solo per il teatro. Credevo che tutto fosse vero. Una sera ero Rosalind, una sera Porzia. La gioia di Beatrice era la mia gioia, il dolore di Cordelia, il mio. Credevo a tutto. Quella gente ordinaria che recitava con me mi appariva divina. Le scene dipinte erano il mio mondo. Non conoscevo che ombre e credevo fossero vere. Poi sei venuto tu – amore mio bellissimo – e hai liberato la mia anima dalla prigione. Mi hai insegnato che cos'è davvero la realtà. Questa sera, per la prima volta, ho visto fino in fondo il vuoto, la falsità, la stupidità dell'insulsa pantomima in cui avevo sempre recitato. Questa sera, per la prima volta, mi sono resa conto che Romeo era ripugnante, vecchio, e con il viso truccato, la luna nel giardino era falsa, le scene volgari e le parole che dovevo dire, irreali, non erano le mie parole, non erano quelle che volevo dire io. Tu mi hai dato qualcosa di più elevato, qualcosa di cui l'arte è solo un riflesso. Mi hai fatto capire che cosa è realmente l'amore. Amore mio! Amore mio! Principe Azzurro! Principe della Vita! Sono nauseata dalle ombre, ormai. Tu sei per me più di quanto potranno mai essere tutte le arti riunite. Che cosa c'entro io con i fantocci di un dramma? Quando sono salita sul palcoscenico questa sera non riuscivo a capire perché tutta la mia arte se ne fosse andata. Pensavo che sarei stata magnifica. Scoprii che non ero in grado di fare nulla. Improvvisamente si chiarì in me la ragione di quello che mi stava succedendo. E il capirlo era una sensazione squisita. Li udivo fischiare e sorridevo. Che cosa potevano sapere di un amore come il nostro? Portami via, Dorian – portami via con te, dove potremo stare soli. Odio il palcoscenico. Posso imitare una passione che non provo, ma non posso imitare quella che brucia in me come un fuoco. Dorian, Dorian, capisci ora che cosa significa? Anche se potessi farlo, sarebbe per me una profanazione recitare la parte dell'innamorata. Me lo hai fatto capire tu.»

Il giovane si lasciò cadere sul divano e volse altrove il viso. «Hai ucciso il mio amore,» mormorò.

Lei lo guardò con meraviglia e rise. Dorian non rispose. Si avvicinò a lui e con le piccole dita gli carezzò i capelli. Si inginocchiò e gli premette le labbra contro la mano. Lui si liberò e un tremito lo percorse da cima a fondo.

Allora balzò in piedi e si diresse verso la porta. «Sì,» gridò «hai ucciso il mio amore. Prima stimolavi la mia immaginazione. Ora non muovi neppure la mia curiosità. Semplicemente non hai nessun effetto. Ti amavo perché eri meravigliosa, perché eri geniale e intelligente, perché rendevi concreti i sogni dei grandi poeti e davi forma e sostanza alle ombre dell'arte. Hai gettato via tutto. Sei stupida e superficiale. Dio mio! Com'ero pazzo ad amarti. Che sciocco sono stato! Non sei nulla per me ora. Non ti rivedrò più. Non ti penserò più. Non pronuncerò più il tuo nome. Non so che cosa rappresentavi per me una volta. Perché, una volta... Oh, non sopporto il pensiero. Vorrei non aver mai posato il mio sguardo su di te! Hai rovinato la più bella avventura d'amore della mia vita. Come conosci poco l'amore se dici che rovina la tua arte! Senza la tua arte non sei nulla. Ti avrei resa famosa, splendida, magnifica. Il mondo ti avrebbe adorato e tu avresti portato il mio nome. Che cosa sei ora? Un'attricetta di terz'ordine con un visino grazioso.»

La ragazza impallidì e fu presa da un tremito. Si afferrò le mani e la voce sembrò strozzarsi in gola. «Non parli sul serio, Dorian?» mormorò. «Stai recitando.»

«Recitando! Lo lascio fare a te. Lo sai fare così bene» rispose amaramente.

Sybil si alzò e con una pietosa espressione di sofferenza sul volto attraversò la stanza e gli si avvicinò. Gli pose la mano sul braccio e lo guardò negli occhi. Lui la respinse. «Non toccarmi!» esclamò.

Con un lieve gemito Sybil gli si gettò ai piedi e giacque per terra come un fiore calpestato. «Dorian, Dorian, non lasciarmi!» bisbigliò. «Mi dispiace tanto di non aver recitato bene. Pensavo solo a te per tutto il tempo. Ma proverò – certo che proverò. Mi ha colpito così improvvisamente l'amore per te! Penso che non l'avrei mai conosciuto se non mi avessi baciato – se non ci fossimo baciati. Baciami ancora, amore mio. Non andartene via. Non potrei sopportarlo. Oh! non lasciarmi. Mio fratello... no; non importa. Non diceva sul serio: scherzava... Ma tu, oh! non puoi perdonarmi per questa sera? Lavorerò sodo e cercherò di migliorare. Non essere crudele con me, perché ti amo più di qualsiasi altra cosa al mondo. Dopo tutto, una volta sola non ti sono piaciuta. Ma hai ragione, Dorian. Avrei dovuto comportarmi più da artista. Sono stata sciocca, eppure non ho potuto farne a meno. Oh, non lasciarmi, non lasciarmi.»

Singhiozzi appassionati sembrarono soffocarla. Si rannicchiò sul pavimento come un esserino ferito e Dorian Gray, con quei suoi occhi meravigliosi, abbassò lo sguardo verso di lei, mentre le sue labbra cesellate si arricciarono in un'espressione di distaccato disprezzo. C'è sempre qualcosa di ridicolo nelle emozioni delle persone che abbiamo cessato di amare. A lui, Sybil Vane sembrava assurdamente melodrammatica. Le sue lacrime e i suoi singhiozzi lo infastidivano.

«Me ne vado,» disse infine con la sua voce calma e chiara. «Non vorrei essere scortese, ma non posso rivederti più. Mi hai deluso.»

Sybil piangeva silenziosamente e non rispose, ma si trascinò più vicino a lui. Come cieca, stese le piccole mani per cercarlo. Dorian girò sui tacchi e lasciò la stanza. Dopo qualche minuto non era più in teatro.

Non ricordò mai bene dove andò. Ricordava di aver vagabondato lungo strade fiocamente illuminate, di aver oltrepassato portici invasi dalle ombre e case dall'aspetto poco raccomandabile. Donne con la voce roca e la risata sguaiata lo avevano chiamato. Ubriachi vacillavano e bestemmiavano, inoltre parlavano tra sé e sé come scimmie mostruose. Aveva visto bambini grotteschi rannicchiati sui gradini della soglia e udito urla e bestemmie provenire dall'interno delle corti oscure.

Mentre stava spuntando l'alba si trovò nei pressi del Covent Garden. Le tenebre si alzarono e, appena arrossato da deboli fuochi, il cielo si incavava in una perla perfetta. Grossi carri colmi di gigli dondolanti rotolavano lentamente giù per la strada vuota e lucente. Nell'aria si diffondeva l'intenso profumo dei fiori e la loro bellezza sembrò sollevarlo dalla pena. Li seguì dentro il mercato e guardò gli uomini scaricare i cassoni. Un carrettiere dal bianco grembiule gli offrì delle ciliege. Lo ringraziò, domandandosi perché avesse rifiutato i soldi dovuti, e cominciò a mangiarle distrattamente. Erano state colte a mezzanotte e i freddi raggi della luna le avevano penetrate. Una lunga fila di ragazzi, che trasportavano cassette di tulipani screziati e rose gialle e rosse, gli passarono davanti, aprendosi un varco in mezzo a enormi verdi mucchi di verdure. Sotto il portico, dalle grigie colonne sbiadite dal sole, un gruppo di ragazze sudice e a capo scoperto oziava attendendo che l'asta finisse. Altre si affollavano intorno alle porte del caffè della piazza. I grossi cavalli da tiro sdrucciolavano e battevano gli zoccoli sulle pietre ineguali, scuotendo i campanelli delle rifiniture. Alcuni conducenti giacevano addormentati su un mucchio di sacchi. I piccioni, dal collo dalle piume iridescenti e dalle zampette rosate, correvano intorno becchettando.

Dopo poco fece segno a una carrozza di fermarsi e si fece condurre a casa. Indugiò qualche istante sui gradini della soglia, volgendo lo sguardo intorno alla piazza silenziosa dalle vuote finestre chiuse, dalle ante sbarrate. Ora il cielo era di opale purissimo e i tetti delle case rilucevano argentei contro di esso. Da un camino di fronte si levava una sottile spirale di fumo. Si avvolgeva, come un nastro violetto, nell'aria color madreperla.

Nella grande lanterna veneziana dorata, spoglia di una gondola dogale, che pendeva dal soffitto dell'ampio vestibolo rivestito di pannelli di quercia, i lumi ardevano ancora tremolando da tre beccucci: sembravano i sottili petali blu di una fiamma, orlati di un bianco fuoco. Li spense e, dopo aver gettato soprabito e cappello sopra il tavolo, passando per la libreria, raggiunse la sua camera, un largo spazio ottagonale a piano terreno che, nella sua nuova passione per il lusso, aveva appena finito di arredare per sé. Vi aveva appeso curiosi arazzi rinascimentali, trovati per caso riposti in un mucchio in una soffitta abbandonata di Selby Royal. Mentre abbassava la maniglia della porta, lo sguardo gli cadde sul ritratto che gli aveva fatto Basil Hallward. Colto di sorpresa, fece un passo indietro. Quindi avanzò nella camera con uno sguardo perplesso. Dopo aver tolto il fiore dall'occhiello della giacca, sembrò esitare. Infine tornò sui suoi passi, si avvicinò al ritratto e lo esaminò. Nella fioca luce indiretta che penetrava a fatica attraverso le tende di seta color crema, il volto gli apparve leggermente diverso. L'espressione non era la stessa. Si sarebbe detto che c'era un tocco di crudeltà intorno alla bocca. Era davvero strano.

Si voltò, e, portandosi alla finestra, sollevò la tenda. L'alba lucente inondò la stanza, spingendo ombre fantastiche negli angoli grigi, dove giacquero tremanti. Ma la strana espressione che aveva notato sul volto del ritratto pareva indugiarvi, anzi si era fatta ancora più intensa. La luce ardente e mobile del sole gli rivelava segni crudeli intorno alla bocca, chiari, come se si guardasse allo specchio dopo aver commesso un'azione tremenda.

Trasalì e, prendendo dal tavolo uno specchio ovale circondato da una cornice di amorini di avorio, uno dei numerosi doni che Lord Henry gli aveva fatto, guardò frettolosamente nella lucida profondità. Nessun segno, simile a quello del quadro, deformava le rosse labbra.

Si strofinò gli occhi, si avvicinò al quadro e di nuovo lo esaminò. Guardandolo attentamente, non riconobbe segni di cambiamenti, eppure, non c'era dubbio, l'espressione era interamente cambiata. Non era una sua pura fantasia. La cosa era orribilmente evidente.

Si gettò su di una poltrona e cominciò a pensare. All'improvviso gli balenò nella mente ciò che aveva detto nello studio di Basil Hallward il giorno in cui il dipinto era stato terminato. Sì, se lo ricordava perfettamente. Aveva espresso il folle desiderio di rimanere giovane, mentre il ritratto sarebbe invecchiato al posto suo, di conservare la sua bellezza immacolata, mentre il viso sulla tela avrebbe portato il peso delle sue passioni e dei suoi peccati; che l'immagine dipinta potesse essere scavata dalle rughe della sofferenza e della riflessione, mentre egli avrebbe mantenuta tutta intera la delicata freschezza e la grazia dell'adolescenza, di cui appena allora era divenuto consapevole. Il suo desiderio certamente non poteva essere stato esaudito. Queste cose erano impossibili. Anche il solo pensarle gli sembrava mostruoso. Tuttavia, ecco che davanti a lui stava il dipinto, con quel tocco crudele intorno alla bocca.

Crudeltà! Era stato crudele? Era colpa della ragazza, non sua. L'aveva sognata come una grande artista, le aveva dato il suo amore, pensando che fosse grande. Poi lei lo aveva deluso. Era stata superficiale e indegna. Ugualmente, una sensazione di infinito rimpianto lo pervase al pensiero di lei che giaceva ai suoi piedi, singhiozzando come un bambino. Ricordò con quanta durezza l'aveva guardata. Perché era fatto così? Perché gli era stata data un'anima simile? Ma anche lui aveva sofferto. Durante quelle tre terribili ore dello spettacolo aveva vissuto secoli di sofferenza, eternità di torture. La sua vita valeva bene quella di lei. La ragazza lo aveva angustiato per un breve momento, ma lui, da parte sua, le aveva inflitto una ferita per sempre. Inoltre, le donne sono più adatte degli uomini alla sofferenza. Vivono delle loro emozioni. Pensano solo alle loro emozioni. Quando si prendono un amante, lo fanno semplicemente per avere qualcuno a cui fare scenate. Glielo aveva detto Lord Henry e lui le donne le conosce bene. Perché dovrebbe preoccuparsi di Sybil Vane? Lei non era più nulla per lui, ormai.

Ma il ritratto? Che cosa poteva dirne? Custodiva il segreto della sua vita e raccontava la sua storia. Gli aveva insegnato ad amare la sua bellezza. Gli avrebbe insegnato a odiare la sua anima? Sarebbe mai tornato a guardarlo?

No; era una semplice illusione scavata nei suoi sensi alterati. L'orribile notte appena trascorsa aveva lasciato dietro di sé i suoi fantasmi. D'improvviso era caduta nel suo cervello quella macchiolina scarlatta che porta gli uomini alla pazzia. Il ritratto non era cambiato. Era una follia il pensarlo.

Eppure il ritratto, con il bel viso segnato e il sorriso crudele, lo stava osservando. I capelli chiari brillavano al primo sole. Gli occhi azzurri incontrarono i suoi. Un senso di pietà infinita, non per sé, ma per l'immagine dipinta di sé, lo colse. Già si era alterato, ancor più ciò sarebbe avvenuto in futuro. L'oro sarebbe scolorito nel grigio e le rose rosse e le bianche sarebbero appassite. Ogni peccato che avrebbe commesso avrebbe insozzato e deteriorato la sua bellezza. Ma lui, Dorian, non avrebbe peccato. Il quadro, mutato o immutato, avrebbe rappresentato per lui il visibile emblema della sua coscienza. Avrebbe resistito alla tentazione. Non avrebbe mai più visto Lord Henry, o, almeno, non avrebbe più ascoltato quelle sottili e velenose teorie, che nel giardino di Basil Hallward avevano per la prima volta suscitato in lui la passione per le cose impossibili. Sarebbe tornato da Sybil Vane, le avrebbe chiesto perdono, l'avrebbe sposata e cercato di amarla ancora. Sì, era suo dovere farlo. Lei doveva aver sofferto più di lui. Era stato crudele ed egoista con lei. Il fascino che aveva esercitato su di lui sarebbe rinato. Sarebbero stati felici insieme. La sua vita con lei sarebbe stata pura.

Si alzò dalla poltrona e trascinò un ampio paravento proprio di fronte al ritratto, rabbrividendo appena gli lanciò uno sguardo. «Che cosa orribile!» mormorò tra sé; si diresse alla finestra e la spalancò. Quando uscì sul prato, respirò profondamente. L'aria fresca del mattino sembrò spazzar via tutte le sue cupe passioni. Pensava solo a Sybil. Una debole eco del suo amore tornò a lui. Più volte ne ripeté il nome. Gli uccelli che cantavano nel giardino inzuppato di rugiada sembravano parlare di lei ai fiori.

8

Si svegliò quando mezzogiorno era passato da tempo. Il cameriere era entrato più volte in punta di piedi nella camera per vedere se il suo padrone dava qualche segno di vita, domandandosi che cosa mai lo facesse dormire così a lungo. Finalmente il campanello suonò e Victor avanzò con una tazza di tè e un fascio di lettere, disposte su un vassoietto di antica porcellana di Sèvres, tirò le tende di seta oliva, foderate di un blu brillante, che addobbavano le tre alte finestre.

«Monsieur ha dormito bene questa mattina,» disse sorridendo.

«Che ora è, Victor?» domandò Dorian Gray con voce assonnata.

«La una e un quarto, signore.»

Così tardi! Si mise a sedere e, dopo aver sorbito un poco di tè, si dedicò alle lettere. Una di queste era di Lord Henry ed era stata consegnata a mano quella mattina stessa. Esitò per un istante e poi la mise da parte. Aprì le altre con aria distratta. Contenevano i soliti biglietti da visita, inviti a cena, biglietti per rappresentazioni private, programmi di concerti di beneficenza, quell'insieme di carte, insomma, che abitualmente ricevono i giovani alla moda durante la stagione delle feste. C'era anche un conto piuttosto forte per un servizio da toeletta in argento, stile Luigi XV, che non aveva avuto il coraggio di far avere ai suoi tutori, gente molto all'antica, che non capiva che si vive in un'epoca in cui le cose che non sono necessarie sono in verità le uniche necessità; c'erano inoltre parecchie lettere provenienti da Jermyn Street – dagli uffici di quei signori che prestano soldi a interesse – assai cortesemente stilate, in cui si offriva di anticipare qualsiasi somma di denaro, senza preavviso, e a un tasso ragionevole.

Dopo circa dieci minuti si alzò, e, buttandosi sulle spalle una vestaglia molto sofisticata, in lana di cashmere e ricamata in seta, passò nella sala da bagno dal pavimento di onice. L'acqua fresca lo ristorò dopo il lungo sonno. Sembrava aver dimenticato ciò che aveva passato. Una o due volte fu assalito dalla vaga sensazione, pur irreale come un sogno, di aver preso parte a una strana tragedia. Appena fu vestito, si accomodò in biblioteca, davanti a una leggera prima colazione alla francese, apparecchiata per lui su un tavolino rotondo accanto alla finestra aperta. Era una giornata di squisita bellezza. L'aria tiepida sembrava carica di profumi di spezie. Un'ape volò dentro e si mise a ronzare intorno a una coppa, del colore di una libellula blu che, colma di rose giallo-zolfo, gli stava davanti. Si sentiva perfettamente felice.

Improvvisamente l'occhio gli cadde sul paravento che aveva posto dinnanzi al ritratto e sobbalzò.

«Troppo freddo, Monsieur?» gli chiese il cameriere, posando una omelette sul tavolo. «Devo chiudere la finestra?»

Dorian scosse la testa. «Non ho freddo,» mormorò.

Era tutto vero? Era veramente mutato il ritratto? O era stata semplicemente la sua immaginazione che gli aveva fatto vedere uno sguardo carico di male dove un tempo c'era uno sguardo gioioso? Sicuramente una tela dipinta non poteva alterarsi. Era una cosa assurda. Sarebbe stata una buona storia da raccontare a Basil, un giorno. Lo avrebbe fatto sorridere.

E, tuttavia, come era vivido il suo ricordo! Prima nella luce fioca del crepuscolo, quindi nell'alba chiara, aveva visto il tocco crudele intorno alle pieghe delle labbra. Temeva quasi che il cameriere lasciasse la stanza. Sapeva che quando fosse rimasto solo non avrebbe potuto fare a meno di esaminare il ritratto. Temeva le certezze. Dopo che furono portati il caffè e le sigarette e l'uomo si volse per andare, sentì un desiderio prorompente di ordinargli di restare. Mentre la porta si richiudeva alle sue spalle, lo richiamò. L'uomo stette in attesa dei suoi ordini. Dorian lo guardò per un istante. «Non ci sono per nessuno, Victor,» disse con un sospiro. L'uomo si inchinò, ritirandosi.

Si alzò da tavola, accese una sigaretta e si gettò su un divano imbottito con lussuosi cuscini, posto di fronte al pannello che serviva da schermo. Era un antico paravento, di cuoio spagnolo a dorature, su cui era impresso e inciso un fiorito motivo Luigi XIV. Lo esplorò con curiosità, domandandosi se mai prima d'ora avesse nascosto il segreto della vita di un uomo.

Doveva spostarlo? Perché non lasciarlo dov'era? A che cosa serviva sapere? Se la cosa fosse stata vera sarebbe stata terribile, altrimenti, perché preoccuparsene? Ma che cosa sarebbe avvenuto se, per un destino avverso o per qualche ragione fatale, occhi diversi dai suoi avessero spiato oltre il paravento e avessero colto l'orribile cambiamento? Che cosa avrebbe fatto se Basil Hallward fosse venuto a chiedere di guardare il proprio quadro? Basil l'avrebbe fatto senz'altro. No; la cosa doveva essere pensata e immediatamente. Tutto era preferibile a questo dubbio spaventoso.

Si alzò e chiuse a chiave entrambe le porte. Sarebbe stato solo, almeno nel momento in cui avrebbe guardato la maschera della sua vergogna. Scostò il paravento e si vide faccia a faccia. Era perfettamente vero. Il ritratto era mutato.

Come spesso avrebbe ricordato in seguito, e sempre con grande meraviglia, dapprima si era trovato a fissare il ritratto con un interesse quasi scientifico. Che un tale cambiamento avesse avuto luogo gli sembrava incredibile. Eppure era un dato di fatto. C'era qualche sottile affinità tra gli atomi chimici, che si erano modellati in forme e colori sulla tela, e l'anima che era al suo interno? Poteva mai essere che ciò che quell'anima pensava essi rendessero materia? Che ciò che essa sognava essi trasformassero in realtà? O c'era un'altra, più terribile ragione? Tremò spaventato e, tornando verso il divano, si sdraiò, fissando il quadro con un sentimento di nausea e di orrore.

Sentiva che comunque il quadro aveva fatto almeno una cosa per lui. Lo aveva reso consapevole di quanto ingiusto e crudele fosse stato verso Sybil Vane. Non era troppo tardi per porvi rimedio. Avrebbe ancora potuto diventare sua moglie. Il suo amore così irreale ed egoista avrebbe ceduto a qualche più alto influsso, si sarebbe trasformato in una più nobile passione e il ritratto che Basil gli aveva dipinto sarebbe stato la sua guida nella vita, sarebbe stato ciò che la santità o la coscienza significano per altri, e il timor di Dio per tutti noi. C'erano droghe soporifere per i rimorsi, oppiacei che sapevano far sprofondare il senso morale nel sonno. Ma davanti a lui appariva un simbolo visibile della degradazione del peccato. Un segno indelebile della rovina cui gli uomini sanno condurre la propria anima.

Batterono le tre, poi le quattro, suonò la mezz'ora con il suo doppio rintocco, ma Dorian Gray non si mosse. Tentava di raccogliere i fili scarlatti della vita e di tesserli in uno schema; di trovare la sua strada nel labirinto sanguigno delle passioni in cui vagava. Non sapeva che cosa fare o che cosa pensare. Infine si mise al tavolo e scrisse una lettera appassionata alla fanciulla che aveva amato, implorando il suo perdono e accusandosi di follia. Coprì pagine e pagine di parole di rimorso e di ancor più sfrenata sofferenza. Biasimarsi può diventare un lusso. Quando ci biasimiamo sentiamo che nessun altro ha il diritto di farlo. È la confessione, non il prete, che ci assolve. Dopo che Dorian ebbe finito la lettera sentì di essere stato perdonato.

Improvvisamente ci fu un battere alla porta e udì la voce di Lord Henry venire dal di fuori. «Mio caro ragazzo, devo vederti. Fammi entrare subito. Non sopporto che tu ti rinchiuda in questo modo.»

Dapprima non rispose, rimanendo immobile. I battiti continuarono e si fecero sempre più forti. Sì, era meglio fare entrare Lord Henry e dirgli della nuova vita che intendeva condurre, litigare con lui se fosse stato necessario, separarsi da lui se la separazione fosse stata inevitabile. Balzò in piedi, nascose in fretta il quadro dietro il paravento e aprì la porta.

«Mi dispiace molto, Dorian,» disse Lord Henry entrando «ma non devi pensarci troppo.»

«Parli di Sybil Vane?» chiese il giovane.

«Naturalmente,» rispose Lord Henry, sprofondando in una poltrona e togliendosi i guanti gialli. «È atroce, da un certo punto di vista, ma non è stata colpa tua. Dimmi, sei andato dietro il palcoscenico per vederla alla fine dello spettacolo?»

«Sì.»

«Ero sicuro che l'avresti fatto. Le hai fatto una scena?»

«Sono stato brutale, Harry – assolutamente brutale. Ma è tutto a posto ora. Non sono dispiaciuto per tutto quello che è successo. Mi ha insegnato a conoscermi meglio.»

«Ah, Dorian, sono così contento che tu la prenda in questo modo! Temevo che ti avrei trovato avvolto dai rimorsi e intento a strapparti quei tuoi bei capelli.»

«Sono passato attraverso tutto ciò,» disse Dorian scuotendo la testa e sorridendo. «Sono completamente felice ora. So che cosa sia la coscienza, tanto per cominciare. Non è ciò che tu mi avevi detto che fosse. È la cosa più divina che ci sia in noi. Non deridermi se dico ciò, Harry, non più – almeno in mia presenza. Voglio essere buono. Non sopporto l'idea di avere un'anima odiosa.»

«È una base artistica e affascinante per la morale, Dorian! Mi congratulo con te. Ma da dove pensi di cominciare?»

«Sposando Sybil Vane.»

«Sposando Sybil Vane!» gridò Lord Henry, alzandosi e guardandolo costernato. «Ma, mio caro Dorian...»

«Sì, Harry, so che cosa stai per dire. Qualcosa di terribile a proposito del matrimonio. Non dirlo. Non dirmi più cose di quel genere. Due giorni fa chiesi a Sybil di sposarmi. Non ritirerò la mia parola. Diventerà mia moglie!»

«Tua moglie! Dorian!... Non hai ricevuto la mia lettera? Ti ho scritto questa mattina, facendo consegnare la lettera dal mio servitore.»

«Una lettera? Oh, sì, ricordo. Non l'ho ancora letta, Harry. Temevo contenesse qualcosa non di mio gradimento. Con i tuoi epigrammi mi tagli a pezzi la vita.»

«Non sai nulla allora?»

«Che cosa vuoi dire?»

Lord Harry attraversò la stanza, e, sedendosi accanto a Dorian Gray, gli prese entrambe le mani nella sua, stringendogliele. «Dorian,» disse «la mia lettera – non spaventarti – era per dirti che Sybil Vane è morta.»

Un gemito di dolore uscì dalle labbra del giovane, che balzò in piedi, liberandosi dalla stretta di Lord Henry. «Morta! Sybil morta! Non è vero! È un' orribile bugia! Come osi dirlo?»

«È vero, Dorian,» disse Lord Henry gravemente. «È su tutti i giornali del mattino. Ti avevo scritto per dirti di non leggerli finché non fossi venuto io. Dovrà esserci un'inchiesta, naturalmente, e tu non devi rimanervi immischiato. Cose del genere rendono un uomo popolare, a Parigi. Ma, a Londra, la gente è così piena di pregiudizi! Qui non si dovrebbe mai debuttare con uno scandalo. Lo si dovrebbe riservare, invece, per rendere interessante l'età matura. Suppongo che non conoscano il tuo nome al teatro? Se è così, bene. Non sei stato visto da nessuno mentre ti trovavi nel suo camerino? È un punto importante.»

Dorian non rispose per qualche istante. Era inebetito dall'orrore. Infine balbettò con voce soffocata: «Harry, hai detto un'inchiesta? Che cosa significa? Sybil – Oh, Harry, non riesco a sopportarlo! Sbrigati. Dimmi subito tutto».

«Senza dubbio non è stato un incidente, Dorian, sebbene debba essere presentato come tale alla gente. Sembra che mentre stava lasciando il teatro con la madre, verso le dodici e mezza circa, abbia detto di aver dimenticato qualche cosa al piano di sopra. L'hanno aspettata per circa mezz'ora, ma non è più scesa di sotto. Infine è stata trovata stesa sul pavimento del suo camerino, morta. Aveva inghiottito qualche cosa per errore, una di quelle orribili sostanze che usano nei teatri. Non so che cosa fosse, ma conteneva acido prussico o biacca di piombo. Immagino che sia stato acido prussico, poiché sembra sia morta all'istante.»

«Harry, Harry, è terribile!» gridò il giovane.

«Sì, è veramente tragico, ma tu non devi lasciarti immischiare. Leggo su "The Standard" che aveva diciassette anni. Avrei pensato che fosse anche più giovane. Sembrava proprio una bambina e sembrava sapere così poco di come si recita. Dorian, non devi lasciare che ciò ti scuota i nervi. Devi venire a cena da me, quindi faremo un salto all'Opera. Questa sera ci sarà la Patti e non mancherà nessuno. Puoi venire nel palco di mia sorella. Sarà in compagnia di alcune belle donne.»

«Così ho assassinato Sybil Vane,» disse Dorian Gray, quasi parlando a se stesso, «l'ho assassinata io, proprio come se le avessi tagliato quella gola infantile con un coltello. Eppure le rose non sono meno belle per questo. Gli uccelli cantano allegri come sempre nel mio giardino. E questa sera cenerò con te, quindi andrò all'Opera; dopo farò uno spuntino da qualche parte, suppongo. Che cosa straordinariamente drammatica è la vita. Se lo avessi letto in un libro, Harry, penso che ci avrei pianto sopra. Non so come, ora che è effettivamente accaduto, per di più a me, mi sembra di gran lunga una cosa troppo strana per versarci delle lacrime. Questa è la prima lettera d'amore appassionata che io abbia scritto in vita mia. Strano che la mia prima lettera d'amore appassionata debba essere stata indirizzata a una ragazza morta. Possono sentire, mi chiedo, quelle bianche creature silenziose che noi chiamiamo morti? Sybil! È capace di sentire, riconoscere o ascoltare? Oh, Harry, come l'ho amata una volta! Ora mi sembra sia successo tanti anni fa. Lei era tutto per me. Poi venne quella notte tremenda – davvero è stata appena la notte scorsa – in cui recitò così male che quasi mi spezzò il cuore. Mi spiegò tutto. È stato uno strazio. Ma io non ne fui affatto commosso. Pensai che fosse solo superficiale. Improvvisamente accadde qualcosa che mi spaventò. Non saprei dirti che cosa, solo che fu terribile. Mi dissi che sarei tornato da lei. Sentii di aver agito male. E ora è morta. Mio Dio! Mio Dio! Harry, che cosa devo fare? Tu non sai come io sia in pericolo e nulla mi può sostenere. Lei lo avrebbe fatto. Non aveva nessun diritto di uccidersi. È stata un'egoista.»

«Mio caro Dorian,» rispose Lord Henry prendendo una sigaretta dall'astuccio e togliendosi di tasca un portafiammiferi placcato d'oro «l'unico modo in cui una donna possa cambiare un uomo è quello di annoiarlo al punto che egli perda ogni interesse per la vita. Se avessi sposato quella ragazza ti saresti rovinato. Naturalmente l'avresti trattata gentilmente: si può essere sempre gentili con le persone di cui non ci importa nulla. Ma lei si sarebbe subito accorta di esserti assolutamente indifferente. E quando una donna scopre ciò da parte del marito o diventa tremendamente sciatta, oppure si mette a indossare elegantissimi cappelli che le dovrà poi pagare il marito di un'altra. Non dirò nulla dell'errore di non aver tenuto conto delle differenze sociali, errore degradante e che io certo non avrei permesso, ma ti assicuro che, in ogni modo, l'intera faccenda si sarebbe rivelata un totale fallimento.»

«Suppongo di sì,» mormorò il giovane, camminando avanti e indietro per la stanza, terribilmente pallido. «Ma pensavo che sarebbe stato mio dovere. Non è colpa mia se questa terribile tragedia mi ha impedito di fare ciò che era giusto. Ricordo come tu una volta hai detto che c'è una fatalità nei buoni propositi: si fanno sempre troppo tardi. Sicuramente, per me è stato così.»

«I buoni propositi sono dei tentativi inutili di interferire nelle leggi scientifiche. La loro origine è la pura vanità. Il loro risultato è il nulla assoluto. Ci danno, di tanto in tanto, qualche sterile voluttuosa emozione che ha un certo fascino per i deboli. È tutto ciò che si può dire in proposito. Sono dei semplici assegni che gli uomini emettono su una banca in cui non hanno alcun deposito.»

«Harry,» esclamò Dorian Gray avvicinandosi e sedendosi di fianco a lui «come può essere che non sento questa tragedia tanto quanto vorrei? Non penso di essere senza cuore. Tu pensi che io lo sia?»

«Hai fatto troppe sciocchezze in queste ultime due settimane per avere il diritto di considerarti tale, Dorian,» rispose Lord Henry, con il suo dolce, melanconico sorriso.

Il giovane aggrottò la fronte. «Non sono soddisfatto da questa spiegazione, Harry,» replicò «ma sono contento che tu non pensi che io sia senza cuore. Non lo sono affatto. So di non esserlo. Eppure devo ammettere che quanto è successo non mi colpisce come dovrebbe. Mi sembra soltanto la fine meravigliosa di un dramma meraviglioso. Ha tutta la terribile bellezza di una tragedia greca, di cui io sono stato uno dei protagonisti, ma dalla quale sono uscito indenne.»

«È una questione interessante,» disse Lord Henry, che provava uno squisito piacere nel toccare le corde dell'inconscio egocentrismo del giovane «una questione estremamente interessante. Immagino che la vera spiegazione sia questa. Accade spesso che le vere tragedie della vita avvengano in un modo così lontano da ogni forma artistica da ferirci per la loro cruda violenza, la loro assoluta incoerenza, la loro assurda mancanza di significato, la loro totale mancanza di stile. Ci colpiscono come ci colpisce la volgarità. Ci danno l'impressione di pura forza bruta a cui noi ci ribelliamo. A volte, tuttavia, una tragedia che possiede elementi di bellezza artistica si abbatte sulla nostra vita. Se tali elementi sono reali, l'intero dramma fa semplicemente appello alla nostra sensibilità verso l'effetto drammatico. Improvvisamente scopriamo di non essere più gli attori, ma gli spettatori della rappresentazione. O, piuttosto, entrambi. Ci osserviamo e il prodigioso spettacolo ci avvince. In questo caso che cosa è successo in realtà? Qualcuno si è ucciso per amor tuo. Vorrei tanto aver vissuto io un'esperienza simile. Mi avrebbe fatto amare l'amore per il resto della vita. Le persone che mi hanno adorato – non molte a dire il vero, ma qualcuna c'è stata – si sono intestardite a vivere, a continuare a vivere per molto tempo ancora dopo che avevano cessato di piacermi e io di piacere a loro. Sono diventate noiose matrone e quando le incontro cominciano subito con i ricordi. Che memoria spaventosa hanno le donne! Che cosa orrenda! E quale grandioso ristagno intellettuale essa rivela! Si dovrebbe assorbire il colore della vita, ma non se ne dovrebbero mai ricordare i particolari. I particolari sono sempre volgari.»

«Devo seminare i papaveri nel mio giardino,» sospirò Dorian.

«Non ce n'è bisogno,» replicò l'amico. «La vita regge sempre i papaveri in mano. Naturalmente, di tanto in tanto, le cose si protraggono. Una volta non feci che portare violette all'occhiello per tutta una stagione, come testimonianza di un lutto artistico per un mio romanzo d'amore che non voleva morire. Alla fine, comunque, morì. Non ricordo che cosa l'uccise. Penso fu la sua proposta di rinunciare per me al mondo intero. È sempre un momento pauroso. Il terrore dell'eternità ci assale. Bene – lo crederesti? – una settimana fa, a casa di Lady Hampshire, mi trovai seduto durante un pranzo accanto alla signora in questione, che insisteva a rivivere l'intera faccenda, a rivangare il passato, a scandagliare il futuro. Io avevo sepolto il mio romanzo in un letto di asfodeli. Lei lo riesumò e mi assicurò che le avevo rovinato la vita. Devo dire che mangiò a più non posso, così che non mi sentii angosciato per lei. Ma quale mancanza di gusto dimostrò! L'unico fascino del passato è che è passato. Ma le donne non sanno mai quando è calato il sipario. Sono sempre desiderose di un sesto atto e, non appena l'interesse per lo spettacolo è interamente esaurito, propongono che si continui. Se potessero fare a modo loro, ogni commedia avrebbe un finale tragico e ogni tragedia culminerebbe in una farsa. Sono artificiose in modo affascinante, ma non hanno alcun senso artistico. Tu sei più fortunato di me. Ti assicuro, Dorian, nessuna donna che ho conosciuto avrebbe fatto per me ciò che Sybil Vane ha fatto per te. Le donne comuni si consolano sempre. Alcune lo fanno dando la preferenza ai colori sentimentali. Non fidarti mai di una donna che veste in *mauve*, qualunque sia la sua età, o di una donna di più di trentacinque anni che ami i nastri rosa. Avrà sicuramente una storia alle sue spalle. Altre trovano una grande consolazione nello scoprire improvvisamente le buone qualità del marito. Buttano in faccia agli altri la loro felicità coniugale, come se fosse il più seducente dei peccati. Per altre diventa fonte di consolazione la religione. I misteri che essa racchiude possiedono tutto il fascino di un flirt, almeno così mi ha detto un giorno una donna; e io lo capisco benissimo. Inoltre, nulla rende tanto vanitosi come il sentirsi dare del peccatore. La coscienza ci rende tutti quanti egocentrici. Sì, non c'è veramente fine alle consolazioni che una donna può trovare nella vita d'oggi. E certamente non ti ho ancora detto della più importante.»

«Quale, Harry?» disse il giovane stancamente.

«Oh, la consolazione più ovvia. Prendersi l'ammiratore di qualcun'altra quando si è perso il proprio. Nella buona società questo restaura sempre una donna. Ma davvero, Dorian, come deve essere stata differente Sybil Vane dalle donne che normalmente si incontrano! Per me c'è qualcosa di bellissimo intorno alla sua morte. Sono contento di vivere in un secolo in cui accadono questi miracoli. Fanno credere che le cose con le quali noi tutti ci trastulliamo esistono realmente, come il sentimento romantico, la passione, l'amore.»

«Sono stato terribilmente crudele con lei, non dimenticarlo.»

«Temo di dirti che le donne amano la crudeltà, la crudeltà assoluta, più di qualsiasi altra cosa. Hanno istinti meravigliosamente primitivi. Abbiamo dato loro l'emancipazione, ma loro rimangono sempre delle schiave in cerca del padrone. Amano essere dominate. Sono sicuro che tu sei stato splendido. Non ti ho mai visto veramente e del tutto in collera, ma posso immaginarmi che aspetto delizioso avessi. E, dopo tutto, mi hai detto una cosa due giorni fa che, in quel momento, mi è sembrata pura fantasia, ma che ora riconosco come assolutamente vera e che contiene la chiave di tutto.»

«Di che cosa si trattava, Harry?»

«Mi hai detto che per te Sybil Vane rappresentava tutte le eroine dei romanzi sentimentali: Desdemona una sera, una sera Ofelia; se moriva nei panni di Giulietta, tornava in vita con quelli di Imogene.»

«Non tornerà mai più in vita ora,» mormorò il giovane, nascondendosi il volto tra le mani.

«No, non tornerà più in vita. Ha recitato la sua ultima parte. Ma tu devi pensare a quella morte solitaria nel misero camerino soltanto come a uno strano fosco frammento di una tragedia dell'età giacobina, come a una meravigliosa scena di Webster, di Ford o di Cyril Tourneur. La ragazza non è mai realmente vissuta e quindi non è mai realmente morta. Per te, almeno, è sempre stata soltanto un sogno, un fantasma che aleggiava nei drammi di Shakespeare, che li abbelliva con la sua presenza, un flauto in cui risuonava più ricca e gioiosa la musica di Shakespeare. Nel momento in cui toccò la vita reale la rovinò, ed essa a sua volta rovinò lei. A ciò dobbiamo la sua scomparsa. Prendi il lutto per Ofelia, se vuoi. Cospargiti il capo di cenere perché Cordelia è stata strangolata. Impreca contro il cielo perché la figlia di Brabanzio è morta, ma non sciupare le tue lacrime per Sybil Vane, poiché è meno reale di tutti questi personaggi.»

Calò il silenzio. La sera portava ombre scure nella stanza, che strisciavano senza far rumore e con piedi d'argento dal giardino. I colori svanivano stanchi dalle cose.

Dopo qualche tempo Dorian Gray sollevò lo sguardo. «Mi hai svelato a me stesso, Harry,» mormorò con un breve sospiro di sollievo. «Ho trovato in me una rispondenza a ciò che tu hai detto, ma in un certo modo ne avevo paura e non riuscivo neppure a esprimerlo a me stesso. Come mi conosci bene! Ma non parleremo più di quello che è successo. È stata un'esperienza meravigliosa. Ora basta. Mi chiedo se la vita avrà ancora in serbo per me qualcosa di altrettanto meraviglioso».

«La vita ha in serbo tutto per te, Dorian. Non c'è niente che tu, con la tua straordinaria bellezza, non possa fare.»

«Ma supponi, Harry, che io diventi brutto, vecchio e rugoso? Che mi succederebbe allora?»

«Ah, allora,» disse Lord Henry alzandosi per congedarsi «allora, mio caro Dorian, dovrai lottare per conquistarti la vittoria. Ora ti viene consegnata in mano. No, devi conservare la tua bellezza. Viviamo in un'epoca troppo dedita alla lettura per essere saggia e troppo riflessiva per essere bella. Non possiamo fare a meno di te. E ora faresti bene a vestirti per la sera e recarti al club. Siamo già abbastanza in ritardo.»

«Penso che ti raggiungerò all'Opera, Harry. Sono troppo stanco per mangiare. Qual è il numero del palco di tua sorella?»

«Ventisette, credo. È nella prima fila. Il nome è scritto sulla porta. Mi dispiace che tu non venga a cena.»

«Non mi sento,» disse Dorian distrattamente. «Ma ti sono estremamente grato per tutto ciò che mi hai detto. Sei davvero il mio miglior amico. Nessuno mi ha mai capito come te.»

«Siamo solo agli inizi della nostra amicizia, Dorian» rispose Lord Henry, stringendogli la mano. «Arrivederci. Spero di vederti prima delle nove e mezzo. Non dimenticarti, canta la Patti.»

Come ebbe chiusa la porta alle spalle, Dorian Gray suonò il campanello e pochi minuti dopo Victor apparve con le lampade e abbassò gli scuri.

Attese impaziente che se ne andasse. L'uomo sembrava indugiare su ogni cosa per un tempo interminabile.

Appena uscì, si precipitò verso il paravento e lo scostò. No, non erano avvenuti altri cambiamenti nel quadro. Era venuto a conoscenza della morte di Sybil Vane prima di lui. Veniva a sapere di ogni avvenimento nel momento in cui aveva luogo. L'espressione di crudeltà maligna che deturpava i contorni della bella bocca era comparsa senza dubbio nell'attimo in cui la ragazza aveva bevuto il veleno. Oppure rimaneva indifferente agli eventi? Si limitava semplicemente a rimarcare ciò che avveniva nella sua anima? Si domandò, sperandolo fortemente, se un giorno sarebbe stato testimone del cambiamento, assistendo alla trasformazione davanti ai suoi occhi e, mentre lo sperava, rabbrividiva.

Povera Sybil! Che romanzo d'amore era stato! Spesso ella aveva imitato la morte sulla scena. E poi la morte in persona l'aveva toccata e l'aveva condotta con sé. Come aveva recitato quell'orribile scena finale? Aveva maledetto la morte nell'attimo in cui veniva meno? No; era morta per amor suo, e, d'ora in poi, l'amore sarebbe stato per lui un sacramento. Sacrificando la sua stessa vita, aveva espiato tutto. Non avrebbe più pensato a quello che gli aveva fatto passare quell'orribile sera a teatro. Avrebbe pensato a lei come a una meravigliosa tragica figura giunta sul palcoscenico del mondo per mostrare la suprema realtà dell'amore. Una meravigliosa figura tragica? Gli spuntarono agli occhi delle lacrime mentre ripensava al suo aspetto infantile, ai suoi modi insoliti e seducenti, alla sua grazia timida e tremante. Si asciugò rapidamente le lacrime e guardò di nuovo il ritratto.

Sentì che era venuto il momento di fare la sua scelta, senza più indugiare. O la scelta già era stata fatta? Sì, la vita aveva deciso per lui – la vita e la sua infinita curiosità per la vita. Eterna giovinezza, passione sconfinata, piaceri sottili e segreti, gioie sfrenate e ancor più sfrenati peccati – tutto sarebbe stato suo. Il destino del ritratto era di portare il peso della sua vergogna: altro non c'era da aggiungere.

Un senso di dolore si insinuò in lui al pensiero della dissacrazione che attendeva il bel volto dipinto sulla tela. Tempo addietro, infantilmente e scherzosamente imitando Narciso, aveva baciato, o finto di baciare, quelle labbra dipinte che ora gli sorridevano con tanta crudeltà. Mattino dopo mattino, era rimasto seduto davanti al ritratto, incredulo della sua bellezza, in un certo senso innamorato di lui, come a volte quasi gli sembrava. Ed ora il suo destino era quello di mutare a ogni stato d'animo a cui egli si fosse abbandonato? Sarebbe diventato una cosa mostruosa e infame, da nascondere dalla luce del sole, che spesso aveva cambiato in oro ancor più splendido le meravigliose onde dei suoi capelli? Che peccato! Che peccato!

Per un momento pensò di pregare che l'orribile corrispondenza tra lui e il quadro avesse fine. Il ritratto era mutato in risposta a una preghiera; forse ancora in risposta a una preghiera avrebbe potuto restare inalterato. E tuttavia chi, conoscendo qualche cosa della vita, avrebbe rinunciato alla possibilità di rimanere sempre giovane, per quanto fantastica questa possibilità potesse essere, o per quanto fatali le conseguenze? E inoltre, quanto dipendeva da lui? Era stata in verità la sua preghiera a causare la sostituzione? Non poteva esserci all'origine qualche strano fenomeno scientifico? Se il pensiero poteva esercitare la sua influenza su un organismo vivente, non avrebbe potuto fare altrettanto su ciò che era morto e inorganico? Anzi, pur senza pensieri o desideri consci, le cose che stanno al di fuori di noi non potrebbero vibrare all'unisono con i nostri sentimenti e passioni, un atomo richiamare un atomo nell'amore segreto di una strana affinità? Ma la ragione non aveva nessuna importanza. Non avrebbe mai più tentato con una preghiera nessuna terribile potenza. Se il ritratto doveva alterarsi, che si alterasse. Ecco tutto. Perché voler far luce troppo da vicino?

Sarebbe stato un vero piacere osservarlo. Avrebbe potuto seguire la sua mente fin nelle pieghe segrete del dipinto. Esso avrebbe rappresentato per lui il più magico degli specchi. Così come gli aveva rivelato il suo corpo, gli avrebbe rivelato la sua anima. E quando per il quadro fosse giunto l'inverno, lui sarebbe stato ancora là dove la primavera palpita al limitare dell'estate. Quando il sangue si sarebbe ritirato dal suo volto, lasciando dietro di sé una pallida maschera di gesso con palpebre di piombo, lui avrebbe mantenuto il fascino della giovinezza. Non un solo boccio della sua bellezza sarebbe mai appassito, né il pulsare della vita si sarebbe mai affievolito. Come gli dei della Grecia egli sarebbe stato forte, agile, gioioso. Che cosa importava ciò che sarebbe successo all'immagine sulla tela? Lui sarebbe stato salvo. Null'altro importava.

Rimise il paravento al suo posto di fronte al quadro e, nel farlo, sorrise. Passò quindi nella sua camera da letto dove il cameriere già lo aspettava. Un'ora più tardi era all'Opera e Lord Henry si chinava sulla sua poltrona.

9

Il mattino dopo, mentre sedeva a colazione, Basil Hallward fu introdotto nella stanza.

«Sono contento di averti trovato, Dorian,» disse con tono grave. «Ti ho cercato ieri sera, ma mi è stato detto che eri all'Opera. Naturalmente sapevo che era impossibile. Avrei preferito che tu avessi lasciato detto dove eri andato in realtà. Ho passato una serata d'inferno, quasi temendo che a una tragedia ne seguisse un'altra. Speravo che tu mi telegrafassi appena sentita la notizia. L'ho letta quasi per caso in un'edizione della notte del "Globe" che ho trovato al club. Sono venuto qui immediatamente e mi sono sentito a disagio non avendoti trovato. Non so dirti quanto sia afflitto per tutto quanto è successo. So che cosa provi. Ma dove sei stato? Sei andato dalla madre della ragazza? Per un momento ho pensato di raggiungerti là. C'era l'indirizzo sul giornale. Una casa in Euston Road, vero? Ma temevo di turbare un dolore che non potevo alleviare. Poveretta! In che stato deve trovarsi! Figlia unica, per giunta! Come ha reagito?»

«Mio caro Basil, come faccio a saperlo?» mormorò Dorian Gray, sorseggiando un vino bianco chiarissimo da un delicato calice veneziano incrostato d'oro, con aria estremamente annoiata. «Ero all'Opera. Avresti dovuto raggiungermi là. Ho incontrato per la prima volta Lady Gwendolen, la sorella di Harry. Eravamo seduti nel suo palco. È assolutamente affascinante; la Patti, poi, ha cantato divinamente. Non parlare di cose tanto sgradevoli. Se di una cosa non si parla, è come se non fosse mai successa. Come dice Harry, è solo il parlarne che dà realtà alle cose. Potrei dirti che non era figlia unica. C'è anche un maschio, un ragazzo molto simpatico, credo. Ma non fa l'attore. Credo faccia il marinaio, o qualcosa del genere. E ora dimmi di te e di quello che stai dipingendo.»

«Sei andato all'Opera?» disse Hallward, parlando molto lentamente, con una nota di dolore trattenuta nella voce. «Sei andato all'Opera mentre Sybil Vane giaceva senza vita in qualche sordida camera d'affitto? Riesci a parlarmi di altre donne che ti sono sembrate affascinanti e di come la Patti ha cantato divinamente, prima ancora che la ragazza che amavi riposi in una tomba? Bene, mio caro, cose orribili sono in attesa di quel suo piccolo corpo bianco!»

«Basta, Basil! Non voglio sentire queste cose!» esclamò Dorian, balzando in piedi. «Non devi parlarmi di queste cose. Ciò che è stato è stato. Il passato è passato.»

«Chiami ieri il passato?»

«Che c'entra l'effettivo trascorrere del tempo con tutto ciò? Sono solo le persone poco interessanti quelle a cui servono anni per liberarsi da un'emozione! Chi è padrone di se stesso può porre fine a un dolore con la stessa facilità con cui sa inventarsi un piacere. Non voglio essere schiavo delle mie emozioni. Voglio essere io a servirmene, goderle e dominarle.»

«È terribile, Dorian! Qualche cosa deve averti completamente trasformato. Hai sempre lo stesso aspetto di quel meraviglioso ragazzo che era solito, giorno dopo giorno, venire nel mio studio a posare per il suo ritratto. Allora eri semplice, spontaneo, affettuoso. Eri la creatura meno viziata al mondo. Non... non so proprio che cosa ti sia successo. Parli come se non avessi cuore, né pietà. Riconosco l'influenza di Harry in tutto ciò.»

Il giovane arrossì e, andando alla finestra, guardò per qualche attimo il giardino verdeggiante, tra le cui ombre giocava l'intensa luce solare. «Devo moltissimo a Harry, Basil,» disse dopo un lungo silenzio «più di quanto debba a te. Tu mi hai insegnato soltanto a essere vanitoso.»

«Bene, ne sono punito, Dorian, o lo sarò un giorno.»

«Non capisco che cosa vuoi dire, Basil,» esclamò voltandosi. «Non capisco che cosa vuoi. Che cosa vuoi?»

«Voglio il Dorian Gray che io ero solito dipingere,» disse l'artista con tristezza.

«Basil,» replicò il giovane, avvicinandoglisi e mettendogli una mano sulla spalla «sei arrivato troppo tardi. Ieri, quando seppi che Sybil Vane si era uccisa...»

«Si era uccisa! Cielo! Sei proprio sicuro?» esclamò Hallward, guardandolo con un'espressione d'orrore.

«Mio caro Basil, non penserai certo che sia stato un volgare incidente? Naturalmente si è uccisa.»

Basil si nascose il viso tra le mani. «È terribile» bisbigliò, mentre lo percorreva un brivido.

«No,» disse Dorian «non c'è nulla di terribile in tutto ciò. È una delle grandi tragedie romatiche di quest'epoca. Di regola, gli attori conducono una vita estremamente scialba. Sono bravi mariti o mogli fedeli, oppure qualche altra cosa noiosa. Sai cosa voglio dire – virtù borghesi e cose del genere. Come era diversa Sybil! Ha vissuto la più bella delle sue tragedie. Era sempre un'eroina. L'ultima sera in cui recitò – la sera in cui tu la vedesti – recitò male perché aveva conosciuto la realtà dell'amore. Quando ne conobbe l'irrealtà, morì, come avrebbe potuto morire Giulietta. È passata di nuovo nella sfera dell'arte. Vi è qualcosa della martire in lei. La sua morte racchiude tutta la patetica inutilità del martirio, ne ha tutta la bellezza sprecata. Ma, come ti dicevo, non devi pensare che io non abbia sofferto. Se tu fossi venuto in un certo momento ieri – verso le cinque e mezzo, o forse alle sei meno un quarto – mi avresti trovato in lacrime. Anche Harry, che era qui e che mi aveva portato la notizia, non ha sospettato affatto che cosa stessi passando. Ho sofferto immensamente. Poi è passato. Non posso far rivivere un'emozione. Nessuno lo sa fare, a eccezione dei grandi sentimentali. Sei fortemente ingiusto, Basil. Sei venuto qui per consolarmi. Molto generoso da parte tua. Ma mi trovi consolato e vai su tutte le furie. Mi sembri una di quelle persone che provano sempre compassione per il prossimo. Mi ricordi una storia che mi ha raccontato Harry a proposito di un certo filantropo che aveva trascorso vent'anni della sua vita cercando di raddrizzare un'offesa o di far modificare una legge ingiusta, non ricordo più bene esattamente. Alla fine ci riuscì ma con quale disappunto! Non aveva assolutamente più nulla da fare e quasi morì di noia, trasformandosi in un sicuro misantropo. Inoltre, mio caro Basil, se mi vuoi veramente consolare, insegnami piuttosto a dimenticare ciò che è accaduto, oppure a vederlo da un giusto punto di vista artistico. Non era Gautier che scriveva della consolazione delle arti? Mi ricordo di aver preso in mano un giorno nel tuo studio un libretto rilegato in pergamena e di essermi imbattuto per caso in questa deliziosa frase. Bene, non sono come quel giovane di cui mi dicevi quando eravamo insieme a Marlow, quello che era solito dire che la seta gialla lo poteva consolare di tutte le miserie della vita. Amo le cose belle che si possono toccare, tenere in mano: i vecchi broccati, i bronzi dalla patina verde, le lacche, gli avori scolpiti, gli ambienti squisiti, il lusso, la pompa; si può trarre un raffinato godimento da tutte queste cose. Ma ancora più importante per me è il temperamento artistico che esse creano, o che a ogni modo rivelano. Come dice Harry, divenire lo spettatore della propria vita significa sfuggire le sofferenze che la vita procura. So che sei sorpreso nel sentirmi parlare così. Non ti rendi ancora conto di come mi sia trasformato. Ero solo uno scolaro quando mi hai conosciuto. Ora sono un uomo. Ho nuove passioni, nuovi pensieri, nuove idee. Sono diverso, ma per questo non devi amarmi di meno. Sono cambiato, ma devi essere sempre mio amico. Naturalmente sono molto affezionato a Harry.

Ma so anche che tu sei migliore di lui. Non sei più forte – hai troppo timore della vita – ma sei migliore. Come siamo stati felici insieme! Non lasciarmi, Basil, e non litigare con me. Non c'è altro da dire.»

Il pittore si sentì stranamente commosso. Quel giovane gli era infinitamente caro e la sua personalità era stata la chiave di volta della sua arte. Non sopportava l'idea di rimproverarlo ancora. Dopo tutto, la sua indifferenza era semplicemente uno stato d'animo che forse sarebbe scomparso. Tante cose in lui erano buone, tante cose in lui erano nobili.

«Bene, Dorian,» disse alla fine con un sorriso triste «è l'ultima volta che ti parlerò di questa orribile faccenda. Spero solo che non si faccia il tuo nome a riguardo. L'inchiesta avrà luogo questo pomeriggio. Ti hanno chiamato a testimoniare?»

Dorian scosse il capo e un'espressione annoiata gli attraversò il viso alla parola "inchiesta". C'era qualche cosa di così rozzo e volgare in faccende del genere. «Non conoscono il mio nome» rispose.

«Ma lei lo sapeva di certo.»

«Soltanto il mio nome di battesimo, ma sono anche sicuro che non lo ha mai detto a nessuno. Un giorno mi disse che erano tutti piuttosto curiosi di sapere chi ero e che invariabilmente diceva loro che mi chiamavo Principe Azzurro. Era carino da parte sua. Basil, devi farmi un ritratto a matita di Sybil. Vorrei avere qualcosa di più di lei, non solo il ricordo di qualche bacio e di qualche parola spezzata e patetica.»

«Cercherò di fare qualcosa, Dorian, se ti fa piacere. Ma devi venire ancora a posare per me. Senza di te non riesco a continuare.»

«Non posso più posare per te, Basil. È impossibile!» esclamò facendo un passo indietro.

Il pittore lo guardò con aria stupita. «Mio caro ragazzo, che sciocchezze!» esclamò. «Vuoi dire che non ti piace il ritratto che ti ho fatto? Dov'è? Perché lo hai nascosto dietro il paravento? Lasciamelo guardare. È la miglior cosa che io abbia mai fatto. Scosta il paravento, Dorian. È semplicemente vergognoso da parte del tuo servo nascondere così la mia opera. Mi sembrava che la stanza sembrasse diversa quando sono entrato.»

«Il mio servo non c'entra, Basil. Non crederai che gli lasci disporre la stanza in vece mia? Qualche volta – e questo è tutto – sistema i fiori nei vasi. No, sono stato io. La luce era troppo forte.»

«Troppo forte! Certamente no, mio caro. È una posizione perfetta. Fammelo vedere.» E Hallward si diresse verso l'angolo della stanza.

Un grido di terrore uscì dalle labbra di Dorian Gray che si precipitò tra il pittore e il paravento. «Basil,» disse impallidendo «non devi vederlo. Non voglio che tu lo veda.»

«Non vuoi che io guardi un mio quadro! Scherzi, forse? Perché non dovrei guardarlo?» esclamò Hallward, ridendo.

«Se cercherai di guardarlo, Basil, parola d'onore, non ti parlerò più per tutta la vita. Parlo seriamente. Non ti dò spiegazioni e tu non devi chiederne. Ma, ricordati, se tocchi il paravento, tutto è finito tra noi.»

Hallward era come fulminato. Guardò Dorian Gray assolutamente sbigottito. Non lo aveva mai visto così in passato. Il giovane era pallido per la collera. Le mani erano chiuse a pugno e le pupille mandavano lampi di fuoco azzurro. Tremava tutto.

«Dorian!»

«Non parlare.»

«Ma che cosa è successo? Non lo guarderò, se non vorrai» disse piuttosto freddamente, voltandosi e dirigendosi verso la finestra. «Ma davvero mi sembra assurdo che io non debba vedere la mia opera, considerando poi che la esporrò in autunno a Parigi. Probabilmente dovrò darle un'altra mano di vernice prima, pertanto lo dovrò vedere un giorno, e perché non oggi, allora?»

«Esporla! Vuoi esporla?» esclamò Dorian Gray, mentre uno strano senso di terrore lo invadeva. Il suo segreto sarebbe stato noto a tutti? Il pubblico sarebbe rimasto a bocca aperta davanti al mistero della sua vita? Impossibile. Bisognava fare qualcosa ma non sapeva cosa – immediatamente.

«Sì; penso che non avrai nulla in contrario. George Petit ha intenzione di raccogliere tutti i miei quadri migliori per una mostra speciale in Rue de Sèze, che sarà inaugurata nella prima settimana di ottobre. Il ritratto starà via soltanto un mese. Penso che potrai facilmente farne a meno per quel periodo. Infatti sarai certamente fuori città e, se lo tieni sempre dietro un paravento, non te ne importerà poi molto.»

Dorian Gray si passò una mano sulla fronte imperlata di sudore. Sentì di essere sull'orlo di un terribile pericolo. «Un mese fa mi dicesti che non lo avresti mai esposto,» esclamò «perché hai cambiato idea? Voi che fate di tutto per essere coerenti, siete balzani come tutti gli altri. L'unica differenza è che i vostri umori sono piuttosto insensati. Non puoi aver dimenticato di avermi giurato solennemente che niente al mondo ti avrebbe indotto a inviare il quadro a una mostra. E la stessa cosa hai detto esattamente a Harry.» Si fermò bruscamente, un lampo negli occhi. Si ricordò che Lord Henry gli aveva detto una volta, tra il serio e il faceto: «Se vuoi passare uno strano quarto d'ora, fatti dire da Basil perché non esporrà mai il tuo ritratto. A me lo ha detto, e per me è stata una rivelazione».

Sì, anche Basil, forse, aveva il suo segreto. Avrebbe provato a chiederglielo.

«Basil,» disse, facendoglisi molto vicino e guardandolo direttamente negli occhi «abbiamo entrambi un segreto. Dimmi il tuo e ti dirò il mio. Per quale ragione non volevi esporre il mio ritratto?»

Il pittore rabbrividì suo malgrado. «Dorian, se te lo dicessi, potrei piacerti meno e rideresti certamente di me: non sopporterei nessuna delle due cose. Se desideri che io non guardi mai più il tuo ritratto, sarò contento. Potrò sempre guardare te. Se desideri che l'opera migliore che io ho fatta rimanga nascosta agli occhi del mondo, sarò soddisfatto. La tua amicizia mi è più cara della fama e della buona reputazione.»

«No, Basil, me lo devi dire» insistette Dorian Gray. «Penso di avere il diritto di saperlo». Il terrore era svanito, la curiosità aveva preso il suo posto. Era deciso a scoprire il mistero di Hallward.

«Sediamoci, Dorian,» disse il pittore, turbato. «Sediamoci e rispondi solo a una domanda. Hai notato qualche cosa di strano nel quadro? Qualche cosa che forse non ti ha colpito al primo momento, ma che ti si è rivelata improvvisamente?»

«Basil,» gridò il giovane, afferrandosi con mani tremanti ai braccioli e fissandolo con occhi sbarrati.

«Vedo che lo hai notato. Non dire nulla. Aspetta fin che avrai udito ciò che voglio dirti. Dorian, dal momento in cui ti ho incontrato, la tua personalità ha avuto su di me l'influenza più straordinaria. Sono stato dominato da te nell'anima, nella mente, in ogni mia facoltà. Eri diventato per me l'incarnazione visibile di quell'ideale invisibile il cui ricordo perseguita noi artisti come un sogno squisito. Ti ho adorato. Ero geloso di chiunque ti parlasse. Ti volevo tutto per me. Ero felice solo quando ero con te. Quando eri lontano eri sempre presente nella mia arte... Naturalmente non ti ho mai fatto sapere nulla di tutto questo. Non sarebbe stato possibile. Non lo avresti capito. A stento lo capivo io. Sapevo soltanto di aver visto faccia a faccia la perfezione e che il mondo si era fatto meraviglioso ai miei occhi, troppo, forse, perché in queste folli adorazioni c'è un pericolo, il pericolo di perderle, che non è minore del pericolo di conservarle. Passarono settimane e settimane ed ero sempre più assorbito da te. Poi vissi una nuova esperienza. Ti avevo ritratto come un novello Paride in una ben cesellata armatura, come Adone nel mantello da cacciatore mentre impugna la lancia per uccidere il cinghiale. Sedevi poi a prua di una barca di Adriano incoronato di fiori di loto e intento a fissare le torbide acque del Nilo dai verdi riflessi. Ti eri chinato sulle acque tranquille di una polla in una foresta della Grecia e avevi contemplato nei riflessi argentei il tuo volto meraviglioso. Ciò che ti apparve era ciò che l'Arte deve essere: inconscia, ideale, remota. Un giorno, un giorno fatale penso, decisi di dipingere un tuo bellissimo ritratto come sei in realtà, senza i costumi di un'età morta, ma nei tuoi abiti e nel tuo tempo. Forse a causa del realismo della mia tecnica, forse per la tua personalità unica e meravigliosa, che mi si presentava direttamente senza nebbie né veli, non saprei dirti, ma so che mentre lavoravo al tuo ritratto, ogni tratto, ogni pennellata di colore sembravano rivelare il mio segreto. Ebbi paura che gli altri capissero la mia idolatria. Sentii, Dorian, che avevo detto troppo, che avevo messo nel quadro troppo di me stesso. Fu allora che decisi che non l'avrei mai esposto. Tu ne fosti un poco contrariato; allora non ti rendevi conto dell'importanza che il ritratto aveva per me. Harry, a cui ne parlai, rise di me. Non me ne importava. Quando fu finito e io mi sedetti da solo accanto ad esso, sentii di aver ragione... Dopo pochi giorni il quadro lasciò il mio studio e non appena mi liberai del fascino intollerabile della sua presenza mi sembrò di essere stato sciocco a immaginarmi che ci fosse qualche cosa di più oltre la tua bellezza e il fatto che io sapessi dipingere. Anche oggi non posso fare a meno di considerare un errore il ritenere che la passione che si prova nell'atto di creare appaia realmente nell'opera creata. L'arte è sempre più astratta di quanto immaginiamo. La forma e il colore ci parlano della forma e del colore e basta. Spesso mi sembra che l'arte nasconda l'artista molto più di quanto non lo riveli. Perciò, quando ricevetti l'offerta da Parigi, decisi che il tuo ritratto sarebbe stato il pezzo principale della mostra. Non mi venne mai in mente che avresti rifiutato. Ora capisco che avevi ragione. Il quadro non può essere esposto. Non devi essere in collera con me, Dorian, per quello che ti ho detto. Come dissi una volta a Harry, tu sei fatto per essere adorato.»

Dorian Gray respirò profondamente. Riprese colore e un sorriso gli passò sulle labbra. Il pericolo era passato. Per il momento era salvo, tuttavia non poteva evitare di provare una pena infinita per il pittore che gli aveva appena fatto questa strana confessione e si chiese se, a sua volta, sarebbe mai stato dominato così profondamente dalla personalità di un amico. Lord Henry aveva in sé il fascino del pericolo, ma niente più. Era troppo intelligente e troppo cinico per innamorarsene veramente. Ci sarebbe mai stato qualcuno capace di farsi idolatrare da lui? La vita gli avrebbe riservato anche questo?

«Mi sembra straordinario, Dorian,» disse Hallward «che tu abbia visto tutto ciò nel ritratto. L'hai visto davvero?»

«Vi ho visto qualcosa,» rispose «una cosa che mi sembrava molto curiosa.»

«Bene, non ti dispiace se ora gli dò un'occhiata?»

Dorian scosse il capo. «Non me lo devi chiedere, Basil. Non posso lasciarti di fronte a quel quadro.»

«Ma un giorno, certamente...»

«Mai.»

«D'accordo, forse hai ragione. E adesso arrivederci, Dorian. Sei stata l'unica persona in vita mia che abbia influenzato la mia arte. Tutto ciò che ho fatto di buono lo devo a te. Ah! tu non sai quanto mi è costato dirti ciò che ti ho detto.»

«Mio caro Basil,» disse Dorian «Che cosa mi hai detto? Semplicemente che sentivi di ammirarmi troppo. Non è neppure un complimento.»

«Non intendevo farti un complimento, ma solo una confessione. Ed ora che l'ho fatta mi sembra che qualcosa se ne sia andata da me. Forse non si dovrebbe affidare alle parole la propria idolatria.»

«È stata una confessione molto deludente.»

«Perché, che cosa ti aspettavi, Dorian? Hai visto qualche altra cosa nel quadro? C'erano altre cose da vedere?»

«No, non c'era altro da vedere. Perché lo chiedi? Tuttavia non devi parlare di adorazione. È sciocco. Tu e io siamo amici, Basil, e dobbiamo esserlo sempre.»

«Tu hai Harry,» disse con tristezza il pittore.

«Oh, Harry!» esclamò il giovane, con un lieve sorriso. «Harry passa le giornate a dire cose incredibili e le serate a fare cose improbabili. Il genere di vita che vorrei fare io. Però non penso che mi rivolgerei a Harry se fossi nei guai. Preferirei venire da te, Basil.»

«Poserai ancora per me?»

«Impossibile!»

«Con il tuo rifiuto, Dorian, rovini la mia vita d'artista. Nessuno incontra due ideali. Pochi ne incontrano uno.»

«Non posso spiegarti, Basil, ma non dovrò mai più posare per te. C'è qualcosa di fatale in un ritratto. Ha una sua vita autonoma. Verrò a prendere il tè a casa tua. Sarà altrettanto piacevole.»

«Più per te, temo,» mormorò Hallward con una nota di rimpianto. «E ora, arrivederci. Mi dispiace che tu non mi permetta di vedere ancora una volta il quadro, ma non ci si può far nulla. Capisco bene che cosa provi.»

Appena lasciò la stanza, Dorian Gray sorrise tra sé. Povero Basil! Come era lontano dalla verità. E come era strano che, invece di essere costretto a rivelare il suo segreto, era riuscito, quasi per caso, a strappare un segreto dall'amico! Quante cose gli aveva chiarito quella strana confessione! Gli assurdi attacchi di gelosia del pittore, la devozione senza limiti, gli stravaganti panegirici, le curiose reticenze – adesso capiva tutto e se ne dispiaceva. Gli sembrava che ci fosse qualcosa di tragico in una amicizia dalle tinte così sentimentali.

Sospirò e suonò il campanello. Si doveva nascondere il ritratto a ogni costo. Non doveva più correre il rischio che qualcuno lo scoprisse. Era stato pazzo a lasciare che il quadro rimanesse, anche per un'ora sola, nella stanza a cui i suoi amici avevano accesso.

10

Quando il cameriere entrò, Dorian lo guardò attentamente, domandandosi se avesse pensato di dare uno sguardo dietro il paravento. L'uomo attendeva passivamente degli ordini. Dorian accese una sigaretta, si diresse verso lo specchio e guardò. Vedeva perfettamente il riflesso del viso di Victor. Era una placida maschera di servilismo. Nulla da temere da lui. Pensò tuttavia che era meglio stare in guardia.

Parlando molto lentamente, gli disse di avvertire la governante che voleva vederla e di andare poi dal corniciaio per chiedergli di mandargli subito due uomini. Gli sembrò che nell'attimo in cui l'uomo lasciava la stanza, i suoi occhi si dirigessero verso il paravento. O era solo immaginazione?

Poco dopo, nel suo vecchio grembiule di seta nera e indossando un paio di guanti di filo fuori moda sulle mani rugose, la signora Leaf si precipitò in biblioteca. Le chiese di dargli le chiavi dello studio.

«Il vecchio studio, signor Dorian?» esclamò. «Ma è pieno di polvere. Devo farlo pulire e mettere in ordine prima che lei ci entri. È meglio che non vediate in che stato è, davvero!»

«Non voglio che lo mettiate in ordine, signora Leaf. Voglio solo la chiave.»

«Bene, ne uscirà coperto di ragnatele, signore, se ci vorrà entrare. È chiuso da quasi cinque anni, da quando è morta sua signoria.»

Sussultò sentendo nominare il nonno. Ne aveva un odioso ricordo. «Non importa,» rispose «voglio semplicemente vedere la stanza, nient'altro. Mi dia la chiave.»

«Ecco la chiave, signore,» disse l'anziana donna, facendo scorrere il mazzo di chiavi con mani incerte e tremanti. «Eccole la chiave. La tolgo in un attimo. Ma non penserà di trasferirsi a vivere lassù, signore, mentre se ne può stare comodamente qui?»

«No, no,» esclamò con voce petulante. «Grazie, signora Leaf. Va bene così.»

La donna indugiò qualche istante, parlando vivacemente di dettagli dell'andamento di casa. Dorian sospirò e le disse di fare come meglio credeva. Lasciò la stanza tutta sorrisi.

Appena la porta si chiuse, Dorian mise la chiave in tasca e si guardò intorno. Gli caddero gli occhi su un ampio copriletto color porpora ricamato d'oro, uno splendido lavoro veneziano del tardo XVII secolo, che il nonno aveva trovato in un convento vicino a Bologna. Sì, gli sarebbe servito per avvolgere quell'orribile cosa. Forse era stato spesso usato come drappo funebre. Ora doveva nascondere qualche cosa che aveva una sua corruzione, peggiore della corruzione della morte stessa, qualche cosa che avrebbe alimentato orrori e tuttavia non sarebbe mai morta. Quello che i vermi sono per i cadaveri, i suoi peccati lo sarebbero stati per il ritratto dipinto sulla tela. Avrebbero rovinato la sua bellezza, avrebbero divorato la sua grazia. L'avrebbero contaminato, reso ripugnante.

Rabbrividì e per un momento si pentì di non avere detto a Basil la vera ragione per cui voleva nascondere il ritratto. Basil l'avrebbe aiutato a difendersi dall'influenza di Lord Henry e da quelle ancor più malefiche che gli derivavano dal suo stesso temperamento. L'amore che gli portava – poiché d'amore si trattava – era solo nobile e intellettuale. Non era la semplice ammirazione fisica per la bellezza che nasce dai sensi e che muore quando i sensi si fanno stanchi. Era quello stesso amore che avevano conosciuto Michelangelo, Montaigne, Winkelmann e lo stesso Shakespeare. Ma era troppo tardi ora. Si poteva sempre annullare il passato. Bastavano il rimpianto, il rifiuto, la dimenticanza. Il futuro era invece inevitabile. In lui c'erano passioni che avrebbero trovato un terribile sfogo, sogni che avrebbero trasformato in realtà l'ombra del loro maleficio.

Sollevò dal divano l'ampio tessuto di porpora e oro che lo ricopriva, e, tenendolo in mano, passò dietro il paravento. Il volto sulla tela era diventato ancora più ignobile? Gli sembrò immutato, eppure il disgusto che provava si era fatto ancora più intenso. I capelli d'oro, gli occhi azzurri, le labbra rosse come una rosa erano sempre lì. Solo l'espressione era cambiata. Era orribile nella sua crudeltà. In confronto alla censura e al biasimo che vedeva nel quadro come erano stati superficiali e di poco conto i rimproveri di Basil per Sybil Vane! La sua stessa anima lo osservava dalla tela e lo chiamava a giudizio. Un'espressione di sofferenza gli attraversò il volto mentre gettava il drappo sontuoso sul ritratto. Nel frattempo, ci fu un battere alla porta. Si scostò mentre entrava il cameriere.

«Ci sono gli uomini, signore.»

Sentì che doveva liberarsi immediatamente del servitore. Non avrebbe mai dovuto sapere dove il quadro sarebbe stato portato. C'era qualche cosa di astuto in lui, e aveva occhi indagatori e infidi. Seduto alla scrivania, scribacchiò un biglietto per Lord Henry, in cui gli chiedeva di mandargli un libro, ricordandogli che si dovevano incontrare quella sera alle otto e un quarto.

«Aspetta la risposta,» disse consegnandoglielo «e fa entrare gli uomini.»

Dopo due o tre minuti bussarono ancora e il signor Hubbard in persona, il celebre corniciaio di South Adler Street, entrò con un giovane aiutante dall'aspetto piuttosto rozzo. Il signor Hubbard era un ometto florido dai baffi rossi, il cui amore per l'arte era notevolmente stemperato dalla cronica mancanza di denaro della maggior parte degli artisti con cui trattava. Di regola, non lasciava mai il negozio. Aspettava che fosse la gente ad andare da lui, ma Dorian Gray era un'eccezione. Dorian aveva in sé qualcosa che affascinava chiunque. Era un piacere soltanto guardarlo.

«Che cosa posso fare per lei, signor Gray?» domandò, strofinandosi le mani grassocce e coperte di lentiggini. «Mi sono concesso l'onore di venire personalmente. Ho appena ricevuto una cornice che è una bellezza. Presa a un'asta. Stile fiorentino antico. Viene da Forthill, credo. Perfetta per un soggetto religioso, signor Gray.»

«Mi spiace che si sia disturbato a venire, signor Hubbard. Non mancherò sicuramente di passare dal negozio per guardare la cornice – anche se in questo momento non mi interessa molto l'arte religiosa – ma oggi ho soltanto bisogno che mi portino un quadro all'ultimo piano: è piuttosto pesante, così ho pensato di chiederle un paio dei suoi uomini.»

«Nessun disturbo, signor Gray. Sono felice di poterle essere utile. Qual è l'opera, signore?»

«Questa,» disse Dorian, allontanando il paravento. «Potete spostarlo così com'è, con la copertura e tutto? Non vorrei che si graffiasse nel trasporto.»

«Nessuna difficoltà, signore,» disse il gioviale corniciaio, cominciando, con l'aiuto del suo aiutante, a staccare il quadro dalle catene di ottone a cui era sospeso. «E adesso dove lo dobbiamo portare, signor Gray?»

«Le farò strada, signor Hubbard, se è così gentile da seguirmi. O forse è meglio che vada avanti lei. Mi spiace che sia proprio all'ultimo piano. Passeremo dalla scala principale che è più larga.»

Tenne la porta aperta mentre passavano nel vestibolo e cominciavano a salire. L'elaborata cornice rendeva il quadro estremamente pesante cosicché, di tanto in tanto, nonostante le ossequiose proteste del signor Hubbard che, come tutti i veri mercanti, non sopportava che un gentiluomo facesse qualche cosa di utile, Dorian dava una mano per aiutarli.

«È un bel peso, signore,» ansimò l'ometto, asciugandosi la fronte lucida per il sudore, quando giunsero sull'ultimo pianerottolo.

«Temo proprio che sia piuttosto pesante,» mormorò Dorian aprendo la porta che dava nella stanza che avrebbe dovuto custodire lo strano segreto della sua vita e celare la sua anima agli occhi degli uomini.

Erano più di quattro anni che non entrava in quella stanza – anzi, a dire il vero, da quando l'aveva usata come stanza da giochi nella sua infanzia, e quindi come studio quando si era fatto più grande. Era un'ampia stanza dalle belle proporzioni, che era stata costruita appositamente dal defunto Lord Kelso per il nipotino che, per la strana somiglianza con la madre, e per altre ragioni ancora, egli aveva sempre odiato e desiderato tenere lontano da sé. La stanza sembrò a Dorian poco cambiata. C'era l'enorme cassone italiano, dai pannelli fantasticamente dipinti e dalle modanature dorate e ormai annerite, in cui spesso si era nascosto da bambino. C'erano gli scaffali di legno lucidato con i suoi libri di scuola, le pagine segnate dalle orecchie. Sulla parte dietro pendeva lo stesso arazzo fiammingo, quasi ridotto a uno straccio, su cui un re e una regina, ormai scoloriti, giocavano a scacchi in un giardino, mentre un drappello di falconieri cavalcava nei pressi, reggendo uccelli incappucciati sui polsi guantati. Ricordava tutto. Mentre si guardava intorno, gli tornò alla mente ogni istante della sua fanciullezza. Ricordò la purezza senza macchia di quegli anni e gli sembrò una cosa orribile che proprio qui dovesse essere nascosto quel fatale ritratto. Quanto poco aveva pensato, in quei giorni ormai finiti, a tutto ciò che era in serbo per lui!

Ma non c'era un altro luogo nella casa così sicuro dagli sguardi indiscreti. Solo lui aveva la chiave e nessun altro sarebbe potuto entrare. Sotto il suo drappo rosso il volto dipinto sulla tela poteva farsi bestiale, laido, sudicio. Che cosa importava? Nessuno l'avrebbe potuto vedere. Neppure lui. Perché avrebbe dovuto guardare l'orrenda corruzione della sua anima? Avrebbe conservato la sua giovinezza. Questo bastava. Inoltre, la sua natura non avrebbe anche potuto diventare migliore? Non c'era nessun motivo per cui il futuro dovesse essere così vergognoso. Avrebbe potuto incontrare un amore che lo avrebbe purificato e protetto da quei peccati che già sembravano agitarsi nello spirito e nella carne, quegli strani peccati senza contorni, il cui mistero sembrava, da solo, dar loro levità e fascino. Forse, un giorno, l'espressione crudele avrebbe abbandonato la bocca rossa e sensibile ed egli avrebbe potuto mostrare al mondo il capolavoro di Basil Hallward! No, era impossibile. Un'ora dopo l'altra, una settimana dopo l'altra, la cosa sulla tela sarebbe invecchiata. Poteva sfuggire l'orrore del peccato, ma non l'orrore della vecchiaia. Le guance sarebbero diventate incavate oppure flaccide. Gialle zampe di gallina avrebbero circondato gli occhi ormai pallidi, rendendoli orribili. I capelli avrebbero perso la loro lucentezza, la bocca aperta e le labbra cadenti avrebbero assunto l'espressione sciocca o volgare che spesso si osserva sulla bocca dei vecchi. E il collo avvizzito, le mani fredde, solcate da vene bluastre, il corpo incurvato come ricordava del nonno, che era stato così severo con lui nella fanciullezza. Il quadro doveva essere nascosto, a tutti i costi.

«Lo porti dentro, per favore, signor Hubbard,» disse con voce stanca, girandosi. «Mi dispiace di averla fatta aspettare tanto. Stavo pensando ad altro.»

«Una piccola sosta non fa mai male, signor Gray,» rispose il corniciaio ancora ansimante. «Dove dobbiamo metterlo, signore?»

«Dove volete. Ecco, va bene qui. Non lo voglio appendere. Appoggiatelo semplicemente al muro. Grazie.»

«Si può dare un'occhiata all'opera, signore?»

Dorian sobbalzò. «Non la interesserebbe, signor Hubbard,» disse, con gli occhi fissi sull'uomo. Non avrebbe esitato ad assalirlo e a gettarlo a terra se avesse osato sollevare il drappo sontuoso che nascondeva il segreto della sua vita. «Non la disturberò oltre, per il momento. Le sono molto grato per essere venuto qui.»

«Nessun disturbo, signor Gray. Sempre a sua disposizione, signore.» E il signor Hubbard scese le scale a passi pesanti seguito dall'aiutante, che si volse verso Dorian con uno sguardo di timida meraviglia sul viso rozzo e brutto. Non aveva mai visto un uomo tanto bello.

Svanito il suono dei loro passi, Dorian serrò la porta a chiave e poi la infilò in tasca. Ora era al sicuro. Nessuno avrebbe mai visto quell'orribile cosa. Nessuno sguardo si sarebbe mai posato sulla sua vergogna.

Entrando in biblioteca si rese conto che erano da poco passate le cinque e che il tè era già stato servito. Su un tavolino di legno scuro profumato, incrostato di madreperla, dono di Lady Radley, moglie del suo tutore, una graziosa malata di professione che aveva trascorso l'inverno a Il Cairo, era posato un biglietto di Lord Henry accanto a un libro rilegato in giallo con la copertina leggermente strappata e macchiata ai bordi. Sul vassoio del tè c'era la terza edizione della "St. James's Gazette". Evidentemente Victor era tornato. Si chiese se avesse incontrato gli uomini nel vestibolo mentre se ne andavano e se fosse riuscito con qualche astuzia a sapere quello che avevano fatto. Sicuramente si sarebbe accorto che il quadro mancava – anzi, se n'era senz'altro già accorto nel momento in cui apparecchiava per il tè. Il paravento non era stato rimesso al suo posto e sul muro era visibile uno spazio vuoto. Forse una notte lo avrebbe scoperto mentre scivolava di sopra e tentava di forzare la porta della stanza. Era una cosa terribile avere una spia in casa. Era venuto a sapere di ricchi signori che erano stati ricattati per tutta la vita da un servo che aveva letto una lettera oppure ascoltato di nascosto una conversazione, raccolto un biglietto da visita con un certo indirizzo, trovato sotto un cuscino un fiore appassito o un brandello di pizzo arruffato.

Sospirò, e dopo essersi servito il tè aprì il biglietto di Lord Henry. Diceva semplicemente che gli inviava il giornale della sera e un libro che poteva interessargli e inoltre che si sarebbe trovato al club alle otto e un quarto. Aprì il "St. James's" con un gesto languido e lo scorse. L'occhio si posò su un segno a matita rossa, in quinta pagina, attirò la sua attenzione sul seguente trafiletto:

«Inchiesta sulla morte di un'attrice. Questa mattina a Bell Tavern in Hoxton Road si è svolta un'inchiesta sulla morte di Sybil Vane, una giovane attrice recentemente impegnata al Royal Theatre di Holborn. Procuratore distrettuale il signor Darnby. È stato emesso un verdetto di morte accidentale. Grande compassione ha suscitato tra il pubblico la madre della defunta, profondamente emozionata durante la sua deposizione e nel corso di quella del signor Birrel, che ha eseguito l'autopsia della defunta.»

Aggrottò la fronte e, strappando in due il giornale, attraversò la stanza e lo gettò via. Che brutta faccenda! E come tutto questo orrore rendeva reali le cose! Si sentì vagamente seccato con Lord Henry che gli aveva inviato l'articolo. Inoltre, aveva commesso una sciocchezza segnandolo con la matita rossa. Victor l'avrebbe potuto leggere. Sapeva troppo bene l'inglese per poterlo fare.

Forse l'aveva già letto e incominciava a sospettare qualcosa. Bene, che cosa importava? Che cosa c'entrava Dorian Gray con la morte di Sybil Vane? Non c'era nulla da temere. Non l'aveva uccisa Dorian Gray.

Lo sguardo gli cadde sul libro giallo inviatogli da Lord Henry. Si domandò di che cosa si trattasse. Si diresse verso il piccolo ripiano ottagonale color perla, che gli era sempre sembrato opera di una strana specie di api egiziane abili nei lavori in argento e, afferrando il volume, si sprofondò in una poltrona e incominciò a sfogliarlo. In breve, fu completamente assorto nella lettura. Era il libro più strano che avesse mai letto. Gli sembrava che tutti i peccati del mondo gli sfilassero davanti in una muta pantomima, squisitamente abbigliati e al suono delicato dei flauti. Cose di cui aveva vagamente sognato si facevano improvvisamente reali. Cose di cui non aveva neppur sognato gli si rivelavano a poco a poco.

Era un romanzo senza intreccio, con un solo personaggio, in verità il semplice studio psicologico di un certo giovane parigino che aveva speso tutta la vita cercando di realizzare nel XIX secolo le passioni e il pensiero dominanti in ogni secolo, eccetto il suo, e di riassumere in sé, per così dire, i vari stati d'animo attraversati dallo spirito del mondo, amando per la loro totale artificiosità quelle strane rinunce che gli uomini hanno sciocamente chiamato virtù, così come quelle naturali ribellioni che i saggi tuttora definiscono peccato. Lo stile in cui il libro era scritto era quello curioso, ingioiellato, vivido e oscuro nello stesso tempo, pieno di *argot* e di arcaismi, di espressioni tecniche e di frasi elaborate, tipico dei più fini artisti della scuola francese, dei *symbolistes*. C'erano metafore mostruose come orchidee, altrettanto delicate nel colore. La vita dei sensi era descritta nel linguaggio della filosofia mistica. A volte era difficile capire se si trattava delle estasi spirituali di qualche santa del medioevo o delle morbose confessioni di un peccatore moderno. Era un libro intossicante. L'odore penetrante dell'incenso sembrava impregnarne le pagine e disturbare la mente del lettore. Il semplice ritmo delle frasi, la subdola monotonia della loro musica, così densa di complessi ritornelli e di movimenti ripetuti, producevano nella mente del giovane, mentre ne divorava i capitoli, una specie di fantasticheria, sogni malati, che non gli fecero notare come la luce stesse scomparendo e le ombre avvolgessero la stanza.

Un cielo senza nubi e color del verderame, punteggiato da un'unica stella, splendeva dietro le finestre. Continuò a leggere nella luce evanescente finché non fu più possibile. Quindi, dopo che il cameriere gli ebbe ricordato più volte che si era fatto tardi, si alzò e, recandosi nella stanza contigua, depose il libro sul piccolo tavolo fiorentino sempre accanto al suo letto e cominciò a vestirsi per la sera.

Erano quasi le nove quando giunse al club, dove trovò Lord Henry che se ne stava tutto solo nel soggiorno con un'aria molto annoiata.

«Sono spiacentissimo, Harry,» esclamò, «ma è tutta colpa tua. Il libro che mi hai mandato mi ha talmente affascinato che il tempo è passato senza che me ne accorgessi.»

«Sì, sapevo che ti sarebbe piaciuto,» rispose l'ospite, alzandosi dalla poltrona.

«Non ho detto che mi è piaciuto, Harry. Ho detto che mi ha affascinato. Non è la stessa cosa.»

«Ah, te ne sei accorto?» mormorò Lord Harry. E si diressero nella sala da pranzo.

11

Per anni Dorian Gray non riuscì a liberarsi dall'influenza di questo libro. O forse sarebbe più esatto dire che non cercò mai di liberarsene. Si procurò da Parigi non meno di nove copie della prima edizione e le fece rilegare in diversi colori, in modo che potessero intonarsi ai suoi diversi stati d'animo e alle mutevoli fantasie di una natura sulla quale sembrava a volte aver perso ogni controllo. Il protagonista, il meraviglioso giovane parigino, in cui il temperamento romantico e quello scientifico si erano stranamente fusi, si trasformò ai suoi occhi in un suo anticipatore. E, a dire il vero, l'intero libro gli sembrò racchiudere la storia della sua stessa vita, scritta prima che a lui fosse concesso viverla.

In un punto si ritenne più fortunato del fantastico eroe del romanzo. Non conobbe mai – né ebbe mai ragione di conoscerlo – quel terrore un po' grottesco degli specchi, delle superfici lucide di metallo e delle acque calme, che aveva avvinto il giovane parigino fin dalla giovinezza, a causa dell'improvviso decadere di una bellezza che, un tempo, si dice fosse stata straordinaria. Con gioia quasi crudele – ma forse in ogni gioia e certamente in ogni piacere la crudeltà aveva una sua parte – egli si immergeva nell'ultima parte del libro con la sua tragica descrizione del dolore, un poco esagerata alle volte, e della disperazione dell'uomo che aveva egli stesso perduto ciò che considerava di più, negli altri e nella vita.

Ma la meravigliosa bellezza che tanto aveva affascinato Basil Hallward, e molti altri ancora, sembrava non abbandonarlo mai. Anche coloro che avevano udito le cose più perfide nei suoi riguardi, e di tanto in tanto strane dicerie sul suo stile di vita serpeggiavano per Londra ed erano argomento di chiacchiere nei club, non potevano credere a nulla di disonorevole su di lui quando lo vedevano. Aveva sempre l'aspetto di chi è rimasto senza macchia. Chi si esprimeva con una certa volgarità, quando Dorian Gray faceva la sua comparsa, taceva immediatamente. La purezza del suo viso sembrava rimproverarli. La sua semplice presenza richiamava alla mente l'innocenza perduta. Si meravigliavano che un giovane così affascinante e ricco di grazie come lui fosse sfuggito ai peccati di un'età tanto sordida e sensuale.

Spesso, di ritorno da una delle misteriose e non brevi assenze che davano origine a strane congetture tra quelli che erano i suoi amici, o che credevano di esserlo, era solito andarsene furtivamente di sopra nella stanza chiusa, aprire la porta con la chiave che non abbandonava mai e, con uno specchio, starsene di fronte al ritratto che Basil aveva dipinto per lui. Guardava ora il volto malvagio, in cui apparivano i segni del tempo, fissato sulla tela, e subito dopo il bel viso giovane che gli sorrideva dalla superficie levigata dello specchio. Il contrasto stesso, così violento, stimolava il suo piacere. Divenne sempre più innamorato della sua bellezza, sempre più interessato alla corruzione della sua anima. Esaminava con cura minuziosa, e a volte con una mostruosa terribile gioia, le rughe disgustose che solcavano la fronte avvizzita o strisciavano intorno alla bocca tumida e sensuale, a volte chiedendosi che cosa fosse più terribile, se i segni del peccato o i segni dell'età. Poneva le mani candide di fianco a quelle ruvide e tumefatte del quadro, e sorrideva. Scherniva il corpo sformato e le membra infiacchite.

C'erano momenti, in verità, di notte, quando giacendo insonne nella sua camera delicatamente profumata, o nella sordida stanza della piccola taverna malfamata vicino ai docks che era solito frequentare travestito e sotto falso nome, in cui pensava alla rovina a cui aveva condotto la sua anima, con un senso di autocommiserazione tanto più cocente in quanto puramente egoistica. Ma questi momenti erano rari. La curiosità per la vita, che Lord Henry aveva risvegliato in lui mentre sedevano nel giardino del loro amico, sembrava aumentare nell'atto stesso in cui veniva soddisfatta. Quanto più sapeva, tanto più desiderava sapere. Aveva folli appetiti che quanto più saziava, tanto più si facevano insaziabili.

Tuttavia non era in realtà sconsiderato, almeno nei suoi rapporti sociali. Una o due volte al mese, in inverno, e ogni mercoledì sera, durante la stagione mondana, apriva la sua bellissima casa e invitava i più celebri musicisti del momento a deliziare gli ospiti con la loro arte prodigiosa. Le sue piccole cene, nella cui preparazione Lord Henry lo assisteva sempre, erano rinomate sia per la scelta degli ospiti e la loro disposizione a tavola sia per il gusto squisito nell'apparecchiarla: l'armonia dei fiori esotici, le tovaglie ricamate e gli antichi servizi in oro e in argento. Non erano pochi in realtà, specialmente fra i giovani, coloro che vedevano in Dorian Gray, o forse immaginavano di vedere, la più schietta realizzazione del tipo che spesso avevano sognato ai tempi di Eton e di Oxford, il tipo in cui si combinavano la pura cultura del dotto e tutta la grazia, la distinzione, i modi perfetti del cittadino del mondo. Ai loro occhi sembrava appartenere a coloro di cui Dante dice che hanno cercato di «rendersi perfetti adorando la bellezza». Come Gautier, era uno di coloro per i quali «il mondo visibile esiste».

E certamente per lui la vita stessa era la prima e la maggiore delle arti, al cui confronto tutte le altre non erano che un'introduzione. La moda, che per un attimo rende universali le cose fantastiche, e il dandismo che, a modo suo, tenta di asserire l'assoluta modernità della bellezza, esercitavano naturalmente un grande fascino su di lui. Il suo modo di vestire e gli stili diversi, tutti particolari, che di tanto in tanto esibiva, avevano una marcata influenza sui giovani raffinati dei balli di Mayfair e dei club di Pall Mall, che lo copiavano in tutti i suoi capricci e tentavano di imitare il fascino *casual* delle sue squisite, anche se per lui scherzose, affettazioni.

E, se accettò prontamente la posizione che gli fu offerta non appena divenne maggiorenne, scoprendo un piacere sottile al pensiero che poteva diventare per la Londra del suo tempo ciò che l'autore del *Satyricon* era stato per la Roma di Nerone, nel suo intimo tuttavia desiderava essere qualcosa di più del semplice *arbiter elegantiarum* da consultarsi a proposito di un gioiello, di una cravatta o di un bastone da passeggio. Cercava invece di elaborare un nuovo stile di vita, basato su una filosofia ragionata e ordinati princìpi che avrebbe trovato nella spiritualizzazione dei sensi la sua più alta affermazione.

Spesso l'adorazione dei sensi è stata molto giustamente screditata, poiché l'uomo si sente naturalmente e istintivamente terrorizzato di fronte a passioni e sensazioni più forti di lui che è conscio di condividere con le forme di esistenza meno organizzate. Sembrava a Dorian Gray che la vera natura dei sensi non fosse mai stata capita e che essi fossero rimasti allo stato selvaggio e animalesco solo perché il mondo aveva cercato di affamarli, sottomettendoli, o di soffocarli nella sofferenza, invece di lottare per renderli elementi di una nuova spiritualità, la cui caratteristica dominante avrebbe dovuto essere un raffinato istinto del bello. Se volgeva lo sguardo al cammino dell'uomo nella storia, lo coglieva un senso di perdita. A quante cose si era rinunciato! E a quale misero scopo! Ne erano testimoni folli rinunce, forme mostruose di torture autoinflitte e di abnegazione, nate dalla paura e risultanti in una degradazione infinitamente peggiore di quella presunta che, nella sua ignoranza, l'uomo aveva cercato di fuggire. E la natura, nella sua meravigliosa ironia, spingeva l'anacoreta a nutrirsi accanto alle bestie feroci del deserto e offriva all'eremita la compagnia degli animali dei campi.

Sì, sarebbe sorto un nuovo edonismo, come Lord Henry aveva preannunciato, che avrebbe ricreato la vita, liberandola dal duro e sgradevole puritanesimo che, ai nostri giorni, gode di una curiosa rinascita. Certo avrebbe dovuto servirsi dell'intelletto; tuttavia, mai avrebbe dovuto accettare una teoria o un sistema che avesse considerato giusto il sacrificio di un'esperienza appassionata. Suo scopo, infatti, avrebbe dovuto essere l'esperienza stessa e non i frutti dell'esperienza, dolci o amari che fossero. Avrebbe dovuto ignorare l'ascetismo che nega i sensi e la volgare depravazione che li assopisce. Avrebbe insegnato all'uomo a concentrarsi negli attimi della vita che di per sé non è altro che un attimo.

A pochi di noi non è capitato di svegliarsi prima dell'alba, sia dopo una di quelle notti senza sogni che ci fanno quasi innamorare della morte, sia dopo una di quelle notti di orrore e di gioia senza nome, quando nei lobi del cervello si affollano fantasmi più tremendi della stessa realtà, imbevuti di quella vita ricca di colore che si nasconde nelle cose grottesche e che dà all'arte gotica la sua durevole vitalità. Essendo quest'arte, si potrebbe pensare, soprattutto quella di chi ha avuto la mente disturbata dalla disgrazia dei sogni a occhi aperti. Lentamente, bianche dita spuntano da dietro le tende e sembrano tremare. In fantastiche forme nere, ombre mute strisciano negli angoli della stanza e vi si acquattano. All'esterno, il risvegliarsi degli uccelli tra le foglie, il rumore dei passi degli uomini che si affrettano al lavoro, o il sospiro e il singhiozzo del vento che spira dalle colline e si perde intorno alla casa silenziosa, come se temesse di svegliare chi dorme e tuttavia è costretto a richiamare il sonno dalla sua caverna purpurea. I veli sottili di nebbia si sollevano uno dopo l'altro e gradualmente le forme e i colori tornano alle cose, mentre osserviamo l'alba riconsegnare al mondo la sua forma antica. I pallidi specchi riacquistano la loro vita d'imitazione. I lumi senza fiamma sono dove li abbiamo lasciati, con accanto il libro le cui pagine abbiamo solo per metà tagliato e che stavamo studiando, o il fiore sostenuto dal filo di ferro che portavamo al ballo, o la lettera che non abbiamo avuto il coraggio di leggere, o che abbiamo letto troppe volte. Nulla ci sembra cambiato. Dalle ombre irreali della notte rispunta la vita che conosciamo. Dobbiamo riprenderla dove l'avevamo lasciata, mentre ci pervade la terribile sensazione di essere costretti a investire le nostre energie nel monotono circolo di stancanti abitudini stereotipate, o il desiderio sfrenato che una mattina le nostre palpebre possano aprirsi su un mondo rimodellato nella notte per il nostro piacere, un mondo in cui le cose abbiano forme e colori freschi, siano nuove o abbiano altri segreti, un mondo in cui il passato abbia pochissima importanza o sopravviva, comunque, ignorando obblighi e rimpianti, poiché anche il ricordo di una gioia possiede una sua amarezza e la memoria di un piacere una sua pena.

La creazione di simili mondi pareva a Dorian Gray il vero scopo, o uno dei veri scopi, della vita; e nella sua ricerca di sensazioni, nuove e deliziose nello stesso tempo, ricche degli elementi di singolarità essenziali allo spirito romantico, spesso adottava certi modi di pensiero che sapeva quanto fossero estranei alla sua natura, lasciandosi andare alla loro sottile influenza, e, avendone colto, per così dire, il colore e soddisfatta la propria curiosità intellettuale, li abbandonava con quella curiosa indifferenza che non è certo incompatibile con un temperamento sinceramente ardente, ma che anzi, secondo alcuni psicologi moderni, ne è la condizione.

Una volta si mormorò che avrebbe abbracciato il cattolicesimo e certamente il rito romano lo aveva sempre attratto. Il sacrificio quotidiano, più terribile in realtà di tutti gli altri sacrifici del mondo antico, lo turbava, sia per il suo superbo rifiuto dell'evidenza dei sensi sia per la semplicità primitiva dei suoi elementi e per l'eterno pathos della tragedia umana che vorrebbe simboleggiare. Amava inginocchiarsi sul pavimento di freddo marmo e osservare il sacerdote nei suoi rigidi paramenti fioriti mentre le sue mani bianche scostavano con lentezza le tendine del tabernacolo o sollevavano in aria l'ostensorio tempestato di gemme e dalla forma di lanterna con quella pallida ostia che a volte si amerebbe pensare che sia veramente il *panis coelestis*, il pane degli angeli; o quando, indossate le vesti della passione di Cristo, spezzava l'ostia nel calice, battendosi il petto per i suoi peccati. E un fascino sottile esercitavano su di lui anche i turiboli fumanti, agitati nell'aria, come grandi fiori dorati, da chierichetti compunti vestiti di porpora e pizzi. Mentre usciva era solito guardare meravigliato i confessionali bui e starsene a lungo seduto nell'ombra fioca di uno di essi, ascoltando uomini e donne bisbigliare attraverso le grate consunte la storia vera della loro vita.

Ma non cadde mai nell'errore di arrestare il suo sviluppo intellettuale accettando formalmente un credo o un sistema, o scambiare per una casa in cui abitare una locanda adatta solo alla sosta di una notte senza stelle, in cui la luna faticosamente appare. Il misticismo, con il suo potere meraviglioso di farci apparire strane le cose più comuni, e il sottile antinomismo che sembra accompagnarlo sempre, lo attrassero per una stagione. Per un'altra stagione si sentì ben disposto verso le dottrine materialistiche del movimento darwinista tedesco, scoprendo un curioso piacere nel far risalire i pensieri e i sentimenti dell'uomo a qualche perlacea cellula del cervello, o a qualche nervo bianco del corpo, divertendosi a immaginare come lo spirito dipendesse da diverse condizioni fisiche, sane o morbose, normali o malate. Tuttavia, come gia si è detto, nessuna teoria sulla vita gli sembrava importante in confronto con la vita stessa. Si sentiva acutamente consapevole di quanto sterile sia ogni speculazione intellettuale se separata dall'azione e dall'esperienza. Sapeva che i sensi, non meno dell'anima, hanno i loro misteri spirituali da rivelare.

Pertanto ora si mise a studiare i profumi e i segreti delle loro composizioni, distillando oli profumatissimi, bruciando resine odorose d'Oriente. Constatò come non ci fosse stato d'animo che non avesse la controparte nella vita dei sensi e si accinse a scoprirne la relazione, chiedendosi che cosa contenesse l'incenso per stimolare il misticismo, l'ambra grigia le passioni, le violette il ricordo di storie d'amore ormai spente, il muschio il travaglio dell'intelletto e la magnolia i colori dell'immaginazione. Cercò quindi di elaborare una vera psicologia dei profumi e di valutare le numerose influenze delle radici odorose, dei fiori gonfi di polline profumato, dei balsami aromatici, dei legni scuri e fragranti, dello spiganardo nauseante, dell'ovenia che fa impazzire, dell'aloe che, si dice, scaccia dall'anima la melanconia.

Poi ci fu la stagione in cui si dedicò totalmente alla musica: in una lunga stanza dalle finestre alla veneziana con il soffitto rosso e oro e con le pareti foderate di lacca verde dava curiosi concerti, in cui zingari sfrenati strappavano musiche selvagge da piccole cetre, o gravi tunisini avvolti in caffetani gialli pizzicavano le corde affilate di liuti mostruosi, mentre negri sorridenti battevano con monotonia tamburi di rame; accosciati su tappeti scarlatti, indiani sottili con il turbante soffiavano in lunghi zufoli di canna o di ottone mentre incantavano, o fingevano di incantare, grandi serpenti incappucciati e orribili vipere cornute. I bruschi intervalli e le acute discordanze della musica barbarica lo commuovevano quando la grazia di Schubert, la tristezza di Chopin, le potenti armonie di Beethoven non venivano più colte dal suo orecchio. Raccolse gli strumenti più strani provenienti da tutto il mondo, trovati nelle tombe delle città morte o tra le poche tribù selvagge sopravvissute al contatto con la civiltà occidentale; amava provarli o anche soltanto toccarli. Possedeva il misterioso *juruparis* degli indios del Rio Negro, che le donne non possono guardare, e nemmeno i giovani finché non si siano sottoposti al digiuno e alla flagellazione; le giare di terracotta dei peruviani che rimandano i suoni acuti delle grida degli uccelli; flauti di ossa umane simili a quelli che Alfonso de Ovalle udì in Cile e i sonori diaspri verdi, che si trovano vicino a Cuzco, capaci di emettere note di singolare dolcezza. Possedeva zucche dipinte colme di pietruzze che, quando sono scosse, provocano piccoli rumori sordi e leggeri; il lungo clarino dei messicani dove il suonatore non soffia, ma aspira l'aria; l'aspro *ture* delle tribù amazzoniche suonato dalle sentinelle che se ne stanno tutto il giorno appollaiate su alti alberi e che si dice possa essere udito alla distanza di tre leghe; il *teponazil* che ha due lingue vibranti di legno e viene percosso da bastoncini lubrificati con una gomma elastica estratta dal succo lattiginoso di una pianta; le campane *yotl* degli aztechi che pendono in grappoli come l'uva; un massiccio tamburo cilindrico ricoperto dalla pelle di grossi serpenti come quello che Bernal Diaz vide quando andò con Cortés nel tempio messicano, e del cui suono dolente ci lasciò un vivido ricordo. Lo affascinava il carattere fantastico di questi strumenti e si deliziava al pensiero che l'arte, come la natura, produce i suoi mostri, entità dalla forma bestiale e dalle orribili voci. Tuttavia dopo qualche tempo se ne stancò e, nel suo palco all'Opera, da solo o con Lord Henry, ascoltava rapito il *Tannhäuser*, riconoscendo nel preludio di quella grande opera d'arte la rappresentazione della tragedia della sua anima.

In seguito si dedicò allo studio dei gioielli e apparve a un ballo in costume nei panni di Anne de Joyeuse, ammiraglia di Francia, con un abito tempestato da cinquecentosessanta perle. L'amore per le gioie lo dominò per anni e anzi non lo abbandonò mai. Spesso trascorreva tutto il giorno ordinando e riordinando nelle loro scatole le pietre da lui collezionate, come il crisoberillo verde oliva che diviene rosso alla luce della lampada, il cimofano screziato d'argento, il crisolito color pistacchio, i topazi rosati o gialli, i carbonchi scarlatti dal tremulo riflesso e dalle stelle a quattro punte, cinnami fiammeggianti, spinelle arancioni e violette, ametiste dagli strati alternati di zaffiro e rubino. Amava il rosso dorato dell'arenaria, il biancore perlaceo della pietra di luna, l'arcobaleno spezzato del latteo opale. Fece giungere da Amsterdam tre smeraldi di dimensioni straordinarie e di colore intensissimo e una turchese di cava vecchia che tutti gli intenditori gli invidiavano.

Sui gioielli scoprì storie fantastiche. Nella *Clericalis Disciplina* di Alfonso si menzionava un serpente che aveva occhi di puro giacinto, e nell'avventurosa *Storia di Alessandro*, il conquistatore di Emazia, si diceva che avesse trovato nella valle del Giordano serpenti con «collari di autentici smeraldi che spuntavano loro sul dorso.» Filostrato scriveva che nel cervello di un drago fu trovata una gemma e che, «mostrandogli lettere d'oro e un manto scarlatto», si faceva cadere il mostro in un sonno magico e si poteva quindi ucciderlo. Secondo il grande alchimista Piere de Boniface il diamante rende invisibili gli uomini, mentre l'agata indiana li rende eloquenti. La corniola calma la collera, il giacinto induce il sonno e l'ametista dissipa i fumi del vino. Il granato tiene lontano i demoni, l'opale ha tolto alla luna il suo colore. La selenite cresce e cala con la luna e solo il sangue di capretto può macchiare il meloceo che svela i ladri. Leonardo Camillus aveva visto una pietra bianca estratta dal cervello di un rospo appena ucciso che era un sicuro antidoto contro il veleno. Il bezoar, che si trova nel cuore del daino arabo, è un amuleto contro la peste. Nei nidi degli uccelli d'Arabia si trova l'aspilate che, secondo Democrito, protegge chi lo indossa dai pericoli del fuoco.

Il re di Ceylon, durante la cerimonia della sua incoronazione, cavalcava per le vie della città con in mano un grosso rubino. Le porte del palazzo del Prete Gianni «erano di sardio e portavano incastonate le corna dell'aspide cornuta, affinché nessuno entrasse portando veleni». Sul frontone c'erano «due mele d'oro nelle quali brillavano due carbonchi», affinché di giorno risplendesse l'oro e i carbonchi di notte. Nello strano romanzo di Lodge *Una margherita d'America* si afferma che nella stanza della regina si potevano osservare «tutte le caste donne del mondo cesellate in argento che lanciavano sguardi chiari da occhi di crisoliti, carbonchi, zaffiri e verdi smeraldi». Marco Polo aveva visto gli abitanti di Cipango deporre perle rosate nella bocca dei defunti. Un mostro marino si innamorò di una perla che un pescatore portò al re Perozes, uccise il ladro e pianse per sette lune la perdita dell'amata. Quando gli Unni attirarono il re nella grande fossa, secondo il racconto di Procopio, egli la gettò via né mai più la ritrovò, nonostante l'imperatore Anastasio offrisse cinque libbre di monete d'oro per averla. Il re del Malabar aveva mostrato a un veneziano un rosario di trecentoquattro perle, ciascuna per ognuno degli dei che adorava.

Quando il duca Valentino, figlio di Alessandro VI, andò in visita a Luigi XII di Francia, montava, secondo Brantôme, un cavallo coperto di lamine d'oro e sul suo berretto era ricamata una doppia fila di rubini che gettavano bagliori vermigli. Carlo d'Inghilterra cavalcava con staffe che pendevano da cinghie coperte da quattrocentoventun diamanti. Riccardo II possedeva un mantello, valutato trentamila marchi, tempestato di rubini. Hall descrive Enrico VIII mentre si reca alla Torre di Londra prima dell'incoronazione con indosso «una giacchetta trapunta d'oro, un pettorale tempestato di diamanti e altre pietre preziose e una gorgiera intorno al collo di enormi rubini». I favoriti di Giacomo I portavano orecchini di smeraldi montati in filigrana d'oro. Edoardo II donò a Piers Gaveston un'armatura in oro rosso in cui erano incastonati giacinti, un collare di rose d'oro e turchesi e un elmo cosparso di perle. Enrico II portava guanti ingioiellati lunghi fino al gomito e possedeva un guanto per la caccia al falcone ricamato con dodici rubini e cinquantadue grosse perle orientali. Il cappello ducale di Carlo il Temerario, ultimo duca di Borgogna della sua discendenza, era ornato di perle a goccia e di zaffiri.

Com'era raffinata la vita un tempo! Quale pompa e che ornamenti fastosi! Anche la sola letteratura sul lusso dei morti era meravigliosa.

Poi rivolse l'attenzione ai ricami e agli arazzi che, nelle gelide stanze delle terre nordiche, abbelliscono i muri invece degli affreschi. Mentre era immerso nelle sue ricerche su questo soggetto, mostrando sempre una capacità straordinaria di immergersi totalmente in tutto ciò che lo interessava al momento, quasi si rattristò nel constatare fino a che punto il tempo rovinava le cose belle e meravigliose. Lui, comunque, era sfuggito a questa rovina. Un'estate dopo l'altra, mentre le gialle giunchiglie fiorirono e morirono più volte, e notti d'orrore più volte ripeterono la storia della loro vergogna, Dorian Gray non cambiava mai. Nessun inverno ebbe il potere di deturpare il suo volto o macchiare il suo incarnato delicato come un fiore. Diverso era il destino delle cose materiali. Dov'erano finite? Dov'era l'ampio mantello del colore del croco indossato dagli dei mentre lottavano contro i giganti? Dov'era l'immenso velario che Nerone aveva teso sopra il Colosseo a Roma, la titanica tela di porpora su cui era rappresentato il firmamento ed Apollo, alla guida di un carro tirato da bianche giumente dai finimenti d'oro? Avrebbe desiderato vedere quegli strani tovaglioli tessuti per il dio del Sole, su cui erano rappresentate tutte le leccornie e le vivande desiderabili a un banchetto; il sudario di re Cilperico, con le sue trecento api d'oro; le vesti fantastiche che avevano suscitato l'indignazione del vescovo del Ponto e su cui figuravano «leoni, pantere, orsi, cani, foreste, rocce, cacciatori – tutto ciò che un pittore può copiare dalla natura»; il mantello indossato una volta da Carlo d'Orléans sulle cui maniche erano ricamati i primi versi di una canzone *Madame, je suis tout joyeux*, mentre l'accompagnamento musicale era tessuto a fili d'oro e ogni nota, di forma quadrata a quel tempo, era formata da quattro perle. Aveva letto della stanza nel palazzo di Reims, preparata per l'uso della regina Giovanna di Borgogna, decorata con «milletrecentoventun pappagalli ricamati, che esibivano il blasone del re e cinquecentosessantun farfalle, le cui ali recavano parimenti lo stemma della regina, il tutto lavorato in oro». Caterina de' Medici si era fatta preparare un catafalco ricoperto di velluto nero e trapunto di soli e di spicchi di luna. Le cortine erano di damasco, con serti di foglie e ghirlande, che spiccavano su uno sfondo d'oro e d'argento, le frange ai bordi composte di perline; il letto di lutto si ergeva in una stanza tappezzata con una fila di stemmi della regina, applicati in velluto nero su un tessuto d'argento. Luigi XIV aveva nei suoi appartamenti cariatidi ricamate in oro alte quindici piedi. Il letto di gala di Sobieski, re di Polonia, era fatto di broccato d'oro di Smirne, e su di esso erano ricamati a turchesi versetti del Corano. I sostegni erano d'argento dorato, magnificamente cesellati e adorni di una profusione di medaglioni di smalto e di gioie. Era stato sottratto all'accampamento turco davanti a Vienna, mentre lo stendardo di Maometto si ergeva sotto il baldacchino dalle dorature balenanti.

Così, per un anno intero, aveva cercato di accumulare gli esemplari più squisiti di tessuti e ricami: leggere mussole di Delhi finemente intessute di palmette dorate o trapunte di ali iridescenti di scarabei; garze di Dacca che, per la loro trasparenza, sono conosciute in Oriente come «aria intrecciata», «acqua corrente», «rugiada della sera»; strani tessuti a figure di Giava; elaborate tappezzerie cinesi gialle; libri rilegati in raso fulvo o in seta azzurrina, intessuta di fiordalisi, uccelli, figure; veli di *lacis* lavorati a punto ungherese; broccati siciliani e rigidi velluti spagnoli; stoffe georgiane da cui pendevano monete dorate, *fukusa* giapponesi dalle sfumature d'oro verde e dagli uccelli dal meraviglioso piumaggio.

Aveva una particolare passione per le vesti ecclesiastiche, come per tutto ciò, in verità, che è connesso ai riti cattolici. Nei lunghi cassettoni di cedro che si allineavano nella galleria occidentale della sua casa aveva riposto rari esemplari di quello che è in realtà l'abbigliamento della sposa di Cristo, costretta a indossare porpora, gioielli e lini delicati per nascondere il bianco corpo macerato e consunto da sofferenze volute e segnato da ferite autoinflitte. Possedeva un magnifico piviale di seta cremisi e lamé damascato con un motivo ripetuto di melograni d'oro tra boccioli stilizzati a sei petali, dietro i quali, sui due lati, spiccavano ananas di perle scaramazze. I fregi erano divisi tra due pannelli rappresentanti scene della vita della Vergine, mentre l'Incoronazione figurava a punti colorati sul cappuccio. Era un lavoro italiano del XV secolo. Un altro piviale era di velluto verde, ricamato a foglie di acanto raggruppate a cuore da cui si innalzavano bianchi fiori dal lungo stelo, i cui particolari erano eseguiti con fili d'argento e cristalli colorati. Il fermaglio consisteva in una testa di serafino di fili d'oro a rilievo. I pannelli erano intessuti di damasco rosso e oro con tondi e medaglioni di santi e martiri, tra cui si notava San Sebastiano. Possedeva anche pianete di seta color ambra o blu e di broccato d'oro, con le figure della Passione e della Crocifissione di Cristo e ricami di leoni e pavoni e altri simboli; dalmatiche di raso bianco e di damasco rosa decorate a tulipani e delfini e fiordalisi; palliotti d'altare di velluto cremisi e lino blu; corporali, veli da calice e sudari. Negli uffici mistici affidati a questi oggetti c'era qualcosa che gli stimolava la fantasia.

Questi tesori, come tutto ciò che collezionava nella sua bella casa, gli servivano per dimenticare, erano mezzi con il cui aiuto sfuggire, per una stagione almeno, alla paura che a volte gli sembrava insopportabile. Sulle pareti della chiusa stanza solitaria dove aveva trascorso la maggior parte della fanciullezza aveva appeso con le sue stesse mani il terribile ritratto, i cui mutevoli lineamenti gli mostravano la reale degradazione della sua vita, e sul quale aveva steso come uno schermo il drappo di porpora e oro. Per settimane non entrava in quella stanza e dimenticava l'odioso dipinto, il suo cuore tornava a essere leggero, la sua capacità di gioire intensa, assorbito nel puro atto di esistere. Poi, improvvisamente, una notte sgusciava di casa e si recava in posti orribili vicino a Blue Gate Fields, dove si fermava per giorni e giorni finché veniva allontanato. Al ritorno, sedeva di fronte al quadro, a volte detestandolo insieme a se stesso, altre volte colmo di quell'orgoglio individualistico in cui in fondo consiste metà del fascino del peccato, sorridendo con piacere segreto all'ombra deforme che portava un fardello che avrebbe dovuto essere suo.

Dopo qualche anno non riuscì più a rimanere a lungo fuori dall'Inghilterra. Cedette la villa di Trouville che aveva preso in affitto con Lord Henry, come pure la piccola casa di Algeri dalle mura imbiancate dove avevano trascorso più di un inverno. Non sopportava di separarsi dal dipinto che aveva una parte così importante nella sua vita; temeva inoltre che in sua assenza qualcuno entrasse nella stanza nonostante le sbarre complicate che aveva fatto installare sulla porta.

Sapeva benissimo che questo non avrebbe insospettito nessuno. Era vero che il ritratto conservava ancora, sotto il viso laido e brutto, una marcata somiglianza con lui; ma che cosa ne avrebbero dedotto? Avrebbe riso in faccia a chi cercasse di accusarlo. Non lo aveva dipinto lui. Non aveva nulla a che fare con quello sguardo vile e vergognoso. Anche se avesse parlato del suo segreto, gli avrebbero creduto?

Eppure aveva paura. A volte, quando si trovava nella sua grande casa del Nottinghamshire, a intrattenere giovani alla moda del suo stesso rango e abituali suoi compagni, facendo stupire la contea con il lusso esagerato e lo splendore favoloso del suo stile di vita, lasciava improvvisamente i suoi ospiti, precipitandosi in città per constatare che la porta non era stata forzata e che il quadro era sempre al suo posto. Che cosa sarebbe successo se lo avessero rubato? Il solo pensiero gli agghiacciava il sangue. Tutti avrebbero conosciuto il suo segreto. Forse già lo sospettavano.

Perché, se sapeva affascinare molti, non pochi diffidavano di lui. Per poco non era stata respinta la sua iscrizione a un club del West End, a cui per nascita e posizione sociale poteva ben aspirare; si diceva inoltre che una volta, quando un amico lo condusse nella sala da fumo dei Churchill, il duca di Berwick e un altro gentiluomo si erano ostentatamente alzati al suo entrare e avevano lasciato la stanza. Dopo il suo venticinquesimo compleanno, strane storie cominciarono a circolare sul suo conto. Si mormorava che lo avessero visto in una rissa con dei marinai stranieri in una taverna di infimo ordine nella zona bassa di White Chapel e che frequentasse ladri e falsari e conoscesse i misteri dei loro loschi traffici. Le sue strane assenze divennero note, e, quando osava ricomparire in società, la gente sussurrava negli angoli o gli passava accanto con un sorriso di scherno, oppure lo osservavano con occhi indagatori, quasi fossero decisi a scoprire il suo segreto.

Naturalmente non badava a queste insolenze o a questi tentativi di affronto, mentre, secondo i più, i suoi modi franchi e disinvolti, l'affascinante sorriso fanciullesco e la grazia infinita di quella gioventù meravigliosa che sembrava non lasciarlo mai, erano di per sé una risposta sufficiente alle calunnie, perché così le chiamavano, che circolavano sul suo conto. Si notava, tuttavia, che alcuni di coloro che erano stati i suoi amici più intimi, dopo un certo tempo, lo evitavano. Si vedevano donne che lo avevano adorato come folli e che per amor suo avevano sfidato ogni censura sociale e convenzione impallidire per l'orrore e la vergogna ogni volta che Dorian Gray entrava nella stanza dove si trovavano.

Eppure questi scandali solo bisbigliati accrescevano agli occhi di molti il suo fascino strano e pericoloso. La sua grande ricchezza era un elemento di sicurezza. La società, quella civilizzata almeno, non è mai molto incline a credere qualcosa che vada a detrimento di chi è ricco e affascinante. Sente istintivamente che le belle maniere sono più importanti delle qualità morali e considera la migliore delle reputazioni di gran lunga meno importante del fatto di avere un bravissimo *chef*. Dopotutto è una ben magra consolazione sapere che chi ci ha offerto un cattivo pranzo e del vino ancora peggiore è irreprensibile nella vita privata. Neppure le virtù cardinali possono assolvere dall'aver servito antipasti troppo freddi, come fece notare una volta Lord Henry, durante una discussione sull'argomento; e probabilmente vi è ancora molto da dire a sostegno della sua tesi. Infatti i canoni della buona società sono, o dovrebbero essere, gli stessi dell'arte. La forma è assolutamente necessaria. Queste regole dovrebbero avere la dignità di una cerimonia, come pure la sua irrealtà, dovrebbero combinare il carattere forzato di un dramma romantico con lo spirito e la bellezza che ce li rendono piacevoli. È poi così terribile l'ipocrisia? Non credo. È solo un metodo con il quale possiamo moltiplicare la nostra personalità.

Questa, almeno, era l'opinione di Dorian Gray. Si meravigliava della psicologia superficiale di coloro che concepivano l'Io come una cosa semplice, permanente, affidabile e di una sola essenza. Per lui, l'uomo era un essere con una miriade di vite e di sensazioni, una complessa e multiforme creatura che aveva in sé strane eredità di pensiero e di sentimenti e la cui carne era contaminata dalle mostruose malattie dei morti. Amava passeggiare lungo l'angusta e fredda galleria dei dipinti della sua casa di campagna e osservare i vari ritratti dei suoi consanguinei. Ecco Philip Herbert, descritto da Francis Osborne nelle sue *Memorie del Regno della regina Elisabetta e di Re Giacomo* come uno «vezzeggiato dalla corte per il bel volto che non gli tenne a lungo compagnia». Era la vita del giovane Herbert quella che egli a volte conduceva? Qualche germe velenoso era forse passato da un corpo all'altro fino a giungere al suo? Era forse qualche fievole senso di quella grazia rovinata che lo aveva spinto improvvisamente, e quasi senza ragione, nello studio di Basil Hallward a dar voce a quella folle preghiera che aveva totalmente cambiato la sua vita? Ecco, nel farsetto rosso ricamato d'oro, il mantello ingioiellato e la gorgiera e i polsini dagli orli dorati, Sir Anthony Sherard, con l'armatura d'argento brunito ai suoi piedi. Qual era l'eredità che gli aveva lasciato quest'uomo? L'amante di Giovanna di Napoli gli aveva forse trasmesso un legato di colpa e di vergogna? Potevano essere le sue azioni i sogni che quell'uomo non era riuscito a realizzare? Ecco, dalla tela sdrucita, sorrideva Lady Elizabeth Devereux, nel suo mantello di mussola, il corsetto di perle, le maniche rosa a spicchi. Teneva un fiore nella mano destra, un collare smaltato con bianche rose di Damasco nella sinistra. Un mandolino e una mela erano posati su un tavolo accanto. C'erano ampie rosette verdi sulle scarpine a punta. Conosceva la sua vita e gli strani racconti che si dicevano sui suoi amanti. C'era qualcosa di lei nel suo temperamento? Gli occhi a mandorla dalle palpebre pesanti sembravano guardarlo con curiosità. E che dire di George Willoughby, dai capelli incipriati e i fantasiosi nèi? Che sguardo malvagio aveva! Aveva un viso saturnino e scuro, le labbra sensuali in una piega sprezzante. Merletti arricciati ricadevano con delicatezza sulle mani ingiallite coperte di anelli. Era stato uno degli uomini più amanti della moda del XVIII secolo e l'amico, in gioventù, di Lord Ferrars. Che dire ancora del secondo Lord Beckenham, compagno del Principe Reggente nei suoi anni più folli, testimone del suo matrimonio segreto con la signora Fitzherbert? Com'era bello e orgoglioso con i riccioli castani nella posa insolente! Quali passioni gli aveva trasmesso? Era considerato un infame poiché aveva diretto le orge a Carlton House. La stella dell'ordine della Giarrettiera gli brillava sul petto. Di fianco a lui era appeso il ritratto di sua moglie, una donna pallida e dalle labbra sottili vestita di nero. Anche il sangue di lei si mescolava nelle sue vene. Come tutto gli appariva strano! E sua madre con quel suo viso da Lady Hamilton e le labbra umide come lucide di vino: ben sapeva che cosa aveva preso da lei. Aveva preso la sua bellezza e la passione per la bellezza degli altri. Lei gli sorrideva nel suo abito sciolto da baccante. Aveva foglie di vite nei capelli. Vino color della porpora scendeva dalla coppa nelle sue mani. Il colorito rosa era avvizzito, ma gli occhi racchiudevano ancora profondità meravigliose e un colore brillante. Sembravano inseguirlo dovunque si muovesse.

Si possono avere antenati anche nel campo della letteratura, non solo nella propria stirpe; molti di loro ancor forse più vicini, nel tipo e nel temperamento, e certamente con influenze di cui si è assolutamente consci. A volte sembrava a Dorian Gray che tutta la storia altro non fosse che un racconto della sua vita, non come l'aveva vissuta effettivamente, ma come l'aveva creata nella sua fantasia, come era stata nella sua mente e nelle sue passioni. Sentiva di averle conosciute tutte, quelle strane e terribili figure che avevano attraversato il palcoscenico del mondo e avevano reso il peccato così meraviglioso e il male così sottile. Gli sembrava che in qualche modo misterioso la loro vita fosse stata la sua. Anche l'eroe del meraviglioso romanzo che tanto aveva influenzato i suoi giorni aveva avuto la stessa curiosa fantasia. Nel settimo capitolo egli racconta come, incoronato d'alloro, nel timore che il fulmine lo colpisse, si era seduto come Tiberio in un giardino di Capri a leggere l'infame libro di Elefantide, mentre nani e pavoni si muovevano con sussiego intorno a lui e il suonatore di flauto canzonava il ragazzo che agitava l'incensiere. Come Caligola aveva gozzovigliato nelle scuderie con i fantini in tunica verde e si era nutrito da una mangiatoia d'avorio insieme a un cavallo dal pettorale cosparso di gioielli. Come Domiziano aveva passeggiato lungo un corridoio dagli specchi di marmo, cercando con occhi stravolti di scorgere il riflesso del pugnale che avrebbe posto fine ai suoi giorni, malato di quel *taedium vitae*, di quella terribile noia mortale che assale coloro che hanno tutto dalla vita. Aveva guardato attraverso un limpido smeraldo i rossi massacri del circo e quindi in una lettiga di porpora e perle, trascinata da mule ferrate d'argento, era stato condotto attraverso la via dei Melograni alla Domus Aurea e aveva udito uomini inneggiare al suo passaggio al nome di Nerone imperatore. Come Eliogabalo si era dipinto il viso, aveva maneggiato la conocchia in mezzo alle donne, condotto la Luna da Cartagine per consegnarla in matrimonio mistico al Sole.

Dorian Gray leggeva e rileggeva questo fantastico capitolo e i due seguenti, in cui, come su qualche insolito e bizzarro arazzo o su smalti abilmente lavorati, erano ritratte le forme belle e terribili di coloro che il vizio, il sangue e la noia avevano reso folli e mostruosi: Filippo, duca di Milano, che assassinò la moglie e ne intrise le labbra di veleno scarlatto affinché l'amante succhiasse la morte dalla morta che adorava; Pietro Barbi, veneziano, conosciuto con il nome di Paolo II, che cercò, nella sua vanità, di assumere il titolo di Formosus e la cui tiara, valutata duecentomila fiorini, era stata acquistata al prezzo di un peccato innominabile; Gian Maria Visconti, che usava cani feroci per cacciare l'uomo e il cui corpo assassinato fu coperto di rose da una prostituta che lo amava; il Borgia, sul bianco cavallo, con il Fratricidio che gli cavalcava a fianco e il mantello macchiato del sangue di Perotto; Pietro Riario, il giovane cardinale arcivescovo di Firenze, figlio e favorito di Sisto IV, la cui bellezza era pari soltanto alla sua dissolutezza, che ricevette Leonora d'Aragona in un padiglione di seta bianca e cremisi, affollato di ninfe e centauri, e che fece dorare un fanciullo perché servisse alle feste come fosse Hylas o Ganimede; Ezzelino, la cui malinconia era curata soltanto dallo spettacolo della morte e che amava il sangue così come gli altri amano il vino: figlio del diavolo, era creduto, che aveva barato con il padre, giocando con lui l'anima ai dadi; Giambattista Cybo, che per beffa prese il nome di Innocenzo, nelle cui torpide vene un medico ebreo iniettò il sangue di tre giovinetti; Sigismondo Malatesta, l'amante di Isotta e signore di Rimini, la cui effigie fu bruciata a Roma come nemico di Dio e dell'uomo, che strangolò Polissena con un tovagliolo e somministrò il veleno a Ginevra d'Este in una coppa di smeraldo, e fece anche innalzare in onore di una passione vergognosa un tempio pagano per il culto cristiano; Carlo VI, selvaggiamente innamorato della moglie del fratello, a cui un lebbroso aveva predetto che presto sarebbe impazzito e che, quando il cervello gli si ammalò e non fu più sano di mente, poteva essere consolato solamente dalle carte saracene con le figure di Amore, Morte e Malattia; Grifonetto Baglioni, dal farsetto trapunto e dal cappello cosparso di pietre preziose, i ricci come foglie di acanto, che assassinò Astorre insieme alla moglie e Simonetto con il suo paggio, ma che era di tale bellezza che, mentre giaceva morente sulla gialla piazza di Perugia, coloro che lo avevano odiato non poterono far altro che piangere, e Atlanta, che lo aveva maledetto, lo benedisse.

C'era un orribile fascino in tutti costoro. Li vedeva di notte, e gli turbavano l'immaginazione durante il giorno. Il Rinascimento conosceva strani modi per uccidere con il veleno – con un elmo o una torcia accesa, con un guanto ricamato o un ventaglio incrostato di gioie, con una boccia per profumi dorata o una collana d'ambra. Dorian Gray era stato avvelenato da un libro. In certi momenti pensava al male semplicemente come a un mezzo per realizzare la propria concezione del bello.

12

Era il nove di novembre, la vigilia del suo trentottesimo compleanno, come avrebbe spesso ricordato in seguito.

Stava tornando a casa a piedi dopo aver cenato da Lord Henry, avvolto in una pesante pelliccia perché la notte era fredda e nebbiosa. All'angolo di Grosvenor Square con South Audley Street un uomo lo superò nella nebbia, camminando di fretta e con il bavero dell'*ulster* grigio rialzato. Teneva in mano una borsa. Dorian lo riconobbe. Era Basil Hallward. Una strana, incomprensibile paura, che non sapeva spiegarsi, lo assalì. Non fece segno di riconoscerlo e proseguì speditamente verso casa.

Ma Hallward lo aveva visto. Dapprima Dorian lo sentì fermarsi sul marciapiedi e quindi inseguirlo. Dopo un istante sentì la sua mano posarsi sul braccio.

«Dorian! Che fortuna! Ti ho aspettato nella tua biblioteca fin dalle nove. Infine ho avuto pietà del tuo povero cameriere e me ne sono andato dicendogli di andare a letto. Sono in partenza per Parigi con il treno di mezzanotte e volevo proprio vederti prima di partire. Mentre mi superavi ho capito che eri tu, o meglio la tua pelliccia, ma non ne ero del tutto sicuro. Non mi hai riconosciuto?»

«Con questa nebbia, mio caro Basil? Non riesco nemmeno a riconoscere Grosvenor Square. Credo che la mia casa sia da queste parti, ma non ne sono del tutto sicuro. Mi dispiace che tu stia partendo, non ti vedo da secoli. Ma suppongo che tornerai presto.»

«No, starò lontano sei mesi dall'Inghilterra. Ho intenzione di prendere uno studio a Parigi e chiudermici dentro finché non avrò finito un grande quadro che ho in mente. Tuttavia non era di me che volevo parlarti. Eccoci alla porta di casa tua. Fammi entrare un momento. Ho qualcosa da dirti.»

«Con molto piacere. Ma non perderai il treno?» domandò con aria languida Dorian, mentre saliva i gradini e apriva la porta.

La luce del lampione penetrava a fatica la nebbia; Hallward guardò l'orologio. «Ho un mucchio di tempo,» rispose. «Il treno parte alle dodici e quindici e sono soltanto le undici. Stavo proprio andando al club a cercarti quando ti ho incontrato. Come vedi non ho un grande bagaglio: ho già spedito le cose pesanti, perciò posso essere alla stazione Vittoria in venti minuti.»

Dorian lo guardò e sorrise. «Che modo di viaggiare per un pittore alla moda! Una borsa Gladstone e un *ulster*! Entra, altrimenti entrerà la nebbia. E promettimi di non dirmi nulla di serio. Non c'è nulla di serio al giorno d'oggi, o, almeno, non dovrebbe esserci.»

Hallward entrò scuotendo il capo e seguì Dorian in biblioteca. Un fuoco scoppiettante ardeva nel grande camino. Le lampade erano accese e un porta-liquori olandese d'argento con il coperchio ancora sollevato, era posato, con alcuni sifoni di soda e grandi bicchieri a stelo molati, su un tavolino intarsiato.

«Come vedi, il tuo cameriere mi aveva messo a mio agio. Mi ha dato tutto ciò che desideravo, incluse le tue migliori sigarette dal bocchino dorato. È una persona veramente ospitale. Mi piace molto di più di quel francese che avevi prima. Che ne è di lui?»

Dorian si strinse nelle spalle. «Penso abbia sposato la cameriera di Lady Radley e l'abbia sistemata a Parigi come sarta inglese. Ho sentito che tutto ciò che è inglese è di moda laggiù, una vera anglomania. È stupido da parte dei francesi, non ti pare? Ma non era affatto un cattivo cameriere. Non mi andava molto a genio, ma non avevo nulla di cui lamentarmi. A volte ci immaginiamo delle cose assolutamente assurde. In realtà mi era molto devoto e mi sembrava davvero dispiaciuto quando se ne andò. Un altro brandy con soda? O preferisci un Hockheim al seltz? Ne prendo sempre uno, io. Deve essercene una bottiglia nella stanza vicina.»

«Grazie, basta così,» disse il pittore, togliendosi berretto e cappotto e gettandoli sulla borsa posata nell'angolo. «E ora, caro amico, voglio parlarti seriamente. Non fare la faccia scura. Mi rendi le cose molto più difficili.»

«Di che cosa si tratta?» esclamò Dorian con la sua voce petulante, gettandosi sul divano. «Spero non di me. Sono stanco di me questa sera. Vorrei essere qualcun altro.»

«Si tratta di te,» rispose Hallward con la sua voce grave e profonda «ti devo parlare. Ti prenderò solo mezz'ora.»

Dorian sospirò e accese una sigaretta. «Mezz'ora!» mormorò.

«Non ti chiedo molto, Dorian, ed è solo per il tuo bene che parlo. Penso che sia giusto che tu sappia che a Londra si dicono le cose più tremende sul tuo conto.»

«Non voglio saperne nulla. Amo gli scandali che riguardano gli altri, ma quelli che riguardano me non mi interessano. Non hanno il fascino della novità.»

«Devono interessarti, Dorian. Ogni gentiluomo si interessa al suo buon nome. Non vorrai che la gente parli di te come di un essere vile e degradato. Naturalmente hai la tua posizione, la tua ricchezza e tutto il resto. Ma posizione e ricchezza non sono tutto. Bada che io non credo assolutamente a queste calunnie, o almeno, quando ti vedo, non posso crederci. Il peccato è qualcosa di stampato sul viso di un uomo: non lo si può nascondere. A volte la gente parla di vizi segreti. Non esistono. Se un disgraziato ha un vizio, lo mostra nella linea della bocca, nelle palpebre cadenti, perfino nella forma delle mani. L'anno scorso venne da me un tale – non voglio farne il nome, ma tu lo conosci – per farsi fare il ritratto. Non lo avevo mai visto prima e prima di allora non avevo mai sentito parlare di lui, sebbene in seguito ho saputo parecchio sul suo conto. Mi offrì un prezzo esorbitante. Lo rifiutai. C'era qualcosa nella forma delle sue dita che me lo rendeva odioso. Ora so di aver avuto ragione nel pensar male di lui. La sua vita è spaventosa. Ma tu, Dorian, con il tuo viso puro, luminoso, innocente, con la tua meravigliosa giovinezza intatta... non posso credere a nulla di ciò che si dice contro di te. Eppure ti vedo molto raramente, e non vieni mai nel mio studio ormai, ma quando sono lontano e sento tutte quelle cose disgustose che si mormorano sul tuo conto, non so che cosa dire. Perché, Dorian, un uomo come il duca di Berwick lascia la stanza quando tu entri al club? Perché tanti gentiluomini di Londra non vengono a casa tua né ti invitano nella loro? Un tempo eri amico di Lord Staveley. L'ho incontrato a pranzo la settimana scorsa. Durante la conversazione si è fatto per caso il tuo nome a proposito delle miniature che hai prestato per la mostra del Dudley. Staveley arricciò il naso e disse che potevi avere il gusto artistico più raffinato, ma che non eri persona a cui presentare una ragazza dalla mente pura o a cui una donna onesta dovrebbe sedere accanto. Gli ricordai che ero tuo amico e gli chiesi una spiegazione. Me la diede. Me la diede così, davanti a tutti. È stato orribile! Perché la tua amicizia riesce così fatale ai giovani? C'è stato quel disgraziato ragazzo delle Guardie che si è suicidato. Tu eri suo grande amico. C'è stato Lord Henry Ashton che ha dovuto lasciare l'Inghilterra, con il nome macchiato. Eravate inseparabili. Che dire di Adrian Singleton e della sua fine terribile? E dell'unico figlio di Lord Kent e della sua carriera? Ho incontrato il padre ieri in St. James's Street. Sembrava un uomo finito per la vergogna e il dolore. Che dire del giovane duca di Perth? Che vita conduce adesso? Quale gentiluomo lo frequenterebbe?»

«Basta, Basil. Parli di cose di cui non sai nulla,» disse Dorian Gray, mordendosi le labbra e con una nota di disprezzo infinito nella voce. «Mi chiedi perché Berwick lascia la stanza quando entro io? Perché so tutto della sua vita e non perché lui sa qualcosa della mia. Con il sangue che gli scorre nelle vene come potrebbe essere integerrimo? Mi chiedi di Henry Ashton e del giovane Perth. Sono stato io a insegnare all'uno i suoi vizi, all'altro la sua sregolatezza? Se quello stupido figlio di Kent prende per moglie una che viene dalla strada, è forse colpa mia? Se Adrian Singleton firma una cambiale con il nome di un amico, sono forse io il suo tutore? So come la gente chiacchiera in Inghilterra. La classe media dà sfogo ai suoi pregiudizi morali davanti a una tavola non certo raffinata e sussurra di quelle che chiama le dissolutezze delle classi più alte, pretendendo di far parte della società elegante o di essere in ottimi rapporti con coloro che diffama. In questo Paese basta che un uomo abbia una certa intelligenza e si distingua perché ogni lingua da poco si agiti contro di lui. E che genere di vita conduce questa stessa gente che posa a far da moralista? Mio caro amico, dimentichi che siamo nella terra degli ipocriti.»

«Dorian,» esclamò Hallward «non è questo il problema. In Inghilterra ci sono molte cose che non vanno e la società inglese è completamente sbagliata. Per questa ragione voglio che tu sia bravo e onesto. Finora non lo sei stato. Si ha il diritto di giudicare un uomo dall'influenza che ha sui suoi amici. I tuoi sembrano aver perduto ogni senso dell'onore, della bontà, della purezza. Hai instillato in loro un folle desiderio di piaceri ed essi sono caduti in basso. Ce li hai condotti tu, sì, ce li hai condotti tu, eppure riesci a sorridere come sorridi adesso. Ma c'è anche di peggio. So che tu e Harry siete inseparabili. Solo per questo non avresti dovuto permettere che il nome di sua sorella finisse sulla bocca di tutti.»

«Stai attento, Basil. Stai andando troppo oltre.»

«Devo parlarti e tu devi ascoltarmi e mi ascolterai. Quando hai conosciuto Lady Gwendolyn non era mai stata sfiorata dall'ombra di uno scandalo. C'è una sola donna ora a Londra disposta a farsi vedere in carrozza con lei al Park? Bene, neppure ai figli è permesso di vivere con la loro madre, adesso. Ci sono altre storie ancora: sei stato visto uscire all'alba da sordide case e scivolare travestito nelle più infime taverne di Londra. È vero? Può essere vero? La prima volta che ho sentito queste voci ne ho riso. Quando le sento adesso mi fanno rabbrividire. Nella tua casa di campagna poi, che vita si conduce? Dorian, non sai quello che si racconta di te. Non voglio assicurarti che non voglio farti una predica. Mi ricordo che Harry disse una volta che tutti coloro che si sono trasformati incidentalmente in curati dilettanti hanno sempre incominciato con il dire queste mie stesse parole, per smentirle subito dopo. Io voglio farti una predica. Voglio che tu conduca una vita rispettabile agli occhi di tutti. Voglio che il tuo nome sia senza macchia e così pure la tua reputazione. Voglio che tu ti liberi di tutta quella gente spaventosa con cui ti accompagni. Non stringerti nelle spalle così; non fare l'indifferente. Hai una grande influenza sulle persone. Usala per fare del bene, non del male. Dicono che tu corrompa tutti coloro dei quali diventi intimo amico e che basta che tu metta piede in una casa perché subito vi succeda qualcosa di vergognoso. Non so se sia vero oppure no. Come potrei? Ma questo è ciò che si dice di te. Mi hanno detto cose di cui è impossibile dubitare. Lord Gloucester è stato uno dei miei più stretti amici ai tempi di Oxford. Mi ha mostrato una lettera scrittagli dalla moglie mentre stava morendo, tutta sola, nella sua villa di Mentone. Il tuo nome era implicato nella più terribile confessione che io abbia mai letto. Gli ho detto che era assurdo, che ti conoscevo a fondo e che saresti stato incapace di cose del genere. Conoscerti? Mi chiedo se ti conosco. Prima di poter rispondere, dovrei leggere nella tua anima.»

«Leggere nella mia anima!» balbettò Dorian Gray, balzando dal divano, bianco di paura.

«Sì!» rispose gravemente Hallward, con un profondo tono di dolore nella voce «leggere nella tua anima. Ma solo Dio può farlo.»

Un'amara risata di scherno uscì dalle labbra di Dorian Gray. «Vedrai la mia anima con i tuoi occhi, questa sera!» esclamò, afferrando una lampada dal tavolo. «Vieni: è un'opera fatta con le tue mani. Perché non dovresti guardarla? Se vorrai, potrai dirlo a tutti, poi. Nessuno ti crederà. Se ti credessero, piacerei loro ancor di più per questo. Conosco la nostra epoca meglio di te, anche se tu ne blateri in modo così noioso. Vieni, ti dico. Hai parlato abbastanza di corruzione: adesso la guarderai in faccia.»

In ogni sua parola c'era la follia dell'orgoglio. Battè il piede per terra in quel suo modo infantile e arrogante. Provava una gioia terribile al pensiero che qualcuno avrebbe condiviso il suo segreto e che l'uomo che aveva dipinto il ritratto, che era all'origine di tutta la sua vergogna, sarebbe stato oppresso per il resto della vita dall'ignobile ricordo di quel che aveva fatto.

«Sì,» continuò avvicinandoglisi e guardandolo fisso negli occhi severi «ti farò vedere la mia anima. Vedrai ciò che ti immagini solo Dio possa vedere.»

Hallward arretrò. «Stai dicendo una bestemmia, Dorian!» esclamò. «Non devi parlare così. Dici cose orribili, prive di significato.»

«Lo credi davvero?» E rise nuovamente.

«Lo credo davvero. Quello poi che ti ho detto questa sera, l'ho detto per il tuo bene. Sai che sono sempre stato un amico leale.»

«Non toccarmi. Finisci quel che hai da dire.»

Un lampo di sofferenza contorse il viso del pittore. Tacque per un momento e una immensa compassione lo prese. Dopo tutto, che diritto aveva di penetrare nella vita di Dorian Gray? Se avesse compiuto solo un decimo delle azioni che gli venivano attribuite, quali sofferenze avrebbe patito! Si raddrizzò, si diresse verso il camino e vi rimase a osservare i ceppi ardere tra ceneri che sembravano barbe ghiacciate e fiamme simili a cuori palpitanti.

«Ti sto aspettando, Basil,» disse il giovane con voce dura e chiara.

Si voltò. «Devo dirti solo questo,» esclamò. «Devi rispondermi in qualche modo delle accuse che ti fanno. Se mi dirai che sono assolute menzogne dall'inizio alla fine, ti crederò. Negale, Dorian, negale! Non vedi che cosa sto passando? Dio mio! Non dirmi che sei malvagio, corrotto, infame.»

Dorian Gray sorrise, le labbra atteggiate in una smorfia di scherno.

«Vieni di sopra, Basil,» disse con calma. «Tengo un diario della mia vita, giorno per giorno; non esce mai dalla stanza in cui è scritto. Se vieni con me, te lo mostrerò.»

«Verrò, Dorian, se lo desideri. Vedo che ho perso il treno. Non importa, posso partire domani. Ma non chiedermi di leggere nulla questa sera. Voglio solo una semplice risposta alla mia domanda.»

«Ti verrà data di sopra. Non te la posso dare qui. Non avrai molto da leggere.»

13

Uscì dalla stanza e cominciò a salire; Basil Hallward lo seguiva da vicino. Camminavano con passo leggero, come si fa istintivamente di notte. La lampada gettava ombre fantastiche sul muro e sulle scale. Il vento appena levato fece vibrare qualche finestra.

Quando giunsero sull'ultimo pianerottolo, Dorian posò la lampada per terra, estrasse la chiave e la girò nella serratura.

«Vuoi proprio sapere, Basil?» chiese a voce bassa.

«Sì.»

«Ne sono felice,» disse sorridendo. Quindi aggiunse un po' bruscamente: «Sei l'unica persona al mondo che abbia il diritto di sapere tutto di me. Hai influenzato la mia vita più di quanto non pensi» e, sollevando la lampada, aprì la porta ed entrò. Una corrente d'aria fredda li investì e per un attimo la luce si agitò in una fiamma di un cupo colore arancione. Rabbrividì. «Chiudi la porta alle spalle,» bisbigliò mentre appoggiava la lampada sul tavolo.

Hallward si guardò intorno con una espressione interrogativa. La stanza aveva un aspetto di abbandono, come se nessuno vi avesse abitato per anni. Un arazzo fiammingo sbiadito, un quadro coperto da un drappo, un vecchio cassone italiano, una libreria quasi vuota: non sembrava contenere altro, oltre a un tavolo e a una sedia. Mentre Dorian Gray accendeva una candela mezzo consumata che si trovava sulla mensola del camino, vide che la stanza era coperta di polvere, che il tappeto era tutto bucato. Un topo fuggì all'impazzata dietro i pannelli che ricoprivano le pareti. C'era un forte odore di muffa.

«Così, pensi che solo Dio possa vedere l'anima, Basil? Sposta quel drappo e vedrai la mia.»

La voce era fredda e crudele. «Sei pazzo, Dorian, o stai recitando una parte,» balbettò Hallward aggrottando la fronte.

«Non vuoi? Allora sarò costretto a farlo io,» disse il giovane. Strappò il drappo dal sostegno e lo gettò a terra.

Un grido di orrore eruppe dalle labbra del pittore, non appena vide, nella luce fioca, quel volto infame sulla tela che sogghignava verso di lui. C'era qualcosa nella sua espressione che lo riempì di orrore e di disgusto. Santo cielo! Stava guardando proprio il viso di Dorian Gray! Per quanto indicibile, l'orrore non aveva ancora del tutto rovinato quella meravigliosa bellezza. C'era ancora dell'oro nei capelli che andavano diradandosi e un tocco scarlatto sulla bocca sensuale. Gli occhi acquosi avevano trattenuto un poco del loro antico bel colore azzurro, la nobile incurvatura non era del tutto scomparsa dalle narici cesellate e dal collo statuario. Sì, era proprio Dorian. Ma chi aveva fatto quel ritratto? Gli sembrò di riconoscere il tocco del suo pennello, la cornice, poi, era quella disegnata da lui. Sembrava un cattivo incantesimo ed egli ne ebbe paura. Afferrò la candela accesa e la tenne ferma davanti al quadro. Nell'angolo a sinistra c'era sempre la sua firma, tracciata ad ampie lettere rosso vermiglio.

Era una sconcia parodia, una satira ignobile e infame. Non aveva mai fatto nulla di simile. Eppure il quadro era suo. Ne era certo e gli sembrò che il sangue si fosse mutato in un istante da fuoco in melma gelata. Il suo quadro! Che cosa significava? Che cosa lo aveva alterato? Si voltò e guardò Dorian Gray con gli occhi di un uomo malato. La bocca gli tremava, e la lingua prosciugata sembrava incapace di articolare parola. Si passò una mano sulla fronte. Era madida di sudore.

Il giovane era appoggiato alla mensola del camino e lo osservava con quella strana espressione che si dipinge sul volto di coloro che sono assorti in uno spettacolo in cui recita un grande artista. Non era animata da una reale sofferenza e neppure da una vera gioia. Solo la passione dello spettatore, forse un bagliore di trionfo negli occhi. Aveva tolto il fiore dall'occhiello della giacca e lo stava odorando, o almeno fingeva di farlo.

«Che cosa significa?» esclamò alla fine Hallward. La voce gli risuonava acuta e sconosciuta ai suoi stessi orecchi.

«Anni fa, quando ero un ragazzo,» disse Dorian Gray, schiacciando il fiore tra le dita «tu mi hai incontrato, mi hai colmato di lusinghe e mi hai insegnato a essere vanitoso a causa del mio bell'aspetto. Un giorno mi presentasti a un tuo amico che mi spiegò il prodigio della giovinezza; tu finisti il ritratto che mi rivelò il prodigio della bellezza. In un momento di follia, di cui anche ora non so se pentirmi oppure no, espressi un desiderio, forse tu lo chiameresti una preghiera...»

«Ricordo! Oh, come me ne ricordo bene! No! È impossibile! La stanza è umida. La muffa è penetrata nella tela. I colori che ho usato contenevano qualche maledetta sostanza tossica. Ti dico che è impossibile.»

«Ah, che cosa è impossibile?» mormorò il giovane, andando alla finestra e appoggiando la fronte contro il vetro freddo e appannato.

«Mi hai detto che lo avevi distrutto.»

«Mi sbagliavo, il quadro ha distrutto me.»

«Non credo sia il mio quadro.»

«Non vi riconosci il tuo ideale?» replicò amaramente Dorian.

«Il mio ideale, come tu lo chiami...»
«Come tu lo chiamavi.»
«Non c'era nulla di malvagio, nulla di vergognoso in esso. Tu per me rappresentavi un ideale che non incontrerò più. Questo è il volto di un satiro.»
«È il volto della mia anima.»
«Cristo! Che cosa mai ho adorato? Ha gli occhi di un demonio.»
«C'è il cielo e la terra in ognuno di noi, Basil,» esclamò Dorian con un gesto di disperazione.

Hallward si girò di nuovo verso il ritratto e lo fissò. «Mio Dio! Se tutto questo è vero,» gridò « se questo è ciò che hai fatto della tua vita, allora devi essere anche peggiore di quello che immaginano quelli che parlano male di te!» Sollevò di nuovo la lampada contro la tela e la esaminò. La superficie appariva intatta, come l'aveva lasciata. Era dall'interno, pertanto, che erano venuti la vergogna e l'orrore. La lebbra stava lentamente divorando il quadro per qualche strano moto interiore. La vista di un corpo che marciva in una tomba colma d'acqua non era altrettanto spaventosa.

Gli tremò violentemente la mano e dal suo incavo la candela piombò al suolo e rotolò crepitando. Con il piede la spense. Quindi cadde di schianto sulla sedia traballante presso il tavolo e si nascose il volto tra le mani.

«Buon Dio, Dorian, che lezione! Che tremenda lezione!» Non ci fu risposta. Udiva tuttavia i singhiozzi del giovane provenire dalla finestra. «Prega, Dorian, prega,» mormorò «che cosa ci avevano insegnato a dire da bambini? "Non indurci in tentazione? Rimetti i nostri peccati? Liberaci dal male?" Ripetiamole insieme. La preghiera del tuo orgoglio è stata esaudita. Sarà esaudita anche quella del tuo pentimento. Ti ho adorato troppo. Siamo stati puniti entrambi.»

Dorian si voltò lentamente e lo guardò con occhi bagnati di lacrime. «È troppo tardi, Basil,» balbettò.

«Non è mai troppo tardi, Dorian. Inginocchiamoci e cerchiamo di rammentarci una preghiera. Non c'è un verso che dice: "Seppure i tuoi peccati sono scarlatti, io li renderò bianchi come la neve"?»

«Queste parole non significano più nulla per me, ora.»

«Zitto! Non dire queste cose. Hai fatto già abbastanza male in vita tua. Dio mio! Non vedi quella maledetta cosa che ci fissa?»

Dorian Gray lanciò uno sguardo al dipinto e improvvisamente un odio incontrollabile per Basil lo assalì, quasi gli fosse stato suggerito dalla figura sulla tela, bisbigliato nell'orecchio da quelle labbra irridenti. Si agitò in lui il folle istinto di un animale inseguito e odiò l'uomo seduto al tavolo come non aveva mai odiato nessuno. Si guardò intorno con una luce selvaggia nello sguardo. Qualche cosa brillava sul cassettone dipinto davanti a lui. L'occhio gli cadde sopra. Sapeva che cosa era. Era un coltello che aveva portato di sopra qualche giorno prima per tagliare un pezzo di spago, dimenticando di riportarlo via. Vi si avvicinò lentamente, passando accanto a Basil. Appena giunse alle sue spalle, lo afferrò e si voltò. Hallward si mosse sulla sedia come se volesse alzarsi. Si precipitò su di lui e affondò il coltello nella grossa vena dietro l'orecchio, premendogli la testa sul tavolo e colpendolo ripetutamente.

Ci fu un rantolo soppresso e l'orribile suono di chi muore soffocato dal sangue. Tre volte le braccia aperte si alzarono con un movimento convulso, agitando nell'aria le mani grottescamente rigide. Due volte ancora conficcò nelle sue carni il coltello, ma l'uomo non si mosse. Qualcosa cominciò a gocciolare sul pavimento. Attese un momento, sempre premendo la testa verso il basso. Quindi gettò il coltello sul tavolo e si mise in ascolto.

Sentiva soltanto le gocce cadere incessanti sul tappeto consunto. Aprì la porta e andò sul pianerottolo. La casa era del tutto tranquilla. Non c'era anima viva intorno. Per qualche secondo rimase chino sulla balaustra, fissando il pozzo buio delle scale. Quindi tolse la chiave dalla serratura, tornò nella stanza e si chiuse all'interno.

La cosa era ancora seduta sulla sedia, allungata sul tavolo a testa china, la schiena curva e lunghe braccia impressionanti. Se non fosse stato per lo squarcio rosso e slabbrato sul collo e la macchia nera e grumosa che si allargava lentamente sul tavolo, si sarebbe potuto dire che l'uomo semplicemente dormisse.

Come tutto era avvenuto in fretta! Si sentì stranamente calmo e, avvicinatosi alla finestra, l'aprì e andò sul balcone. Il vento aveva spazzato la nebbia e il cielo appariva come una meravigliosa coda di pavone, trapunta da miriadi di occhi dorati. Guardò verso il basso e vide il poliziotto di guardia dirigere la fascia di luce della torcia sulle porte delle case silenziose. Il fanale rosso di una carrozza baluginò all'angolo e quindi svanì. Una donna, con uno scialle svolazzante, avanzava lenta e furtiva lungo le cancellate, barcollando di tanto in tanto. Di tanto in tanto si fermava e si guardava alle spalle. Poi incominciò a cantare con voce rauca. Il poliziotto le si avvicinò e le disse qualcosa. Ridendo, se ne andò via, quasi inciampando. Una folata di gelido vento spazzò la piazza. Un tremolio agitò le lampade a gas; le fiammelle si fecero blu, mentre gli scuri rami pesanti degli alberi spogli sembrarono scuotersi. Rabbrividì e, rientrando, chiuse la finestra dietro di sé. Giunto alla porta, girò la chiave e l'aprì. Non volse neppure lo sguardo all'uomo assassinato. Sentiva che il segreto di tutto stava nel rendersi conto della situazione. L'amico che aveva dipinto il ritratto fatale, a cui dovevano farsi risalire tutte le sue miserie, aveva lasciato questa vita. Bastava.

Quindi si ricordò della lampada. Era un pezzo piuttosto curioso di artigianato moresco, in argento massiccio, intarsiata ad arabeschi di acciaio brunito e tempestata di turchesi grezze. Forse il cameriere l'avrebbe cercata e ci sarebbero state domande. Esitò per un momento, tornò sui suoi passi e la prese dal tavolo. Non poté evitarsi di vedere il morto. Come era immobile! Com'erano bianche le mani! Assomigliava a una spaventosa figura di cera.

Dopo aver chiuso a chiave la porta alle spalle, scivolò quietamente al piano di sotto. Il pavimento di legno scricchiolava e pareva emettere gemiti di sofferenza. Si fermò più volte e attese. No: tutto era tranquillo. Era solo il rumore dei suoi passi.

Entrato in biblioteca vide in un angolo la borsa e il cappotto. Doveva assolutamente nasconderli. Aprì un nascondiglio nel rivestimento della parete, in cui teneva i suoi curiosi travestimenti, e li ripose. In seguito li avrebbe dati alle fiamme. Estrasse l'orologio: erano le due meno venti.

Si sedette e cominciò a pensare. Ogni anno – forse ogni mese – in Inghilterra venivano impiccati uomini che avevano commesso il suo stesso delitto. C'era stata nell'aria una follia assassina? Forse qualche stella rossa era passata troppo vicina alla terra... Ma poi quali prove c'erano contro di lui? Basil Hallward aveva lasciato la casa alle undici. Nessuno lo aveva visto ritornare. Quasi tutti i domestici erano a Selby Royal. Il suo cameriere era andato a letto... Parigi! Sì, Basil era andato a Parigi con il treno della mezzanotte, come era sua intenzione. Con i suoi strani modi riservati, ci sarebbero voluti giorni prima che nascessero dei sospetti. Mesi! Si poteva distruggere tutto molto prima.

Un pensiero improvvisamente lo colpì. Indossò il cappotto di pelliccia e il cappello e uscì nel vestibolo. Qui si fermò, udendo i passi pesanti del poliziotto sul marciapiede e vedendo il fascio di luce della torcia riflesso sui vetri. Trattenendo il fiato, attese.

Dopo qualche momento fece scorrere il chiavistello e scivolò fuori, chiudendo silenziosamente la porta dietro di sé. Poi incominciò a suonare il campanello. Dopo circa cinque minuti apparve il cameriere, mezzo vestito e insonnolito.

«Sono spiacente di averti dovuto svegliare, Francis,» disse varcando la soglia «ma ho dimenticato la chiave. Che ora è?»

«Le due e dieci, signore,» rispose il cameriere, guardando l'orologio e sbattendo le palpebre.

«Le due e dieci? È terribilmente tardi. Svegliami alle nove domani mattina. Ho da sbrigare del lavoro.»

«Benissimo, signore.»

«È venuto qualcuno, questa sera?»

«Il signor Hallward, signore. Si è fermato fino alle undici, poi se ne è andato a prendere il treno.»

«Oh! mi spiace di non averlo visto. Ha lasciato un messaggio?»

«No, signore, ha detto solo che le avrebbe scritto da Parigi, se non l'avesse trovata al club.»

«Va bene, Francis. Non dimenticare di svegliarmi alle nove.»

«No, signore.»

L'uomo se ne andò ciabattando lungo il corridoio.

Dorian gettò cappello e pelliccia sul tavolo e passò in biblioteca. Per un quarto d'ora passeggiò avanti e indietro, mordendosi il labbro, assorto. Quindi tolse da uno scaffale il libro azzurro e cominciò a sfogliarlo. «Alan Campbell, 152, Hertford Street, Mayfair.» Sì: era questo il nome che cercava.

14

Il mattino dopo, alle nove, il cameriere entrò con il vassoio su cui era posata una tazza di cioccolata e aprì le imposte. Dorian dormiva pacificamente steso sul fianco destro e con una mano nascosta sotto la guancia. Aveva l'aspetto di un ragazzo stanco per aver giocato o studiato troppo.

L'uomo dovette scuoterlo due volte prima che si svegliasse e, mentre apriva gli occhi, un lieve sorriso gli passò sulle labbra, come se si fosse smarrito in un sogno delizioso. Eppure non aveva sognato affatto. La notte non era stata turbata da immagini di piacere o di dolore. Ma la gioventù sorride senza una ragione. Questo è il suo fascino.

Si girò e, appoggiandosi a un gomito, cominciò a sorbire la cioccolata. La luce torbida del sole di novembre inondava la stanza. Il cielo era limpido e l'aria piacevolmente tiepida. Sembrava un mattino di maggio.

Un poco alla volta i fatti della notte precedente si insinuarono con piedi macchiati di sangue nella sua mente, ricostruendosi con terribile precisione. Trasalì al ricordo di tutto quello che aveva sofferto e, per un momento, lo stesso sentimento di odio per Basil Hallward, che lo aveva spinto a ucciderlo, ritornò e una raggelante sensazione lo colse. Il morto era ancora seduto lassù, ora alla luce del sole. Che cosa orribile! Queste infamie appartenevano alle tenebre, non alla luce.

Sentì che se si fosse fermato a riflettere su ciò che aveva passato sarebbe stato preso dalla nausea o sarebbe impazzito. Ci sono peccati il cui fascino è racchiuso nel ricordarli più che nel commetterli; strani trionfi che gratificano l'orgoglio più che le passioni e danno all'intelletto un vivo senso di gioia, assai più grande di quello che danno, o possono dare, ai sensi. Ma non questo. Questo era una cosa da scacciare dalla mente, da assopire con il papavero, da soffocare per non esserne soffocati.

Quando battè la mezza, si passò una mano sulla fronte e si alzò rapidamente, si vestì con una cura ancor maggiore del solito, prestando molta attenzione alla scelta della cravatta e della spilla, provando e riprovando gli anelli. Dedicò molto tempo alla prima colazione, assaggiando le varie portate e conversando con il cameriere a proposito delle nuove livree, che pensava di ordinare per i domestici da indossare a Selby. Quindi scorse la corrispondenza, sorridendo alla lettura di alcune lettere. Tre sembrarono annoiarlo. Una in particolare, che lesse e rilesse parecchie volte e quindi strappò con una lieve espressione di fastidio: «Che cosa spaventosa, la memoria di una donna!» proprio come dice Lord Henry.

Dopo aver bevuto una tazza di caffè forte, si asciugò con cura le labbra, fece segno al cameriere di attendere e, sedutosi alla scrivania, scrisse due lettere. Ne mise in tasca una, l'altra la consegnò al cameriere.

«Portala al 152 di Hertford Street, Francis e, se il Signor Campbell non è in città, fatti dare l'indirizzo.»

Non appena fu solo, si accese una sigaretta e cominciò a fare degli schizzi su un pezzo di carta: dapprima fiori, quindi piccoli rilievi architettonici, infine volti umani. Improvvisamente vide come ciascuno avesse una somiglianza fantastica con Basil Hallward. Aggrottò la fronte e, alzandosi, si diresse alla libreria da cui prese un volume a caso. Decise che non avrebbe pensato a quello che era accaduto fino a quando non fosse stato assolutamente necessario.

Dopo essersi sdraiato sul divano, guardò il titolo del libro. Erano gli *Émaux et Camées* di Gautier nell'edizione in carta giapponese di Charpentier con le acqueforti di Jacquemart. La rilegatura er in pelle verde limone, con un disegno a losanghe dorate di melograni. Gli era stato regalato da Adrian Singleton. Mentre ne sfogliava le pagine, l'occhio gli cadde sulla poesia che parla della mano di Lacenaire, la fredda mano bianca «*du supplice encore mal lavée*», con la peluria rossa e «*les doigts de faune*», le dita da fauno. Si guardò le bianche dita affusolate, rabbrividendo leggermente suo malgrado. Proseguì nella lettura, finché giunse a quelle strofe deliziose su Venezia:

Sur un gamme chromatique,
Le sein des perles ruisselant,
La Vénus de l'Adriatique,
Sort de l'eau son corps rose et blanc.

Les dômes, sur l'azur des ondes
Suivant la phrase au pur contour
S'enflent commes des gorges rondes
Que soulève un soupir d'amour.

L'esquif aborde et me dépose,
Jetant son amarre au pilier,
Devant une façade rose,
Sur le marbre d'un escalier.

Che versi squisiti! Leggendoli, sembrava di galleggiare lungo i verdi canali della città rosa e di perla, seduti in una gondola nera dalla prua d'argento e dalle cortine fluttuanti. I versi gli ricordavano quelle linee rette color del turchese che ci seguono quando si prende il largo verso il Lido. Gli improvvisi lampi di colore gli ricordarono la lucentezza degli uccelli dal collo color dell'opale e dell'iris che frullano intorno al campanile della cattedrale, che ricorda un alveare, o che camminano con grazia maestosa, sotto le arcate buie e polverose. Appoggiandosi all'indietro con gli occhi semichiusi, continuava a ripetere tra sé:

Devant une façade rose,
Sur le marbre d'un escalier.

Tutta Venezia era racchiusa in quei due versi. Ripensò all'autunno che vi aveva trascorso e alla meravigliosa storia d'amore che lo aveva spinto a deliziose follie. Lo spirito romantico si diffondeva in ogni angolo. Ma Venezia, come Oxford, aveva mantenuto uno sfondo romantico e, per il vero romantico, lo sfondo era tutto. Basil era stato con lui quasi sempre e si era innamorato pazzamente del Tintoretto. Povero Basil! Che morte orribile gli era toccata!

Sospirò e riprese in mano il volume, cercando di dimenticare. Lesse delle rondini che volano dentro e fuori dal piccolo caffè di Smirne dove siedono gli Hagi sgranando i loro rosari d'ambra e i mercanti con il turbante fumano le loro lunghe pipe guarnite di fiocchi e parlano gravemente tra di loro. Lesse dell'obelisco di Place de la Concorde che piange lacrime di granito nel suo esilio solitario e senza sole, desideroso di tornare sulle rive calde del Nilo dove fiorisce il loto, dove siedono le Sfingi e gli ibis rosso rosati, i bianchi avvoltoi dagli artigli dorati e i coccodrilli dai piccoli occhi di berillo, che strisciano sul fango verde e fumante delle rive. Cominciò a fantasticare su quei versi che, traendo la loro musica dal marmo levigato dai baci, cantano di quella curiosa statua che Gautier paragona a una voce di contralto, il *monstre charmant* assiso nella stanza dei porfidi del Louvre. Ma dopo breve tempo il libro gli cadde dalle mani. Si innervosì e fu sopraffatto da un terribile attacco di terrore. E se Alan Campbell non si trovasse in Inghilterra? Passerebbero giorni e giorni prima del suo ritorno. Potrebbe anche rifiutarsi di venire. Che cosa avrebbe fatto in questo caso? Ogni istante era di importanza vitale. Erano stati intimi amici un tempo, cinque anni prima, quasi inseparabili. Poi la loro amicizia era improvvisamente finita. Ora, quando si incontravano in società, era solo Dorian Gray a sorridere; non sorrideva Alan Campbell.

Era un giovane estremamente intelligente, sebbene non apprezzasse veramente le arti figurative e dovesse interamente a Dorian Gray quel poco di sensibilità verso la bellezza della poesia. La sua passione dominante era per le scienze. Quando era a Cambridge aveva passato la maggior parte del suo tempo in laboratorio e aveva ottenuto buoni voti nel concorso di Scienze Naturali del suo anno. Attualmente era ancora dedito allo studio della chimica e possedeva un laboratorio privato in cui si rinchiudeva solitamente per tutto il giorno, con grande disappunto della madre che lo avrebbe voluto in Parlamento e che credeva vagamente che i chimici, come i farmacisti, scrivessero le ricette. Tuttavia era anche un eccellente musicista e suonava il piano e il violino meglio di molti dilettanti. Era stata proprio la passione per la musica ad avvicinarlo a Dorian Gray: la musica e quell' indefinibile fascino che Dorian Gray sapeva esercitare quando voleva o, spesso, inconsapevolmente. Si erano incontrati in casa di Lady Berkshire, la sera in cui aveva suonato Rubinstein e in seguito erano sempre stati visti insieme all'Opera e ovunque si facesse buona musica. La loro intimità era durata otto mesi. Campbell era sempre a Selby Royal o a Grosvenor Square. Per lui, come per molti altri, Dorian Gray era il modello di tutto ciò che di meraviglioso e affascinante vi è nella vita. Nessuno seppe mai se fra i due fosse avvenuto un litigio, ma presto tutti si accorsero che, quando si incontravano, si parlavano appena e che Campbell non si tratteneva a un party se era presente Dorian Gray. Era anche cambiato: a volte era estremamente malinconico e sembrava quasi che la musica lo infastidisse. Non suonava più, scusandosi quando veniva invitato a farlo con il pretesto che le scienze lo assorbivano a tal punto da non lasciargli il tempo di esercitarsi. Ed era certamente vero. Ogni giorno di più sembrava interessarsi alla biologia e il suo nome apparve più di una volta su riviste scientifiche a proposito di esperimenti insoliti.

Questo era l'uomo di cui Dorian Gray era in attesa. Guardava l'orologio ogni momento e, man mano che i minuti passavano, la sua agitazione aumentava. Alla fine si alzò dal divano e incominciò a camminare avanti e indietro per la stanza come una belva in gabbia. Camminava a passi lunghi e furtivi, le mani stranamente gelate.

L'attesa si fece insopportabile. Gli sembrava che il tempo avanzasse con piedi di piombo, mentre turbini di vento mostruosi lo spingevano irresistibilmente sull'orlo slabbrato di un precipizio. Sapeva che cosa lo attendeva, anzi, lo vedeva e, con un brivido, premette le mani sudate sulle palpebre brucianti, quasi volesse rubare la sua capacità visiva e spingere i bulbi degli occhi nel profondo dell'orbita. Non servì a nulla. La mente aveva un alimento proprio di cui si nutriva e l'immaginazione, resa grottesca dal terrore, contorcendosi come un essere in pena, danzava simile a un burattino senza forma e sogghignava come una maschera frenetica. Improvvisamente il tempo sembrò fermarsi. Sì: quella cosa cieca, dal lento respiro, non strisciava più, mentre orribili pensieri, emersi dalla morte del tempo, correvano impazziti dinnanzi a lui, trascinando un futuro spaventoso dalla sua tomba e mostrandoglielo. Lo fissò e impietrì per l'orrore.

Finalmente la porta si aprì ed entrò il cameriere. Dorian gli rivolse uno sguardo vitreo.

«Il signor Campbell, signore,» disse l'uomo.

Un sospiro di sollievo uscì dalle sue labbra prosciugate e il colore gli tornò sulle guance.

«Fallo entrare subito, Francis.» Si sentì quello di un tempo. Quel vile senso di paura era scomparso.

L'uomo si inchinò, ritirandosi. Dopo qualche istante, Alan Campbell entrò nella stanza, pallido e severo. I capelli neri come il carbone e le sopracciglia scure facevano ancor più spiccare il suo pallore.

«Alan, è stato gentile da parte tua venire. Grazie.»

«Era mia intenzione non mettere più piede in casa tua, Gray. Ma mi hai fatto sapere che era questione di vita o di morte.» Parlava con voce aspra e fredda e con lenta deliberazione. Lo sguardo sprezzante dei suoi occhi inquisitori si posò su Dorian. Teneva le mani nascoste nelle tasche del cappotto di agnellino e sembrò non badare al gesto di saluto di Dorian.

«Sì: è una questione di vita o di morte, Alan, e per più di una persona. Siediti.»

Campbell prese una sedia accanto al tavolo e Dorian gli si sedette di fronte. I loro occhi si incontrarono. In quelli di Dorian c'era un'infinita pietà. Sapeva quanto fosse terribile quello che stava per fare.

Dopo un momento di silenzio carico di tensione, si piegò sul tavolo e disse con molta calma, ma osservando l'effetto che ogni parola aveva sul viso di colui che aveva mandato a chiamare: «Alan, in una stanza chiusa in cima a questa casa, in una stanza a cui nessuno ha accesso all'infuori di me, c'è un morto seduto a un tavolo. È morto da dieci ore. Non muoverti, non guardarmi in quel modo. Chi sia quell'uomo, perché è morto e come, sono cose che non ti interessano. Quello che tu devi fare è...»

«Basta, Gray. Non voglio sapere altro. Se quello che mi hai detto è vero, non mi riguarda. Rifiuto categoricamente di immischiarmi nella tua vita. Tieni per te i tuoi orribili segreti. Non mi interessano più.»

«Alan, devono interessarti. Questo dovrà interessarti. Mi dispiace infinitamente per te, Alan, ma non posso evitartelo. Sei l'unica persona in grado di salvarmi. Sono costretto a coinvolgerti in questa faccenda, non ho altra scelta. Alan, tu sei uno scienziato. Conosci la chimica ecc. Hai fatto esperimenti. Quel che devi fare è distruggere la faccenda che c'è di sopra: distruggerla in modo che non ne resti traccia. Nessuno ha visto questa persona entrare in questa casa. La gente crede che sia a Parigi in questo momento. Per mesi non si accorgeranno della sua mancanza. Quando succederà, bisogna che qui non si trovi alcuna traccia di lui. Tu, Alan, devi trasformarlo, insieme a tutto ciò che gli appartiene, in un pugno di cenere che io possa disperdere nell'aria.»

«Sei pazzo, Dorian.»

«Ah! Aspettavo che tu mi chiamassi ancora una volta con il mio nome.»

«Sei pazzo, ti dico, pazzo a pensare che io possa alzare anche solo un dito per aiutarti, pazzo a farmi questa mostruosa confessione. Non voglio aver niente a che fare con questa faccenda, qualunque essa sia. Pensi che io possa rischiare la mia reputazione per te? Che cosa vuoi che mi importi di questo dannato imbroglio in cui ti sei cacciato?»

«È stato un suicidio, Alan.»

«Mi fa piacere saperlo. Ma chi lo ha spinto a questo? Tu, immagino.»

«Rifiuti ancora di fare ciò che ti ho chiesto?»

«Sì, rifiuto. Non voglio assolutamente averci nulla a che fare. Non mi importa della vergogna che te ne deriverà. La meriti tutta. Non sarò certo spiacete nel vederti disonorato, disonorato davanti a tutti. Come osi chiedere a me, a me solo, di immischiarmi in questo orrore? Avrei creduto che tu conoscessi meglio il carattere della gente. Il tuo amico Lord Henry Wotton non deve averti insegnato molto in fatto di psicologia, ammesso che ti abbia insegnato qualcosa. Nulla mi indurrà a muovere un passo per aiutarti. Ti sei rivolto all'uomo sbagliato. Va da qualcuno dei tuoi amici, non venire da me.»

«Alan, è stato un assassinio. L'ho ucciso io. Non immagini che cosa mi abbia fatto soffrire. Qualunque sia la mia vita, ha influito molto di più, nel farla o nel rovinarla, del povero Harry. Lo ha forse fatto senza volerlo, ma il risultato è il medesimo.»

«Assassinio! O buon Dio, Dorian, sei arrivato a questo? Non ti denuncerò, la cosa non mi riguarda. Inoltre, senza che io mi intrometta nella faccenda, ti arresteranno sicuramente. Mai nessuno commette un delitto senza fare qualche stupidaggine. Ma non voglio averci nulla a che fare.»

«Devi averci a che fare. Aspetta un minuto, ascoltami. Ascoltami soltanto, Alan. Ti chiedo soltanto di compiere un certo esperimento scientifico. Hai accesso a ospedali e obitori e gli orrori che vedi lì non ti fanno nessun effetto. Se in qualche ripugnante sala di dissezione o fetido laboratorio tu trovassi quest'uomo sdraiato su un tavolo di piombo, con dei canaletti rossi incisi sul piano per far scorrere il sangue, lo considereresti soltanto un soggetto interessante. Rimarresti impassibile. Non penseresti certo di fare qualche cosa di male. Anzi, crederesti probabilmente di essere un benefattore dell'umanità o di aumentare la conoscenza del mondo, oppure di gratificare la tua curiosità intellettuale, ecc. Quello che io ti chiedo di fare è solo una cosa che hai fatto molte volte. Distruggere un cadavere, infatti, deve essere una cosa molto meno orribile di quello che fai di solito. E, ricorda, è l'unica prova contro di me. Se la scoprono, sono perduto; e la scopriranno certamente a meno che tu non mi aiuti.»

«Non desidero affatto aiutarti, ricordatelo. Sono del tutto indifferente alla cosa. Non mi riguarda affatto.»

«Alan, ti scongiuro. Pensa alla situazione in cui mi trovo. Prima che tu venissi stavo quasi per venir meno dal terrore. Potrebbe capitare anche a te un giorno. No! Non pensare a questo. Guarda la cosa da un punto di vista solamente scientifico. Non ti chiedi mai da dove vengono i morti su cui compi i tuoi esperimenti? Non chiedertelo neppure ora. Ti ho già detto anche troppo. Ti supplico di farlo. Una volta eravamo amici, Alan.»

«Non parlare di quei tempi, Dorian: sono morti.»

«I morti a volte si soffermano con noi. L'uomo di sopra non se ne andrà. È seduto al tavolo con la testa chinata e le braccia distese. Alan! Alan! Se non mi verrai in aiuto sono rovinato. Mi impiccheranno. Non capisci? Mi impiccheranno per quello che ho fatto.»

«Non serve prolungare questa scena. Mi rifiuto categoricamente di occuparmi di questa faccenda. È pazzesco che tu me lo chieda.»

«Ti rifiuti?»

«Sì.»

«Ti supplico, Alan.»

«Non serve.»

La stessa espressione di pietà tornò negli occhi di Dorian Gray. Quindi allungò una mano, prese un pezzo di carta e vi scrisse sopra qualcosa. Lo lesse due volte, lo piegò con cura e lo spinse attraverso il tavolo. Fatto questo, si alzò e andò alla finestra.

Campbell lo guardò sorpreso, poi prese il foglio e lo aprì. Lo lesse e il suo viso si fece mortalmente pallido. Cadde su una sedia, mentre un orribile senso di nausea lo invadeva. Aveva l'impressione che il cuore gli battesse fino a scoppiare in una vuota cavità.

Dopo qualche minuto di terribile silenzio, Dorian si volse, gli si avvicinò e si fermò dietro di lui, posandogli una mano sulla spalla.

«Mi spiace moltissimo per te, Alan,» mormorò «ma non mi lasci alternativa. Ho già pronta una lettera: eccola. L'indirizzo lo vedi. Se non mi aiuterai sarò costretto a spedirla. Sai quello che ne conseguirà. Ma tu mi aiuterai. Non potrai rifiutare ora. Ho cercato di risparmiarti. Lo devi ammettere. Sei stato severo, aspro, offensivo. Mi hai trattato come nessuno ha mai osato trattarmi... nessuno che sia vivo, almeno. Ho sopportato tutto. Adesso sono io a dettare le condizioni.»

Campbell si nascose il viso tra le mani e un tremito lo scosse.

«Sì, ora tocca a me dettare le condizioni, Alan. Sai quali sono. La cosa è semplice. Avanti, non spaventarti. La cosa deve essere fatta. Affrontala e falla.»

Un gemito irruppe dalle labbra di Campbell, mentre un tremito lo scuoteva tutto. Il ticchettio dell'orologio proveniente dalla mensola sul camino sembrava dividere il tempo in atomi separati di agonia, ognuno dei quali era troppo spaventoso per essere sopportato. Gli sembrava che un anello di ferro gli si stringesse intorno alla fronte e che la disgrazia che lo minacciava fosse già avvenuta. La mano sulla sua spalla pesava come fosse di piombo. Era intollerabile, sembrava lo schiacciasse.

«Avanti, Alan, devi decidere subito.»

«Non posso farlo,» disse meccanicamente, come se le semplici parole potessero mutare le cose.

«Devi. Non hai altra scelta. Non perdere tempo.»

Esitò un istante. «C'è del fuoco nella stanza?»

«Sì, una stufa a gas con ripiani di amianto.»

«Dovrò andare a casa mia a prendere alcune cose in laboratorio.»

«No, Alan, non devi lasciare questa casa. Scrivi su un foglio quello che ti serve, il mio servo prenderà una carrozza e lo porterà qui.»

Campbell scribacchiò qualche riga, le asciugò con il tampone e scrisse sulla busta l'indirizzo del suo assistente. Dorian prese in mano la lettera e la lesse attentamente. Quindi suonò il campanello e la diede al cameriere con l'ordine di ritornare al più presto e portare le cose con sé.

Appena la porta del vestibolo si chiuse, Campbell scattò in piedi e si diresse verso il camino. Tremava come fosse in preda alla febbre. Per circa venti minuti nessuno dei due pronunciò una parola. Una mosca ronzava fastidiosamente nella stanza e il ticchettio dell'orologio risuonava come un martello.

Quando la pendola suonò l'una, Campbell si voltò e, guardando Dorian Gray, si rese conto che aveva gli occhi colmi di lacrime. Qualche cosa nella purezza e nella perfezione dei lineamenti di quel volto lo fece infuriare. «Sei un infame, assolutamente infame!» mormorò.

«Zitto, Alan mi hai salvato la vita,» disse Dorian.

«La vita? Santo cielo! Che schifo di vita! Sei passato di corruzione in corruzione, fino al culmine di un delitto. Nel fare ciò che sto per fare, ciò che tu mi costringi a fare, non è certo alla tua vita che penso.»

«Ah, Alan,» mormorò Dorian sospirando «se solo tu avessi per me un millesimo della compassione che io ho per te...» Si girò mentre parlava e incominciò a guardare in giardino. Campbell non rispose.

Dopo circa dieci minuti si sentì bussare alla porta ed entrò il cameriere con una grande cassa di mogano piena di prodotti chimici, una lunga serpentina di acciaio e un rotolo di filo di platino e due pinze di ferro di forma insolita.

«Devo lasciare il tutto qui, signore?»

«Sì,» disse Dorian. «Temo di avere un'altra commissione da farti fare, Francis. Come si chiama quell'uomo di Richmond che fornisce le orchidee a Salby?»

«Harden, signore.»

«Sì, Harden. Devi andare subito a Richmond, parlare personalmente con Harden e dirgli che deve inviare il doppio delle orchidee che ho ordinato, e di includerne poche di bianche. Anzi, non ne mandi nessuna bianca. È una bella giornata, Francis, e Richmond è un bel posto, altrimenti non ti infastidirei con questa cosa.»

«Nessun fastidio, signore. Per che ora devo tornare?»

«Dorian guardò Campbell. «Quanto tempo ci vorrà per il tuo esperimento, Alan?» disse con voce calma e indifferente. La presenza di una terza persona nella stanza sembrava dargli un enorme coraggio.

Campbell aggrottò la fronte e si morse il labbro. «Ci vorranno cinque ore,» rispose.

«Allora basterà che tu sia di ritorno per le sette e mezzo. Anzi, aspetta: basta che tu mi lasci fuori il vestito per questa sera e poi sarai libero per tutta la serata. Non cenerò a casa, pertanto non avrò bisogno di te.»

«Grazie, signore,» disse l'uomo andandosene.

«Adesso, Alan, non dobbiamo perdere un istante. Come pesa questa cassa! La porto io. Tu porta il resto.» Parlava rapidamente, in tono autoritario. Campbell si sentiva dominato da lui. Uscirono insieme dalla stanza.

Quando furono giunti sul pianerottolo in cima alle scale Dorian prese la chiave di tasca e la girò nella toppa. Si fermò subito e un'espressione preoccupata gli apparve negli occhi. Rabbrividì. «Non credo di poter entrare, Alan,» mormorò.

«Non importa. Non ho bisogno di te» disse freddamente Campbell.

Dorian aprì l'uscio a metà, e così facendo, vide il volto del ritratto ghignante nella luce del sole. Di fronte, sul pavimento, giaceva il drappo strappato. Ricordò che la notte precedente aveva dimenticato, per la prima volta in vita sua, di nascondere la tela fatale. Stava per precipitarsi sul quadro, quando si ritrasse tremando.

Che cosa era quella disgustosa rugiada rossa che luceva, umida e brillante, su una delle mani, come se la tela sudasse sangue? Che cosa orribile! Ancora più orribile, gli sembrò per un momento, della cosa silenziosa che sapeva distesa sul tavolo, quella cosa la cui ombra grottesca e senza forma sul tappeto macchiato gli rivelava che non si era mossa, ma ancora era lì, dove l'aveva lasciata.

Trasse un profondo sospiro, socchiuse ancora un poco la porta, e con occhi semichiusi e il capo all'indietro, entrò nella stanza, deciso a non guardare neppure una volta il cadavere. Poi, chinatosi, afferrò il drappo di porpora e oro e lo lanciò sul quadro.

E stette immobile, troppo spaventato per girarsi, gli occhi fissi sui ricami che aveva davanti. Udì Campbell trascinare all'interno la pesante cassa, i ferri, e gli altri arnesi che gli servivano per il suo terribile lavoro. Cominciò a chiedersi se lui e Basil si fossero mai conosciuti e, in tal caso, che cosa avessero pensato l'uno dell'altro.

«Lasciami solo,» disse una voce severa dietro di lui.

Si voltò e fuggì, appena consapevole che il morto era stato risollevato contro la sedia, e che Campbell aveva lo sguardo fisso su un volto lucido e giallo. Mentre scendeva lungo le scale udì girare la chiave nella toppa.

Le sette erano passate da un pezzo quando Campbell riapparve in biblioteca. Era pallido, ma perfettamente calmo. «Ho fatto ciò che mi hai chiesto,» mormorò. «E adesso, addio. Che le nostre strade non si incontrino mai più.»

«Mi hai salvato dalla rovina, Alan. Non me ne dimenticherò» disse Dorian semplicemente.

Appena Campbell fu uscito, salì di sopra. Nella stanza si respirava un terribile odore di acido nitrico. Ma la cosa seduta al tavolo era scomparsa.

15

Quella sera, alle otto e mezza, Dorian Gray, squisitamente vestito e con un mazzetto di violette di Parma all'occhiello, fu fatto entrare nel salotto di Lady Narborough tra gli inchini degli ossequiosi camerieri.

La fronte gli pulsava per i nervi impazziti e si sentiva eccitatissimo, ma i suoi modi, mentre si chinava sulla mano dell'ospite, erano come sempre disinvolti e aggraziati. Forse uno non si sente mai tanto à proprio agio come quando recita una parte. Certamente nessuno che avesse guardato Dorian Gray quella sera avrebbe potuto credere che era appena uscito da una tragedia orribile, come tutte le tragedie del nostro tempo. Quelle dita finemente affusolate non avrebbero mai afferrato un coltello per commettere un delitto, né quelle labbra sorridenti avrebbero mai bestemmiato contro Dio e contro la Sua grazia. Lui stesso non poteva fare a meno di meravigliarsi della calma del suo comportamento e per un momento provò l'acuto piacere di condurre una doppia vita.

Era un ricevimento per poche persone, raccolte con una certa fretta da Lady Narborough, donna molto intelligente, in cui ancora si notavano, come Henry era solito dire, i resti di una passata bruttezza. Si era rivelata moglie eccellente di uno dei nostri più tediosi ambasciatori, e, dopo aver dignitosamente seppellito il consorte in un mausoleo di marmo, da lei stessa disegnato, e sposato le figlie a dei ricchi, anche se un poco anziani, gentiluomini, si era dedicata ai piaceri del romanzo francese, della cucina francese, e, quando riusciva ad afferrarlo, dell'*esprit* francese.

Dorian era uno dei suoi ospiti più amati: gli diceva sempre che era estremamente felice di non averlo incontrato in gioventù. «So, mio caro, che mi sarei innamorata follemente di te,» era solita dirgli «e, come si dice in inglese, "avrei gettato il mio cappellino dietro il mulino per amor tuo". È stata una vera fortuna che non potessi neppure pensare a te ai miei tempi. E poi, i nostri cappelli erano così brutti e i nostri mulini così occupati a cercare di far salire il vento che non ho neppure avuto un piccolo flirt. Comunque è stata tutta colpa di Narborough. Era terribilmente miope, e non c'è gusto a tradire un marito incapace di vedere.»

Gli ospiti quella sera erano piuttosto noiosi. Il fatto era, come spiegò a Dorian Gray da dietro un ventaglio consunto, che una delle sue figlie sposate era venuta improvvisamente a stare qualche tempo con lei, e, quel che era peggio, aveva portato con sé il marito. «Penso sia stato molto poco gentile da parte di mia figlia, mio caro,» bisbigliò. «È vero che ogni estate sono ospite loro al mio ritorno da Homburg, ma una vecchia signora come me ha bisogno di aria buona ogni tanto, e, inoltre, li scuoto un po' dal loro torpore. Non puoi immaginarti che vita conducono laggiù. Pura e intatta vita di campagna. Si alzano presto perché hanno tanto da fare e vanno a letto presto perché hanno così poco a cui pensare. Non c'è stato uno scandalo nel vicinato dai tempi lontani della regina Elisabetta, e così cadono nel sonno subito dopo cena. Non devi sederti vicino a nessuno dei due, siediti vicino a me, invece, e fammi divertire.»

Dorian mormorò un grazioso complimento e si guardò intorno. Sì: era proprio un party molto noioso. C'erano due ospiti che non aveva mai visto; gli altri erano Ernest Harrowden, uno di quei tipi mediocri di mezza età così frequenti nei club di Londra, che non hanno nemici, ma che sono antipatici agli amici; Lady Ruxton, quarantasette anni, con un gusto nel vestire esagerato, con il naso a becco, che cercava sempre di compromettersi, ma era così disperatamente scialba che, con suo grande disappunto, nessuno avrebbe mai creduto a qualcosa di male sul suo conto; la signora Erlynne, un'arrivista da poco, con una deliziosa balbuzie e i capelli rosso veneziano; Lady Alice Chapman, figlia della padrona di casa, una ragazza sciatta e insignificante, con una di quelle caratteristiche facce britanniche che, viste una volta, si dimenticano subito; suo marito, dalle guance rubizze e dalle basette bianche che, come molti della sua stessa classe sociale, pensava che una giovialità scomposta compensasse un'assoluta mancanza di idee.

Dorian era piuttosto pentito di essere venuto, finché Lady Narborough, guardando il grande orologio di bronzo dorato, adagiato in volute sontuose sulla mensola del camino coperta di stoffa color *mauve*, esclamò: «Che vergogna da parte di Henry Wotton essere così in ritardo! L'ho fatto avvertire questa mattina, sperando di trovarlo ed egli mi ha assicurato che non mi avrebbe deluso con la sua assenza.»

Si consolò pensando che sarebbe venuto Harry e quando la porta si aprì e udì la sua voce lenta e musicale propinare in modo affascinante una scusa poco sincera, non si sentì più annoiato.

Ma a pranzo non riuscì a inghiottire nulla. I piatti gli venivano serviti senza che li toccasse. Lady Narborough lo rimbrottava per quello che chiamava «un insulto al povero Adolphe che ha creato il menù in onor suo» e anche Lord Henry di tanto in tanto gli lanciava occhiate, stupito del suo silenzio e dei suoi modi distratti. Ogni tanto il cameriere gli riempiva il bicchiere di champagne. Beveva avidamente e la sua sete sembrava crescere sempre più.

«Dorian,» disse Lord Henry finalmente, mentre veniva servito il sorbetto «che cosa ti succede questa sera? Mi sembri di pessimo umore.»

«Credo sia innamorato,» esclamò Lady Narborough «e che abbia paura di dirmelo nel timore che io mi ingelosisca. Ma ha proprio ragione, perché sarebbe così.»

«Carissima Lady Narborough,» mormorò Dorian sorridendo «è da una settimana che non sono innamorato... da quando è partita Madame de Ferrol.»

«Non so come voi uomini possiate innamorarvi di quella donna!» esclamò la vecchia signora. «Non capisco proprio.»

«Semplicemente perché assomiglia a lei quand'era una bambina, Lady Narborough,» disse Lord Henry «è l'unico legame che rimane tra noi e i suoi abitini corti.»

«Non ricorda proprio per niente i miei abitini corti, Lord Henry. La ricordo molto bene a Vienna, invece, trent'anni fa, con le sue scollature.»

«Le esibisce ancora oggi,» disse Lord Henry prendendo un'oliva con le lunghe dita «e quando indossa un abito da sera elegante ricorda l'edizione di lusso di un brutto romanzo francese. È davvero meravigliosa e piena di sorprese. La capacità di amare i suoi familiari è straordinaria. Quando morì il suo terzo marito i suoi capelli si sono fatti biondi per il dispiacere.»

«Henry, come puoi...!» esclamò Dorian Gray.

«È una spiegazione molto romantica,» rise la padrona di casa. «Il suo terzo marito, Lord Henry? Non vorrà dire che Ferrol è il quarto!»

«Proprio così, Lady Narborough.»

«Non credo a una sola parola.»

«Bene, lo chieda al signor Gray. È uno dei suoi più intimi amici.»

«È vero, Gray?»

«Me lo ha dato per certo lei, Lady Narborough,» disse Dorian. «Le ho chiesto se, come Margherita di Navarra, faceva imbalsamare i cuori dei suoi intimi e poi li appendeva alla cintura. Ma lei mi ha risposto di no, poiché nessuno dei suoi mariti aveva un cuore.»

«Quattro mariti! Parola mia, è un caso di *trop de zèle*.»

«*Trop d'audace*, le ho detto io,» disse Dorian.

«Oh, ha audacia da vendere, mio caro. E che tipo è questo Ferrol? Non lo conosco.»

«I mariti delle donne molto belle appartengono alla categoria dei criminali,» disse Lord Henry sorseggiando lo champagne.

Lady Narborugh lo colpì con il ventaglio. «Lord Henry, non mi sorprende affatto che il mondo dica che lei è estremamente maligno.»

«Ma quale mondo lo dice?» chiese Lord Henry, sollevando un sopracciglio. «Può essere soltanto l'altro mondo. Con questo, sono in ottimi rapporti.»

«Tutti quelli che conosco dicono che lei è maligno,» ribattè la vecchia signora, scrollando il capo.

Lo sguardo di Lord Henry si fece serio per qualche istante. «È una vera mostruosità,» disse infine «il modo in cui, oggi, la gente mormora alle nostre spalle cose assolutamente e interamente vere.»

«Non è incorreggibile?» esclamò Dorian Gray, sporgendosi dalla sedia.

«Lo spero,» disse la padrona di casa, ridendo. «Ma, davvero, se tutti voi adorate Madame Ferrol in questo modo sarò costretta a risposarmi per essere di moda.»

«Lei non si sposerà più, Lady Narborough,» la interruppe Lord Henry. «Il suo è stato un matrimonio troppo felice. Se una donna si risposa vuol dire che detestava il suo primo marito. Quando un uomo si risposa vuol dire che adorava la sua prima moglie. Le donne tentano la fortuna; gli uomini la mettono a repentaglio.»

«Narborough non era perfetto,» esclamò la vecchia signora.

«Se lo fosse stato lei non l'avrebbe amato, mia cara» fu la risposta. «Le donne ci amano per i nostri difetti. Se ne abbiamo un bel numero, ci perdonano tutto, anche una buona dose di intelligenza. Ho paura, Lady Narborough che, dopo queste parole, lei non mi inviterà più a cena; ma questa è la verità.»

«Certo che è la verità, Lord Henry. Se noi donne non vi amassimo per i vostri difetti, dove sareste finiti tutti quanti? Nessuno di voi si potrebbe sposare. Sareste solo un certo numero di scapoli sfortunati. Non è che questo cambierebbe molto le cose. Oggi tutti gli uomini sposati vivono come scapoli e tutti gli scapoli come se fossero sposati.»

«*Fin de siècle*,» mormorò Lord Henry.

«*Fin du globe*,» rispose la padrona di casa.

«Vorrei che fosse proprio la fine del mondo,» disse con un sospiro Dorian Gray. «La vita è una grande delusione.»

«Ah, mio caro,» disse Lady Narborough, infilandosi i guanti, «non mi dica che ha esaurito la vita. Quando un uomo dice una cosa simile si sa che la vita ha esaurito lui. Lord Henry è molto malvagio, e a volte vorrei esserlo stata anch'io. Lei, invece, è fatto per essere buono e ha tutta l'aria di esserlo. Devo trovarle una bella moglie. Lord Henry, non pensa che il signor Gray dovrebbe sposarsi?»

«Glielo ripeto sempre, Lady Narborough,» disse Lord Henry con un inchino.

«Bene, dobbiamo cercargli un partito conveniente. Sfoglierò attentamente il "Debrett" questa sera e segnerò i nomi di tutte le giovani fanciulle che mi sembreranno adatte.»

«E anche l'età?»

«Naturalmente, con qualche ritocco. Ma non bisogna far nulla con la fretta. Voglio che sia quello che il "Morning Post" definisce una bella unione e voglio che entrambi siate felici.»

«Che sciocchezze si dicono sui matrimoni felici!» esclamò Lord Henry. «Un uomo può essere felice con qualsiasi donna, purché non ne sia innamorato.»

«Ah! che cinico!» disse la vecchia signora, spingendo indietro la sedia e facendo un cenno a Lady Ruxton. «Deve tornare presto a cena da me. Lei è veramente un tonico meraviglioso, molto migliore di quello che mi prescrive Sir Andrew. Mi deve dire però chi le piacerebbe incontrare. Voglio che sia una riunione brillante.»

«Mi piacciono gli uomini che hanno un futuro e le donne che hanno un passato,» rispose Lord Henry. «O pensa che sarebbe un party di sole gonnelle?»

«Temo di sì,» rispose la gentildonna ridendo, mentre si alzava. «Mille scuse, Lady Ruxton,» aggiunse. «Non mi ero accorta che non ha terminato la sigaretta.»

«Non importa, Lady Narborough. Fumo troppo. Ho intenzione di limitarmi in futuro.»

«Non lo faccia, Lady Ruxton,» disse Lord Henry. «La moderazione è una cosa fatale. Saper dire basta ha il gusto insipido di un pasto frugale. Il troppo ha il gusto buono di un festino.»

Lady Ruxton gli lanciò uno sguardo pieno di curiosità. «Deve venire a spiegarmelo un pomeriggio, Lord Henry. Mi sembra una teoria affascinante» mormorò, uscendo nel fruscio della gonna dalla stanza.

«Ora badi a non soffermarsi troppo a lungo sui casi politici e sugli scandali che la interessano tanto,» esclamò Lady Narborough dalla porta. «Altrimenti di sopra ci sarà da litigare di sicuro.»

Gli uomini risero e il signor Chapman si alzò solennemente dal fondo per spostarsi a capotavola. Dorian Gray cambiò posto e si andò a sedere accanto a Lord Henry. Lord Chapman incominciò a parlare ad alta voce della situazione alla Camera dei Comuni, ridendo fragorosamente in faccia ai suoi avversari. La parola *doctrinaire* – terrorizzante per una mente britannica – faceva di tanto in tanto la sua comparsa tra le sue esplosioni. Un prefisso allitterativo serviva da ornamento alla sua oratoria. Innalzò l'Union Jack sui pinnacoli del pensiero. L'ereditaria stupidità della razza – da lui giovialmente definita sano buon senso inglese – fu considerata il giusto baluardo della società.

Un sorriso incurvò le labbra di Lord Henry che si voltò verso Dorian, osservandolo.

«Stai meglio, mio caro amico?» gli chiese. «Sembravi piuttosto abbattuto a cena.»

«Sto benissimo, Harry. Sono solo stanco.»

«Eri affascinante ieri sera. La piccola duchessa ti è molto devota. Mi ha detto che verrà a Selby.»

«Ha promesso di venire il venti.»

«Ci sarà anche Monmouth?»

«Naturalmente, Harry.»

«Mi annoia a morte, almeno quanto annoia lei. Lei è molto intelligente, troppo per una donna. Le manca il fascino indefinibile della debolezza. Sono i piedi di argilla che rendono prezioso l'oro della statua. I suoi piedi sono molto graziosi, ma non sono piedi di argilla. Piedi di porcellana bianca, se preferisci. Sono passati attraverso il fuoco e, quello che il fuoco non distrugge, rafforza. Ha avuto delle esperienze.»

«Da quanto tempo è sposata?» chiese Dorian.

«Da un'eternità, mi ha detto. Da dieci anni, secondo l'almanacco nobiliare, ma dieci anni al fianco di Monmouth devono essere stati un'eternità, e dell'altro tempo ancora. Chi altro verrà?»

«Oh, i Willoughby, Lord Rugby con la moglie, la nostra ospite, Geoffrey Clouston, i soliti. Ho invitato anche Lord Grotrian.»

«Mi è simpatico,» disse Lord Henry. «A molti non piace, ma io lo trovo affascinante. Si fa perdonare il fatto di essere a volte un po' troppo ben vestito con il fatto di essere sempre un po' troppo ben educato. È un tipo molto moderno.»

«Non so se potrà venire Harry. Forse dovrà andare a Montecarlo con il padre.»

«Ah, che seccatura sono i parenti! Cerca di farlo venire. A proposito, Dorian, sei scappato molto presto ieri sera. Te ne sei andato prima delle undici. Che cosa hai fatto dopo? Sei andato subito a casa?»

Dorian lo guardò di sfuggita, aggrottando la fronte. «No, Harry,» disse alla fine. «Non sono rincasato fino alle tre circa.»

«Sei andato al club?»

«Sì,» rispose. Quindi si morse il labbro. «No, non intendevo questo, non sono andato al club. Sono stato in giro. Non ricordo che cosa ho fatto... Che curioso sei, Harry! Vuoi sempre sapere che cosa fa la gente. Io cerco sempre di dimenticare ciò che ho fatto. Sono rientrato alle due e mezzo, se vuoi sapere l'ora esatta. Avevo dimenticato a casa la chiave e il mio cameriere mi ha fatto entrare. Se vuoi una testimonianza a sostegno di quanto ho detto, puoi chiederglielo.»

Lord Henry si strinse nelle spalle. «Mio caro amico, come se me ne importasse! Passiamo in salotto. Niente sherry, grazie, signor Chapman. Ti è successo qualche cosa, Dorian. Dimmi di che cosa si tratta. Non sei il solito questa sera.»

« Non badare a me, Harry. Sono irritabile e di cattivo umore. Ti verrò a trovare domani o dopo. Scusami con Lady Narborough. Non salgo, vado a casa. Devo andare a casa.»

« D'accordo, Dorian. Penso che ti vedrò domani per il tè. Ci sarà anche la duchessa.»

«Cercherò di non mancare, Harry,» disse, lasciando la stanza. Mentre tornava a casa in carrozza si rese conto che quel senso di terrore che pensava di aver soffocato era tornato a sopraffarlo. Le domande casuali di Lord Henry, per un momento, gli avevano fatto perdere il controllo dei nervi, mentre doveva star saldo. Doveva distruggere le cose pericolose. Sussultò. Solo l'idea di doverle toccare gli ripugnava.

Eppure doveva farlo. Se ne rese conto e, dopo aver chiuso a chiave la porta della biblioteca, aprì il ripostiglio segreto in cui aveva gettato il cappotto e la borsa di Basil Hallward. Nel caminetto ardeva un grande fuoco. Vi gettò un altro ceppo. L'odore della stoffa e del cuoio che bruciavano era orribile. Ci vollero tre quarti d'ora prima che tutto fosse consumato. Alla fine si sentiva nauseato e sul punto di svenire e, dopo aver acceso alcune pastiglie algerine in un braciere di rame traforato, si bagnò le mani e la fronte con aceto fresco e muschiato.

D'un tratto sussultò. Gli occhi gli brillarono improvvisamente di una strana luce; si morse nervosamente il labbro inferiore. Tra le due finestre c'era un ampio stipo di ebano fiorentino, intarsiato in avorio e lapislazzuli blu. Lo guardò come si trattasse di una cosa che lo affascinava e a un tempo lo spaventava, come se nascondesse qualcosa che ardentemente desiderava e contemporaneamente lo disgustava. Il respiro gli si fece affannoso. Fu sopraffatto da una folle bramosia. Accese una sigaretta e subito dopo la gettò via. Le palpebre si abbassarono finché le lunghe ciglia quasi non toccarono le guance. Ma non riusciva a distogliere lo sguardo dallo stipo. Infine si alzò dal divano su cui era sdraiato, si avvicinò al mobile e, dopo averlo aperto, toccò una molla nascosta. Un cassetto triangolare uscì lentamente. Le dita si mossero istintivamente e vi entrarono, quindi si richiusero su una cosa. Era una piccola scatola cinese di lacca nera e oro satinato, minutamente arabescata, dai fianchi disegnati a motivi ondulati; vi pendevano fili di seta e metallo intrecciati e terminanti in cristalli rotondi. L'aprì: all'interno una pasta verde, di lucida cera, dall'odore stranamente pesante e persistente.

Esitò qualche istante, con un sorriso stranamente fisso sul volto. Rabbrividì, quantunque l'atmosfera nella stanza fosse terribilmente calda, si raddrizzò e lanciò uno sguardo all'orologio. Mancavano venti minuti a mezzanotte. Ripose la scatoletta, richiuse gli sportelli dello stipo e andò in camera sua.

Mentre nell'aria nebbiosa risuonavano i bronzei rintocchi della mezzanotte, Dorian Gray, con un abito comune e una sciarpa intorno al collo, scivolò fuori di casa. In Bond Street trovò una carrozza con un buon cavallo. La fermò con un cenno e, a voce bassa, diede un indirizzo al vetturino.

L'uomo scosse il capo. «È troppo lontano per me» mormorò.

«Ecco una sovrana,» disse Dorian. «Ne avrà un'altra se andrà in fretta.»

«Va bene, signore,» rispose l'uomo «la porterò entro un'ora» e, dopo aver intascato la moneta, girò il cavallo e trottò velocemente in direzione del fiume.

16

Cominciò a cadere una pioggia fredda e dai lampioni appannati proveniva una luce irreale dalla nebbia umida. I locali pubblici stavano per chiudere. Gruppi di uomini e donne, i cui contorni sfuocavano nella notte, si raccoglievano davanti alle entrate. Da qualche bar provenivano orribili scoppi di risa. In altri, gli ubriachi si azzuffavano e gridavano.

Abbandonato sullo schienale della carrozza, con il cappello abbassato sulla fronte, Dorian Gray osservava distratto la sordida vergogna della grande città, ripetendo tra sé e sé le parole che Lord Henry gli aveva detto durante il loro primo incontro: «Curare l'anima con i sensi e i sensi con l'anima». Sì, questo era il segreto. Spesso lo aveva messo in pratica in passato, lo avrebbe fatto anche ora. C'erano fumerie d'oppio, dove si poteva comperare l'oblio, covi di orrore dove il ricordo di vecchi peccati si distruggeva con la follia di quelli nuovi.

La luna appariva bassa nel cielo ed era simile a un teschio giallo. Di tanto in tanto una grossa nuvola informe allungava un suo braccio, nascondendola. I lampioni si andavano facendo più radi, le strade più strette e buie. A un certo punto il vetturino smarrì la strada e dovette tornare indietro per mezzo miglio. Un leggero vapore saliva dal cavallo ogni volta che calpestava le pozzanghere. I finestrini laterali della carrozza erano appannati da una nebbia grigia.

«Curare l'anima con i sensi e i sensi con l'anima!» Come gli risuonavano negli orecchi queste parole! La sua anima, certo, soffriva un'agonia mortale. I sensi potevano veramente curarla? Era stato versato il sangue di un innocente. Come si sarebbe potuto espiarlo? Ah! non c'era nessuna possibilità di espiazione; ma se impossibile era il perdono, era invece possibile l'oblio ed egli era deciso a dimenticare, a cancellare quella cosa, a schiacciarla come si schiaccia la vipera che ha morso. Infatti, che diritto aveva Basil di parlargli in quel modo? Chi l'aveva autorizzato a giudicare? Aveva detto cose spaventose, orribili, insopportabili.

La carrozza avanzava sempre più lentamente, almeno così gli sembrava, a ogni passo. Sollevò il pannello divisorio e disse all'uomo di andare più in fretta. Quell'orribile fame di oppio cominciò a morderlo. La gola gli bruciava e le mani delicate si torcevano nervosamente. Colpì come un folle il cavallo con il bastone. Il vetturino rise e lo sferzò a sua volta. Dorian rise di rimando, ma l'uomo tacque.

Sembrava un percorso interminabile, in cui le strade apparivano come nere ragnatele, tessute da un avido ragno. La monotonia divenne insopportabile, e, quando la nebbia si fece più fitta, ebbe paura.

Passarono vicino a fornaci solitarie. La nebbia sembrò rarefarsi ed egli vide gli strani forni a forma di bottiglia e le fiamme arancione che si sprigionavano come ventagli. Un cane abbaiò al loro passaggio e lontano, nell'oscurità, stridette un gabbiano smarrito. Il cavallo inciampò in un solco, scartò da un lato e irruppe al galoppo.

Dopo un poco lasciarono la strada di terra battuta e rotolarono di nuovo su vie accidentate. Quasi tutte le finestre erano buie, ma di tanto in tanto ombre fantastiche si stagliavano contro gli schermi illuminati. Le osservava con curiosità. Si muovevano come mostruose marionette, gesticolando come cose vive. Sentì di odiarle. Una rabbia sorda gli pesava sul cuore. Girando a un angolo da una porta aperta una donna gridò qualche cosa verso di loro e due uomini rincorsero la carrozza per un centinaio di metri. Il vetturino li colpì con la frusta.

Si dice che la passione spinga il pensiero in un circolo vizioso. Certo, con ossessiva iterazione, con le labbra strette, Dorian Gray dava e ridava forma a quelle sottili parole sull'anima e sui sensi, finché scoprì in esse la piena espressione, per così dire, del suo stato d'animo, e fu quindi capace di giustificare con l'approvazione dell'intelletto passioni che, diversamente, lo avrebbero ancora dominato. Da una cellula all'altra del cervello si insinuò quell'unico pensiero, mentre il desiderio sfrenato di vivere, il più terribile degli appetiti umani, rafforzò ogni suo nervo e ogni fibra tremante. La bruttezza, che un tempo aveva odiato perché rende le cose reali, ora gli divenne cara proprio per questo motivo. La bruttezza era l'unica realtà. La rissa volgare, il covo ripugnante, la cruda violenza di una vita senz'ordine, la degradazione stessa dei ladri e degli emarginati, erano più vividi, nel loro intenso realismo, di tutte le forme dell'arte così piene di grazia, delle ombre sognanti del canto. Erano ciò che gli serviva per dimenticare. In tre giorni sarebbe stato libero.

Improvvisamente il conducente si fermò con un sobbalzo in cima a un vicolo buio. Oltre i tetti bassi e le fila irregolari dei comignoli si levavano i neri alberi delle navi. Spirali di bianca nebbia si aggrappavano come vele spettrali ai pennoni.

«È da queste parti, non è vero, signore?» domandò con voce roca il vetturino.

Dorian si scosse e si guardò intorno. «Va bene qui,» rispose. Balzò a terra e, dopo avergli dato la mancia promessa, si diresse frettolosamente verso la banchina. Qui e là brillava una lanterna a poppa di un grosso mercantile. La luce si rifletteva tremolante nelle pozzanghere. Un riverbero rosso proveniva da un vapore in partenza che stava rifornendosi di carbone. Il selciato viscido sembrava cerata bagnata.

Si diresse a sinistra, guardandosi di tanto in tanto alle spalle per vedere se qualcuno lo seguiva. Dopo sette o otto minuti raggiunse una misera casetta, stretta tra due fabbriche. Una lampada illuminava una finestra all'ultimo piano. Si fermò e bussò in un modo particolare.

Dopo qualche istante udì dei passi nel corridoio e qualcuno tirò il catenaccio. La porta fu aperta lentamente ed egli entrò senza dire una parola alla figura informe e rannicchiata che si appiattì nell'ombra mentre passava. In fondo all'ingresso pendeva una lacera tenda verde che ondeggiò e si agitò per il vento impetuoso che era entrato con lui dalla strada. La scostò e passò in una stanza lunga e bassa che sembrava essere stata un tempo una sala da ballo di terz'ordine. Becchi a gas, che emettevano un sibilo acuto e si riflettevano opachi e distorti negli specchi segnati dalle mosche, erano disposti lungo le pareti. Dietro, riflettori di latta ondulata, unti e bisunti, diffondevano tremolanti dischi di luce. Il pavimento era ricoperto di segatura color ocra, qui e là raggrumatasi in fango per il calpestio e macchiata di cerchi scuri di liquore versato. Alcuni malesi stavano accucciati intorno a una piccola stufa a carbone, intenti a giocare con piastre di osso, mostrando i denti candidi mentre chiacchieravano. In un angolo un marinaio era riverso su un tavolo con la testa nascosta tra le braccia; due donne dall'aspetto scomposto, accanto al bancone dipinto a colori sgargianti, canzonavano un vecchio che sfregava le maniche della giacca con un'espressione di disgusto. «Pensa di avere addosso formiche rosse,» disse ridendo una delle due mentre Dorian le passava accanto. L'uomo la guardò con uno sguardo di terrore e cominciò a piagnucolare.

In fondo alla stanza c'era una scaletta che portava a una stanza dalle luci oscurate. Mentre Dorian salì di fretta i tre gradini sconnessi, un pesante odore di oppio gli investì le narici. Respirò profondamente e le narici gli fremettero per il piacere. Come entrò, un giovanotto dai lisci capelli biondi, curvo sopra una lampada per accendere una pipa lunga e sottile, gli fece un esitante cenno di saluto.

«Tu qui, Adrian?» mormorò Dorian.

«Dove dovrei essere altrimenti?» rispose distrattamente. «Nessuno degli amici mi rivolge più la parola. «

«Pensavo che avessi lasciato l'Inghilterra.»

«Darlington non intende far nulla. Mio fratello finalmente ha pagato la cambiale. Neppure George mi parla più... Non mi importa,» rispose con un sospiro. «Fintanto che si ha questa roba, non si ha bisogno di amici. Penso anzi di averne avuti troppi.»

Dorian sobbalzò e guardò tutt'intorno quelle creature grottesche che giacevano in pose fantastiche sui materassi consunti. Le membra contorte, le bocche spalancate, gli occhi fissi e appannati lo affascinavano. Sapeva in quali strani paradisi stessero soffrendo e quali inferni cupi stessero insegnando loro i segreti di qualche gioia nuova. Stavano meglio di lui. Lui era prigioniero del pensiero. Il ricordo, come una orribile malattia, stava divorandogli l'anima. Di tanto in tanto gli sembrava di vedere gli occhi di Basil Hallward che lo fissavano. Tuttavia sapeva che non poteva rimanere. La presenza di Adrian Singleton lo turbava. Voleva essere dove nessuno lo conoscesse. Voleva sfuggire a se stesso.

«Vado nell'altro posto,» disse dopo una pausa.

«Sul molo?»

«Sì.»

«Ci sarà sicuramente quella gatta arrabbiata. Non la vogliono più qui, adesso.»

Dorian si strinse nelle spalle. «Sono stufo delle donne innamorate. Le donne che invece odiano sono molto più interessanti. E poi la roba è migliore.»

«Più o meno la stessa.»

«A me piace di più. Vieni a bere qualcosa. Ho bisogno di bere qualcosa.»

«Non voglio nulla,» mormorò il giovane.

«Non importa.»

Adrian Singleton si alzò stancamente e seguì Dorian al bar. Un mezzosangue dal turbante stracciato e dall'*ulster* consunto li salutò con un sorriso disgustoso mentre posava davanti a loro una bottiglia di brandy e due bicchieri. Le donne si misero loro di fianco e cominciarono a chiacchierare. Dorian voltò le spalle e mormorò qualche cosa ad Adrian Singleton.

Un sorriso contorto, come la lama di un pugnale malese, sconvolse il viso di una delle donne.

«Quante arie ci diamo questa sera,» disse con tono di scherno.

«Per amor di Dio, stai zitta,» esclamò Dorian, battendo il piede a terra. «Che cosa vuoi? Soldi? Eccoteli. Ma non aprir più bocca.»

Due lampi rossi balenarono per un istante negli occhi acquosi della donna, quindi si spensero, lasciandoli vitrei e opachi. Scosse il capo e raccolse i soldi dal banco con dita avide. La sua compagna la guardò con invidia.

«È inutile,» sospirò Adrian Singleton. «Non mi importa tornare. A che serve? Qui sono felice.»

«Mi scriverai se avrai bisogno di qualche cosa, intesi?» disse Dorian dopo una pausa.

«Forse.»

«Buona notte, allora.»

«Buona notte,» rispose il giovane, risalendo i gradini e passandosi il fazzoletto sulla bocca riarsa.

Dorian si diresse verso la porta con uno sguardo di sofferenza sul viso. Come scostò la tenda sentì un'odiosa risata uscire dalle labbra dipinte della donna che aveva raccolto i soldi. «Il patto con il diavolo se ne va!» disse con voce rauca, scossa da un singhiozzo.

«Maledetta!» rispose «non chiamarmi così.»

La donna schioccò le dita. «Allora vuoi essere chiamato Principe Azzurro, non è vero?» gli gridò dietro.

A quelle parole, il marinaio appisolato balzò in piedi e si guardò intorno con una espressione selvaggia. Udì il rumore della porta che si chiudeva. Corse fuori come per inseguire qualcuno.

Dorian camminò rapidamente lungo la banchina sotto la pioggia sottile. L'incontro con Adrian Singleton lo aveva stranamente colpito: si chiese se la rovina di quella giovane vita doveva essergli attribuita, come aveva fatto intendere Basil Hallward con un insulto infame. Si morse il labbro e per qualche secondo i suoi occhi si fecero tristi. Ma poi, dopo tutto, che cosa gli importava? La vita era troppo breve per accollarsi il peso degli errori altrui. Ognuno vive la propria vita, pagando il proprio prezzo per viverla. Peccato solo che si dovesse pagare così spesso per un unico errore. In realtà si deve pagare, e pagare più volte. Nei suoi rapporti con l'uomo il destino non chiude mai i conti.

Ci sono dei momenti, così ci dicono gli psicologi, in cui la passione per il peccato, o per ciò che il mondo chiama peccato, domina a tal punto la natura umana che ogni fibra del corpo, ogni cellula cerebrale sembra imbevuta di impulsi spaventosi. In questi momenti gli uomini perdono il controllo della libertà. Come automi, si muovono verso la loro terribile fine. Perdono la facoltà di scelta, la coscienza è uccisa o, se ancora vive, lo è solo per dare fascino alla ribellione e incanto alla disobbedienza. Tutti i peccati, infatti, come non si stancano di ripeterci i teologi, sono peccati di disubbidienza. Quando quello spirito altissimo, quella stella mattutina del male, cadde dal cielo, cadde a causa della sua rivolta.

Con il cuore indurito, concentrato nel male, con la mente corrotta e l'anima bramosa di ribellione, Dorian Gray avanzò a passi frettolosi ma, mentre piegava da un lato, sotto un portico poco illuminato che spesso gli era servito come scorciatoia verso il luogo di malaffare dove era diretto, si sentì improvvisamente afferrare alle spalle e, prima di aver avuto il tempo per difendersi, fu spinto contro il muro mentre una mano brutale lo afferrava alla gola.

Lottò spasmodicamente per non soccombere e, con uno sforzo terribile, si liberò dalle dita che lo stringevano. Dopo un secondo udì lo scatto di una rivoltella e vide il bagliore di una canna lucente puntata contro la sua testa e la forma indistinta di un uomo basso e tarchiato davanti a lui.

«Che cosa vuoi?» ansimò.

«Fermo,» disse l'uomo. «Se ti muovi ti sparo.»

«Sei pazzo. Che cosa ti ho fatto?»

«Hai distrutto la vita di Sybil Vane,» fu la risposta «e Sybil era mia sorella. Si è uccisa. Lo so. La sua morte è colpa tua. Ho giurato che ti avrei ucciso per vendicarla. Ti ho cercato per anni. Non avevo indizi né tracce. Le due uniche persone che ti potevano descrivere erano morte. Non sapevo nulla di te, solo il soprannome con cui ti chiamava. L'ho sentito per caso questa notte. Raccomanda l'anima a Dio perché questa notte morirai.»

Dorian Gray fu preso dal terrore. «Non l'ho mai conosciuta,» balbettò.» Non l'ho mai sentita nominare. Sei pazzo.»

«Fai meglio a confessare il tuo peccato, perché, quanto è vero che io sono James Vane, tu morirai.» Ci fu un momento terribile. Dorian non sapeva che cosa dire o fare. «Inginocchiati!» disse l'uomo con voce roca. «Ti dò un minuto per chiedere perdono a Dio, non di più. Mi imbarco questa notte per l'India e prima devo sbrigare questa faccenda. Un minuto. È tutto.»

Gli caddero le braccia. Paralizzato dal terrore, Dorian non sapeva che cosa fare. Improvvisamente una folle speranza gli attraversò la mente. «Fermati,» gridò. «Da quando è morta tua sorella? Dimmelo, presto!»

«Da diciotto anni,» disse l'uomo. «Perché me lo chiedi? Che cosa importano gli anni?»

«Diciotto anni,» rise Dorian Gray con una nota di trionfo nella voce. «Diciotto anni! Portami sotto un lampione e guardami in faccia!»

James Vane esitò un istante, senza capire che cosa l'altro volesse dire. Poi afferrò Dorian Gray e lo trascinò fuori dal portico.

Nonostante la luce fosse fioca e tremolante e la lampada traballasse per il vento, gli bastò per rivelargli il terribile errore, almeno così sembrava, in cui era caduto, poiché il viso dell'uomo che aveva cercato di uccidere aveva tutta la freschezza dell'adolescenza, l'immacolata purezza della giovinezza. Sembrava infatti un ragazzo di poco più di vent'anni, solo un poco più vecchio di quanto fosse sua sorella quando si erano separati tanti anni prima. Era evidente che non poteva essere l'uomo che aveva distrutto la sua vita.

Lasciò la stretta e indietreggiò. «Dio mio! Dio mio!» esclamò «e io che stavo per ucciderti!»

Dorian Gray tirò un lungo respiro di sollievo. «Sei stato sul punto di commettere un orribile delitto,» disse fissandolo con sguardo severo. «Che questo ti serva da avvertimento a non farti vendetta con le tue stesse mani.»

«Mi perdoni, signore,» balbettò James Vane. «Sono stato ingannato. Una parola detta per caso in quella buca maledetta mi ha messo sulla pista sbagliata.»

«Faresti meglio ad andare a casa e a metter via quella pistola, o potresti finire nei guai,» disse Dorian girando sui tacchi e incamminandosi lentamente lungo la via.

James Vane rimase fermo sul marciapiedi, immobile per l'orrore. Tremava da capo a piedi. Poco dopo un'ombra nera strisciante lungo il muro che grondava pioggia uscì alla luce e gli si avvicinò con passi furtivi. Sentì una mano posarglisi sul braccio e si guardò intorno, sussultando. Era una delle donne che bevevano al bar.

«Perché non l'hai ucciso?» sibilò, avvicinando il viso stravolto. «Sapevo che lo stavi inseguendo quando sei uscito a precipizio da Daly. Sciocco! Lo avresti dovuto uccidere. Ha un sacco di soldi ed è cattivo come pochi.»

«Non è l'uomo che cerco,» rispose «non voglio i soldi di nessuno. Voglio la vita di un uomo. L'uomo che voglio uccidere deve avere circa quarant'anni ormai. Questo è poco più di un ragazzo. Grazie a Dio, non mi sono sporcato le mani con il suo sangue.»

La donna rise amaramente. «Poco più di un ragazzo!» disse in tono di scherno. «Sono quasi diciotto anni che il Principe Azzurro mi ha ridotto così.»

«Menti!» esclamò James Vane.

La donna alzò le braccia al cielo. «Giuro davanti a Dio che sto dicendo la verità,» rispose.

«Davanti a Dio?»

«Che io diventi muta se non è così. È il peggiore tra tutti quelli che vengono qui. Dicono che si sia venduto al diavolo in cambio del suo bel viso. Sono passati quasi diciotto anni da quando l'ho incontrato. Non è cambiato molto da allora. Io sì, invece,» aggiunse con un ghigno di disgusto.

«Lo giuri?»

«Lo giuro,» uscì come un' eco soffocata da quella bocca appiattita. «Ma non tradirmi,» piagnucolò «ho paura di lui. Dammi qualche soldo per trovarmi da dormire.»

L'uomo si allontanò da lei con una bestemmia e si precipitò all'angolo della strada, ma Dorian era scomparso. Quando si voltò, anche la donna era scomparsa.

17

Una settimana dopo, Dorian Gray era seduto nella serra di Selby Royal intento a conversare con la graziosa duchessa di Monmouth che, con il marito, un uomo di sessant'anni dall'aria stanca, era tra i suoi ospiti. Era l'ora del tè e la luce morbida proveniente dalla grande lampada di merletto posta sopra il tavolo si diffondeva sulla porcellana delicata e l'argento sbalzato dei servizi a cui la duchessa presiedeva. Le sue mani bianche si muovevano agilmente tra le tazze, le labbra rosse e piene sorridevano in risposta a qualche cosa che Dorian Gray le aveva sussurrato. Lord Henry, abbandonato su una poltrona di vimini foderata di seta, li guardava. Su un divano color pesca era seduta Lady Narborough, che fingeva di prestare attenzione alla descrizione del duca dell'ultimo coleottero brasiliano aggiunto alla sua collezione. Tre giovani in smoking eleganti offrivano pasticcini ad alcune signore. Gli ospiti erano dodici e altri erano attesi per il giorno seguente.

«Di che cosa state parlando?» disse Lord Henry, avvicinandosi al tavolo e posando la tazza. «Spero che Dorian ti abbia detto del mio progetto di ribattezzare tutto, Gladys. È un'idea deliziosa.»

«Ma io non voglio essere ribattezzata, Harry,» replicò la duchessa, guardandolo con due occhi meravigliosi. «Sono soddisfatta del mio nome, e penso proprio che il signor Gray sia soddisfatto del suo.»

«Mia cara Gladys, non vorrei cambiare né l'uno né l'altro per nulla al mondo. Sono entrambi perfetti. Io pensavo soprattutto ai fiori. Ieri ho colto un'orchidea da mettermi all'occhiello. Un meraviglioso fiore maculato, forte come i sette peccati capitali. Distrattamente ho chiesto a uno dei giardinieri come si chiamava. Mi disse che era un bell'esemplare di *Robinsoniana*, o qualcosa di altrettanto orribile. La triste verità è che abbiamo perso la capacità di dare nomi graziosi alle cose. I nomi sono tutto. Io non litigo mai con le azioni, ma solo con le parole. Perciò odio il realismo volgare nella letteratura. Chi chiama vanga una vanga dovrebbe essere costretto a usarla. È l'unica cosa per cui è adatto.»

«Allora come dovremmo chiamarti, Harry?» chiese la duchessa.

«Il suo nome è Principe Paradosso,» disse Dorian.

«Gli sta a pennello» ribadì la gentildonna.

«Non ne voglio sentir parlare,» rise Lord Henry, sprofondando ancor più nella poltrona. «Non c'è scampo a un'etichetta. Rifiuto il titolo.»

«Le altezze reali non possono abdicare,» dissero le belle labbra in un avvertimento.

«Allora vuoi che io difenda il trono?»
«Sì.»
«Io annuncio le verità di domani.»
«Preferisco gli errori di oggi,» gli rispose.
«Mi disarmi, Gladys,» esclamò lui, cogliendo il sottinteso.
«Del tuo scudo, non della tua lancia.»
«Non scendo mai in torneo contro la bellezza,» disse lui con un gesto della mano.
«È qui che sbagli, Harry, credimi. Dai troppo valore alla bellezza.»
«Come puoi dirlo? Ammetto di credere che sia meglio essere belli che essere buoni. D'altra parte non c'è nessuno più pronto di me a riconoscere che sia meglio essere buoni che essere brutti.»
«La bruttezza è uno dei sette peccati capitali, allora?» esclamò la duchessa. «E allora, che ne è del tuo paragone a proposito delle orchidee?»
«La bruttezza è una delle sette virtù capitali, Gladys. E tu, da buona conservatrice, non devi sottovalutarle. La birra, la Bibbia e le sette virtù capitali hanno fatto dell'Inghilterra ciò che è.»
«Non ami il tuo Paese allora?» domandò.
«Ci vivo.»
«Per poterlo criticare meglio.»
«Vuoi che ti dica come ci giudicano in Europa?» chiese.
«Che cosa dicono di noi?»
«Che Tartufo è emigrato in Inghilterra e ha messo su bottega.»
«È tua, Harry?»
«Te la regalo.»
«Non la potrei usare. È troppo vera.»
«Non devi aver paura. I nostri compatrioti non riconoscono mai una descrizione.»
«Sono pratici.»
«Sono più furbi che pratici. Quando tirano le somme, bilanciano la stupidità con la ricchezza e i vizi con l'ipocrisia.»
«Eppure abbiamo fatto grandi cose.»
«Ce le hanno tirate addosso, Gladys.»
«Ne abbiamo portato il peso.»
«Solo fino alla Borsa.»
Lei scosse il capo. «Credo nella razza,» esclamò.
«Rappresenta solo la sopravvivenza degli arrivisti.»
«Ha uno sviluppo.»
«La decadenza mi affascina di più.»
«E l'arte?» domandò lei.
«È una malattia.»

«L'amore?»
«Un'illusione.»
«La religione?»
«Il surrogato di moda della fede.»
«Sei uno scettico.»
«No! Lo scetticismo è l'inizio della fede.»
«Che cosa sei, allora?»
«Definire significa limitare.»
«Dammi un indizio.»
«I fili si spezzano. Ti perderesti nel labirinto.»
«Mi confondi. Parliamo d'altro.»

«Il nostro ospite è un argomento molto interessante. Anni fa fu battezzato Principe Azzurro.»

«Ah! Non ricordarmelo,» gridò Dorian Gray.

«Il nostro ospite è un po' scostante questa sera,» rispose la duchessa, arrossendo. «Sono sicura pensi che Monmouth mi abbia sposata per puro interesse scientifico, come il miglior esemplare di farfalla moderna che sia riuscito a trovare.»

«Bene, spero che non vi appunterà con gli spilli, duchessa,» rise Dorian.

«Oh, lo fa già la mia cameriera quando è arrabbiata con me, signor Gray.»

«Perché mai si arrabbia con lei, duchessa?»

«Per le cose più futili, signor Gray, glielo assicuro. Di solito perché arrivo alle nove meno dieci e le dico che devo essere vestita per le otto e mezza.»

«È proprio irragionevole. Dovrebbe licenziarla.»

«Non ne ho il coraggio, signor Gray, davvero. Inventa i miei cappelli. Ricorda quello che portavo alla festa in giardino di Lady Hilstone? No, ma è molto gentile da parte sua fingere il contrario. Bene, lo ha fatto con niente. Tutti i bei cappelli sono fatti con niente.»

«Come tutte le buone reputazioni, Gladys,» la interruppe Lord Henry. «Ogni volta che si ha successo ci si fa un nemico. Per essere popolari bisogna essere mediocri.»

«Non con le donne,» disse la duchessa scuotendo il capo «e le donne governano il mondo. Le assicuro che non sopportiamo la mediocrità. Noi donne, come dice qualcuno, amiamo con le orecchie, proprio come voi uomini amate con gli occhi, se mai amate.»

«Mi sembra che non facciamo nient'altro,» mormorò Dorian.

«Ah, allora lei non ama veramente, signor Gray,» rispose la duchessa con un finto sorriso di tristezza.

«Mia cara Gladys!» intervenne Lord Henry. «Come puoi dirlo? Una storia sentimentale vive ripetendosi e la ripetizione trasforma il desiderio in arte. Inoltre, ogni volta che si ama è l'unica in cui si sia amato. La diversità dell'oggetto non cambia l'unicità della passione. Semplicemente la rende più intensa. Al massimo si può avere una sola esperienza nella vita, e il segreto sta nel ripeterla il più spesso possibile.»

«Anche quando si è rimasti feriti, Harry?» chiese la duchessa dopo una pausa. «Specialmente quando si è rimasti feriti,» rispose Lord Henry.

La duchessa si voltò e guardò Dorian Gray con una strana espressione negli occhi. «Che cosa ne dice, signor Gray?» chiese.

Dorian esitò per un momento. Quindi gettò indietro la testa e rise. «Sono sempre d'accordo con Henry, duchessa.»

«Anche quando ha torto?»

«Harry non ha mai torto, duchessa.»

«E la sua filosofia la rende felice?»

«Non sono mai andato in cerca della felicità. Chi vuole la felicità? Io ho sempre cercato il piacere.»

«E l'ha trovato, signor Gray?»

«Spesso. Troppo spesso.»

La duchessa sospirò. «Io cerco la pace,» disse «e, se non vado a vestirmi, non ne avrò questa sera.»

«Lasci che le colga qualche orchidea, duchessa,» esclamò Dorian alzandosi in piedi e dirigendosi verso il fondo della serra.

«Stai flirtando con lui in modo scandaloso,» disse Henry alla cugina. «Faresti meglio a stare attenta: è molto affascinante.»

«Se non lo fosse, non ci sarebbe battaglia.»

«I greci contro i greci, allora?»

«Io sto dalla parte dei troiani. Hanno combattuto per una donna.»

«E sono stati sconfitti.»

«Ci sono cose peggiori della cattura,» lei rispose.

«Galoppi a briglia sciolta.»

«È l'andatura che determina la vita,» fu la risposta.

«Lo scriverò nel mio diario, questa sera.»

«Che cosa?»

«Che un bambino scottato ama il fuoco.»

«Non sono neppure bruciacchiata. Le mie ali sono intatte.»

«Le usi per tutto fuorché per volare.»

«Il coraggio è passato dagli uomini alle donne. È una nuova esperienza per noi.»

«Hai una rivale.»

«Chi?»

Lui rise. «Lady Narborough,» sussurrò. «Lei lo adora.»

«Mi metti in ansia. Il richiamo dell'antichità è fatale per noi romantiche.»

«Romantiche! Avete tutti i metodi della scienza.»

«Ci hanno educato gli uomini.»

«Ma non vi hanno spiegato.»

«Descrivici come sesso,» lo sfidò.

«Sfingi senza segreto.»

Lei lo guardò sorridendo. «Quanto tempo ci mette il signor Gray!» disse. «Andiamo a dargli una mano. Non gli ho ancora detto il colore del mio vestito.»

«Ah, ma sei tu che devi intonare il tuo vestito ai suoi fiori, Gladys.»

«Sarebbe una resa prematura.»

«L'arte romantica comincia dal punto culminante.»

«Devo conservarmi una via di ritirata.»

«Al modo dei Parti?»

«Loro hanno trovato scampo nel deserto. Io non potrei farlo.»

«Le donne non sempre hanno possibilità di scelta,» rispose, ma aveva appena finito la frase quando, dal fondo della serra si sentì un gemito soffocato seguito dal tonfo sordo di una caduta. Tutti balzarono in piedi. La duchessa rimase immobile, impietrita. Con la paura negli occhi Lord Henry si precipitò tra le palme fruscianti e trovò Dorian Gray disteso con il volto sul pavimento di mattoni, svenuto, come morto.

Fu subito portato a braccia nel salotto azzurro e disteso su un divano. Dopo poco riprese conoscenza e si guardò intorno con uno sguardo interrogativo.

«Che cosa è successo?» chiese. «Oh! ricordo. Sono al sicuro qui?» Cominciò a tremare.

«Mio caro Dorian,» rispose Lord Henry, «sei semplicemente svenuto, nient'altro. Devi esserti stancato troppo. Meglio che tu non scenda a cena. Prenderò io il tuo posto.»

«No, scenderò,» disse, rimettendosi in piedi. «Preferisco scendere. Non devo stare solo.»

Andò nella sua stanza e si vestì. A tavola fu di un'allegria sfrenata, ma ogni tanto un fremito di terrore lo assaliva quando ricordava di aver visto, premuto contro la finestra della serra, bianco come un fazzoletto, il viso di James Vane che lo guardava.

18

Il giorno dopo non uscì di casa, ma trascorse quasi tutto il tempo in camera sua, terrorizzato dalla paura della morte e tuttavia indifferente alla vita. Cominciava a dominarlo la consapevolezza di essere cacciato, spiato, preso. Sussultava se solo un addobbo frusciava al vento. Le foglie morte spinte verso i vetri piombati gli sembravano i suoi propositi sprecati, i suoi folli rimpianti. Quando chiudeva gli occhi, rivedeva il viso del marinaio che lo spiava attraverso i vetri appannati e il terrore sembrava di nuovo catturare il suo cuore.

Forse era stata solo la sua fantasia che gridava vendetta nella notte, facendogli danzare davanti agli occhi le orrende immagini della punizione. La vita reale è un caos, ma c'è qualcosa di tremendamente logico nell'immaginazione. È l'immaginazione che mette il rimorso sulle tracce del peccato. È l'immaginazione che fa sopportare a ogni delitto i suoi fantasmi senza forma. Nella realtà quotidiana i malvagi non sono puniti né i buoni ricompensati. Il successo è elargito ai forti, il fallimento gettato sulle spalle dei deboli. Così è. Inoltre, se intorno alla casa si fosse aggirato un estraneo, sarebbe stato visto dai servi o dai guardiani. Se fosse stata scoperta un'impronta sulle aiuole, i giardinieri lo avrebbero denunciato. Sì: erano tutte fantasie. Il fratello di Sybil Vane non era tornato per ucciderlo. Era salpato con la sua nave per affondare in un mare battuto dalle tempeste invernali. Da lui, a ogni modo, era al sicuro. Dopo tutto quell'uomo non sapeva chi fosse, non poteva saperlo. La maschera della giovinezza lo aveva salvato.

Eppure, se era stata una semplice illusione, com'era terribile pensare che la coscienza sapesse risvegliare questi orrendi fantasmi, desse loro una forma visibile e li agitasse davanti a noi! Che sorta di vita sarebbe stata la sua se, notte e giorno, le ombre del suo delitto lo avessero spiato da angoli silenziosi, deriso da luoghi nascosti, gli avessero sussurrato all'orecchio mentre sedeva a banchetto, lo avessero svegliato con dita di ghiaccio mentre giaceva addormentato! Mentre questi pensieri si insinuavano nella sua mente impallidì di terrore e l'aria gli sembrò essersi fatta improvvisamente più fredda. Oh, in quale istante di follia aveva ucciso il suo amico! Com'era spaventoso il solo ricordo della scena! La rivedeva tutta. Ogni particolare ripugnante tornava ai suoi occhi ancora più orrendo. Dalla nera caverna del tempo, terribile e in drappi scarlatti, sorgeva l'immagine del suo peccato. Quando Lord Henry entrò alle sei nella sua stanza lo trovò che piangeva come se gli si spezzasse il cuore.

Solo dopo tre giorni si arrischiò a uscire. C'era qualcosa nell'aria limpida e profumata di resina di quel mattino d'inverno che sembrò restituirgli ardore e gioia di vivere. Ma non furono soltanto le condizioni ambientali a provocare il cambiamento. La sua natura si era ribellata all'eccessiva angoscia che aveva cercato di rovinare e paralizzare la sua calma perfetta. Ai temperamenti delicati e complessi succede sempre così. Le loro forti passioni devono ferire o sottomettere. Uccidono la vittima o esse stesse muoiono. Le sofferenze e gli amori superficiali continuano a vivere. I grandi amori e le grandi sofferenze sono distrutti dalla loro stessa pienezza. Inoltre, si era convinto di essere stato vittima della sua immaginazione, ghermita dal terrore, e ora ripensava ai suoi timori con un po' di pietà e non poco disprezzo.

Dopo la prima colazione fece una passeggiata di un'ora con la duchessa e quindi attraversò in carrozza il parco per raggiungere la partita di caccia. Fresca brina copriva l'erba come se fosse sale. Il cielo sembrava una coppa capovolta di metallico color blu. Uno strato sottile di ghiaccio incrostava i bordi del lago coperti di giunchi.

All'angolo della pineta scorse Sir Geoffrrey Clouston, il fratello della duchessa, che estraeva dal fucile due cartucce usate. Balzò dalla carrozza e, dato ordine al ragazzo di riportare la cavalla nella scuderia, si diresse verso l'ospite calpestando le felci seccate e il sottobosco selvatico.

«Buona caccia, Geoffrey?» chiese.

«Non troppo, Dorian. Penso che la maggior parte degli uccelli se ne sia andata all'aperto. Sarà meglio dopo pranzo, quando raggiungeremo una nuova zona.»

Dorian camminò al suo fianco. L'aria pungente e profumata, le luci brune e rosse tremolanti nel bosco, le rauche grida dei battitori che risuonavano di tanto in tanto, i secchi colpi di fucile che seguivano lo affascinavano e lo riempivano di un senso di deliziosa libertà. Si sentiva dominare dalla spensieratezza della felicità, dalla totale indifferenza della gioia.

Improvvisamente, da una zolla di erba secca circa venti metri davanti a loro, con le orecchie dalle punte nere erette, con le lunghe zampe posteriori pronte a scattare, balzò una lepre. Scomparve tra i folti ontani. Sir Geoffrey puntò il fucile, ma c'era qualcosa nella grazia dei movimenti dell'animale che stranamente colpì Dorian Gray; gridò subito: «Non sparare, Geoffrey, lasciala vivere!»

«Sciocchezze, Dorian!» rise il suo compagno. Lasciò partire il colpo mentre la lepre fuggiva nel folto. Si udirono due grida, il grido di una lepre in pena, che è terribile, il grido di un uomo in agonia, che è ancora peggio.

«Santo cielo! Ho colpito un battitore!» esclamò Sir Geoffrey. «Che asino quell'uomo a mettersi davanti ai fucili! Smettetela di sparare laggiù!» gridò con quanto fiato aveva in gola. «C'è un ferito.»

Il capocaccia arrivò di corsa con un fucile in mano.

«Dove, signore? Dov'è?» gridò. Contemporaneamente cessarono gli spari lungo la linea.

«Qui,» rispose rabbioso Sir Geoffrey correndo verso il folto. «Per Dio, perché non tiene indietro i suoi uomini? Mi ha rovinato la caccia per il resto della giornata.»

Dorian li osservò mentre sparivano nel boschetto di ontani, scostando i rami flessuosi e ondeggianti. Riemersero dopo qualche minuto, trascinando un corpo alla luce del sole. Si voltò, inorridito. Gli parve che la sfortuna lo seguisse ovunque andasse. Udì Sir Geoffrey chiedere se l'uomo fosse veramente morto e la risposta affermativa del capocaccia. Gli sembrò che il bosco si fosse animato improvvisamente di voli diversi. Udiva il calpestio di una miriade di piedi, e il sommesso ronzio di voci. Un grande fagiano dal petto color rame sbatté le ali in volo in alto tra i rami.

Dopo alcuni momenti che gli parvero, nel suo stato mentale turbato, ore interminabili di pena, sentì una mano posarglisi sulla spalla. Sobbalzò e si guardò intorno.

«Dorian,» disse Lord Henry. «Sarebbe meglio che io andassi a dir loro che la caccia per oggi è sospesa. Non starebbe bene se si continuasse.»

«Vorrei che fosse sospesa per sempre, Harry,» rispose amaramente. «È una cosa ripugnante e crudele. Quell'uomo è...?»

Non poté terminare la frase.

«Temo di sì,» replicò Lord Henry. «Si è preso l'intera scarica in pieno petto. Deve essere morto all'istante. Vieni, andiamo a casa.»

Camminarono fianco a fianco per una cinquantina di metri verso il viale senza parlare. Quindi Dorian guardò Lord Henry e disse con un sospiro: «È un cattivo presagio, Henry, un presagio molto cattivo».

«Che cosa?» chiese Lord Henry. «Oh, questo incidente suppongo. Mio caro amico, non lo si poteva evitare. È stata tutta colpa dell'uomo. Perché si è messo davanti ai fucili? Inoltre noi non c'entriamo. Naturalmente è piuttosto scocciante per Geoffrey. Non serve punire i battitori. Fa pensare alla gente che uno non sa usare il fucile. Invece Geoffrey è abile; ha una mira perfetta. Ma è inutile parlare ancora della faccenda.»

Dorian scosse il capo. «È un cattivo presagio, Harry. Sento come se qualcosa di orribile sia sul punto di capitare a qualcuno di noi. A me, per esempio,» aggiunse passandosi una mano sugli occhi con un gesto di sofferenza.

L'amico più anziano rise. «La cosa più terribile al mondo è la noia, Dorian. È l'unico peccato per cui non esiste perdono. Ma non è probabile che ne soffriremo, a meno che i nostri compagni non continuino a parlare della faccenda a pranzo. Devo dir loro che l'argomento è da considerarsi tabù. I presagi, poi... I presagi non esistono. Il destino non invia araldi. È troppo saggio o troppo crudele per farlo. Inoltre, che cosa mai potrebbe capitarti, Dorian? Hai tutto ciò che un uomo potrebbe desiderare. Tutti vorrebbero essere al tuo posto.»

«Non esiste nessuno con cui non sarei disposto a cambiarlo, Harry. Non ridere così. Ti sto dicendo la verità. Quel poveretto che è appena morto sta meglio di me. Non ho paura della morte. È il suo approssimarsi che mi fa paura. Mi sembra che le sue ali mostruose si agitino davanti a me nell'aria plumbea. Mio Dio! Non vedi un uomo che si muove laggiù, dietro gli alberi, che mi sta osservando, che mi aspetta?»

Lord Henry guardò nella direzione che la mano guantata indicava tremando. «Sì,» disse sorridendo.» Vedo il giardiniere che ti aspetta. Suppongo che ti voglia chiedere quali fiori desideri per la tavola questa sera. Sei assurdamente nervoso, mio caro! Devi farti visitare dal mio medico, quando torniamo in città.»

Dorian respirò di sollievo vedendo il giardiniere avvicinarsi. L'uomo si toccò il cappello, lanciò uno sguardo esitante a Lord Henry, quindi tolse dalla tasca una lettera che consegnò al suo padrone. «Sua Grazia mi ha detto di aspettare la risposta,» mormorò.

Dorian mise in tasca la lettera. «Di' a Sua Grazia che sto rientrando,» disse freddamente. L'uomo si voltò, dirigendosi rapidamente verso casa.

«Che passione hanno le donne per le cose pericolose!» rise Lord Henry. «È una delle doti che più ammiro in loro. Una donna flirterebbe con chiunque purché la notassero.»

«Che passione hai di dire cose pericolose, Harry! In questo momento sei completamente fuori strada. La duchessa mi piace molto, ma non l'amo.»

«E la duchessa ti ama molto, ma le piaci molto meno: così armonizzate perfettamente.»

«Stai facendo maldicenze, Harry, e le maldicenze non hanno mai una base reale.»

«La base di ogni maldicenza è una certezza immorale,» disse Lord Henry accendendosi una sigaretta.

«Saresti disposto a sacrificare chiunque, Harry, per amore di una battuta.»

«La gente sale sull'altare per scelta propria,» fu la risposta.

«Vorrei poter amare,» esclamò Dorian Gray con una nota di sofferenza profonda nella voce. «Ma mi pare di aver perso la passione e dimenticato il desiderio. Sono troppo concentrato su me stesso. La mia personalità è diventata un peso per me. Voglio fuggire, andarmene, dimenticare. Dopo tutto è stato sciocco da parte mia venire qui. Credo che spedirò un telegramma a Harvey perché mi faccia preparare lo yacht. Su uno yacht si è al sicuro.»

«Al sicuro da che cosa, Dorian? Ti trovi in qualche guaio. Perché non mi dici di che si tratta? Sai che ti aiuterei.»

«Non posso dirtelo, Harry,» rispose tristemente. «Forse si tratta solo di una mia fantasia. Questo sfortunato incidente mi ha sconvolto. Ho un orribile presentimento che qualcosa del genere succederà anche a me.»

«Che sciocchezze!»

«Lo spero, ma non posso fare a meno di sentire così. Ah, ecco la duchessa: sembra Artemide in un abito di sartoria. Come vede, siamo tornati, duchessa.»

«Ho saputo tutto, signor Gray,» rispose. «Il povero Geoffrey è terribilmente sconvolto. E pare che lei gli abbia chiesto di non sparare alla lepre. Che strano!»

«Sì, strano davvero. Non so che cosa mi abbia spinto a dirlo. Un capriccio, suppongo. Era un animaletto graziosissimo. Ma mi dispiace che le abbiano detto dell'uomo. È un argomento orripilante.»

«È un argomento noioso,» interruppe Lord Henry. «Non ha nessun interesse psicologico. Come sarebbe stato interessante, invece, se Geoffrey avesse fatto apposta! Mi piacerebbe conoscere qualcuno che ha commesso veramente un delitto.»

«È orribile da parte tua, Harry!» esclamò la duchessa. «Non è vero, signor Gray? Harry, il signor Gray si sente di nuovo male. Sta per svenire.»

Dorian si riprese con uno sforzo e sorrise. «Non è nulla, duchessa,» mormorò «ho i nervi terribilmente scossi. Soltanto questo. Temo di aver camminato troppo, questa mattina. Non ho sentito quello che ha detto Harry. Qualche cosa di molto cattivo? Devi dirmelo, un'altra volta. Penso che andrò a stendermi. Mi scusate, vero?»

Erano giunti alla grande scalinata che portava dalla serra al terrazzo. Mentre la porta a vetri si chiudeva dietro Dorian, Lord Henry si voltò e guardò la duchessa con i suoi occhi sonnolenti. «Ne sei molto innamorata?» chiese.

Per un po' la duchessa tacque, lo sguardo fisso sul paesaggio. «Vorrei saperlo,» rispose alla fine.

Lord Henry scosse il capo. «Saperlo sarebbe fatale. È l'incertezza che affascina. La nebbia rende le cose meravigliose.»

«Si può perdere la strada.»

«Tutte le strade conducono allo stesso punto, mia cara Gladys.»

«Quale?»

«Alla disillusione.»

«È stato il mio debutto nella vita,» sospirò.

«Ti è arrivato con la corona.»

«Sono stanca di foglie di fragola.»

«Ti donano.»

«Solo in pubblico.»

«Ne sentiresti la mancanza,» disse Lord Henry.

«Non mi staccherei da un petalo.»

«Monmouth ha le orecchie.»

«La vecchiaia è dura d'orecchio.»

«Non è mai stato geloso?»

«Vorrei che lo fosse stato.»

Lord Henry si guardò intorno come se cercasse qualche cosa. «Che cosa stai cercando?» chiese.

«Il bottone del tuo fioretto,» rispose. «Lo hai lasciato cadere.»

Lei rise. «Ho ancora la maschera.»

«Farà più belli i tuoi occhi,» fu la risposta.

La duchessa rise di nuovo. I denti apparvero come semi bianchi in un frutto scarlatto.

Al piano di sopra, nella sua stanza, Dorian Gray era sdraiato su un divano: il terrore invadeva ogni singola fibra del suo corpo.

Improvvisamente la vita era diventata un fardello troppo pesante da sopportare. La spaventosa morte dello sfortunato battitore, colpito nel boschetto come un animale selvatico, gli sembrava prefigurare anche la sua morte. Per poco non era svenuto alle parole che Lord Henry aveva detto quasi per caso nel suo cinico scherzo.

Alle cinque suonò il campanello e diede ordine al cameriere di preparargli le valigie per l'espresso della sera per Londra. Era deciso a non passare un'altra notte a Selby Royal. Era un luogo del malaugurio; vi passeggiava la notte alla luce del sole. L'erba del bosco era stata macchiata di sangue.

Scrisse poi un biglietto per Lord Henry, dicendogli che andava in città a consultare il suo medico e pregandolo di intrattenere gli ospiti in sua assenza. Mentre stava infilandolo nella busta, bussarono alla porta e il cameriere lo informò che il capocaccia desiderava vederlo. Si accigliò e si morse il labbro. «Fallo entrare,» mormorò dopo qualche istante di esitazione.

Non appena l'uomo entrò nella stanza, Dorian estrasse il libretto degli assegni da un cassetto e lo aperse davanti a sé.

«Immagino che lei sia venuto per lo sfortunato incidente di questa mattina, Thornton?» disse impugnando la penna.

«Sì, signore,» rispose il capocaccia.

«Era sposato quel poveretto? Aveva qualcuno a carico?» chiese Dorian con aria annoiata. «In questo caso, non vorrei che venisse a mancar loro niente e invierò qualsiasi somma lei ritenga necessaria.»

«Non sappiamo chi sia, signore. Per questo mi sono preso la libertà di venire da lei.»

«Non sa chi sia?» disse Dorian distrattamente. «Che cosa intende dire? Non era uno dei suoi uomini?»

«No, signore. Mai visto prima. Sembra un marinaio, signore.»

La penna cadde di mano a Dorian Gray e gli parve che il cuore avesse improvvisamente cessato di battere. «Un marinaio?» esclamò. «Ha detto un marinaio?»

«Sì, signore. Sembra qualcosa di simile; tatuaggi su tutte e due le braccia, quel genere di roba.»

«Gli è stata trovata qualcosa addosso?» chiese Dorian protendendosi e guardando l'uomo con occhi spalancati. «Qualcosa per poterlo identificare?»

«Dei soldi, signore... non molti e una pistola a sei colpi. Nessun nome. Aspetto decente, ma un po' rozzo. Una specie di marinaio, così ci sembra.»

Dorian scattò in piedi. Una terribile speranza gli balenò nella mente. Vi si aggrappò come un folle. «Dov'è il corpo?» esclamò. «Presto! Devo vederlo subito.»

«È in una stalla vuota nella fattoria, signore. I contadini non vogliono un morto in casa. Dicono che porta sfortuna.»

«Nella fattoria! Ci vada subito e mi aspetti. Dica a uno dei ragazzi di portarmi il cavallo. No. Non importa. Andrò direttamente alle stalle, risparmierò tempo.»

Dopo meno di un quarto d'ora Dorian Gray cavalcava a briglia sciolta lungo il viale. Gli alberi sembravano passargli accanto in una spettrale processione, mentre ombre tempestose si gettavano sul suo cammino. La cavalla scartò a un cancello bianco e per poco non lo disarcionò. La colpì con il frustino sul collo, ed essa sfrecciò nell'aria brumosa. Le pietre sembravano volar via sotto gli zoccoli. Finalmente raggiunse la fattoria. Due uomini bighellonavano nella corte. Balzò dalla sella e gettò le briglie a uno dei due. Nella stalla più lontana brillava una luce. Qualcosa sembrò suggerirgli che il corpo era là. Si affrettò alla porta e appoggiò la mano sul chiavistello.

Rimase per un momento immobile, consapevole che era sull'orlo di una scoperta che gli avrebbe ridato la vita o gliela avrebbe distrutta. Poi spalancò la porta ed entrò.

Su un mucchio di sacchi, nell'angolo più buio della stalla, giaceva il corpo senza vita di un uomo vestito di una rozza camicia e di un paio di pantaloni blu. Gli avevano coperto il volto con un fazzoletto macchiato. Una candela da pochi soldi, infilata in una bottiglia, sfrigolava accanto.

Dorian Gray rabbrividì. Capì che la sua mano non avrebbe mai avuto il coraggio di sollevare il fazzoletto; chiamò uno degli inservienti della fattoria.

«Togligli quella roba dalla faccia. Voglio vederlo,» disse afferrandosi allo stipite per non cadere.

Quando l'inserviente ebbe eseguito l'ordine, fece un passo avanti. Un grido di gioia gli sfuggì dalle labbra. L'uomo che era stato ucciso nel folto era James Vane.

Stette immobile per alcuni minuti a guardare il cadavere. Mentre cavalcava verso casa i suoi occhi erano pieni di lacrime perché sapeva di essere salvo.

19

«È inutile che tu mi dica che hai intenzione di diventare buono,» esclamò Lord Henry immergendo le bianche dita in una coppa di rame rosso colma di acqua di rose. «Sei perfetto così. Ti prego di non cambiare.»

Dorian Gray scosse il capo. «No, Harry, ho commesso troppe cose orrende in vita mia. Non intendo commetterne più. Ieri ho cominciato le mie buone azioni.»

«Dove sei stato ieri?»

«In campagna, Harry. Mi sono fermato in una piccola locanda, da solo.»

«Mio caro ragazzo,» disse Lord Henry sorridendo «tutti sanno essere buoni in campagna. Non ci sono tentazioni, là. Per questo chi vive lontano dalla città è così profondamente incivile. La civiltà non è affatto facile da raggiungere. Ci sono solo due modi con cui lo si può fare. Uno è per mezzo della cultura, l'altro per mezzo della corruzione. La gente che vive in campagna non ha la possibilità di essere né l'uno né l'altro, pertanto ristagna.»

«Cultura e corruzione,» gli fece eco Dorian Gray. «Ho conosciuto un po' di tutte e due. Mi sembra terribile che oggi si debbano trovare sempre accoppiate. Ho un nuovo ideale, Harry. Ho intenzione di cambiare. Credo di essere già cambiato.»

«Non mi hai ancora detto della tua buona azione. Oppure mi hai detto di averne fatta più di una?» chiese il compagno mentre spargeva sul piatto una piccola piramide di fragole cremisi, imbiancandole di zucchero filtrato da un cucchiaio traforato a forma di conchiglia.

«Te la posso dire, Harry, ma non è una storia che potrei raccontare a altri. Ho risparmiato una persona. Può sembrarti vanità, ma capisci che cosa voglio dire. Era bellissima e assomigliante in modo strabiliante a Sybil Vane. Credo che sia stato proprio quello ad attirarmi a lei. Ti ricordi Sybil, vero? Sembra passato tanto tempo! Bene, Hetty non era una della nostra classe, naturalmente. Era semplicemente una ragazza di campagna. Ma io l'amavo veramente. Durante tutto questo meraviglioso mese di maggio sono andato da lei due o tre volte la settimana. Ieri ci siamo visti in un piccolo frutteto. I fiori di melo le cadevano a pioggia sui capelli e lei rideva. Avremmo dovuto fuggire insieme questa mattina all'alba. Improvvisamente ho deciso di lasciarla pura come un giglio, come l'avevo trovata.»

«Sono sicuro che la novità dell'emozione deve averti procurato uno spasimo di vero piacere, Dorian» lo interruppe Lord Henry. «Ma non tocca a me terminare il racconto del tuo idillio. Le hai dato un buon consiglio e le hai spezzato il cuore. Questo è stato l'inizio della tua redenzione.»

«Harry, sei terribile! Non devi dire queste cose orrende. Non ho spezzato il cuore di Hetty. Certo che ha pianto, ecc., ma non le è caduta addosso nessuna disgrazia. Può sempre vivere, come Perdita, nel suo giardino di menta e calendule.»

«E piangere su un infedele Florizel,» disse Lord Henry ridendo e allungandosi sulla sedia. «Mio caro Dorian, sei proprio infantile. Credi che questa ragazza, ora, sarà mai più veramente soddisfatta con uno della sua condizione? Suppongo che un giorno la sposeranno a un rozzo carrettiere o a un contadinaccio dal ghigno ebete. Bene, il fatto di averti incontrato e di averti amato le farà disprezzare il marito e sarà infelice per sempre. Dal punto di vista morale, non apprezzo molto la tua rinuncia. Anche se sei un principiante, la considero di scarso valore. D'altra parte, sei sicuro che in questo momento Hetty non stia galleggiando in qualche stagno illuminato dalla luna, circondata da belle ninfee come Ofelia?»

«È insopportabile Harry! Ti fai beffe di tutto e poi suggerisci le tragedie più serie. Mi dispiace di averti raccontato la mia storia. Non mi importa di ciò che mi dici. So di aver avuto ragione, comportandomi così. Povera Hetty! Questa mattina, mentre passavo a cavallo davanti alla fattoria, ho visto alla finestra il suo volto pallido come un tralcio di gelsomini. Non parliamone più e non cercare di convincermi che la prima buona azione che ho fatto in tanti anni, il mio primo piccolo sacrificio, non sia in realtà che una sorta di peccato. Voglio essere migliore. Ma parlami un poco di te. Che cosa c'è di nuovo in città? È da diversi giorni che non vado al club.»

«La gente parla sempre della scomparsa del povero Basil.»

«Avrei pensato che se ne fossero stancati ormai,» disse Dorian versandosi del vino e aggrottando leggermente le sopracciglia.

«Mio caro ragazzo, ne parlano soltanto da sei settimane e il pubblico britannico non ha certamente la forza intellettuale di affrontare più di un argomento nuovo ogni tre mesi. Recentemente sono stati molto fortunati, tuttavia. Hanno avuto il mio caso di divorzio e il suicidio di Alan Campbell. Ora c'è la scomparsa misteriosa di un artista. Scotland Yard sostiene ancora che l'uomo dall'*ulster* grigio partito il nove di novembre per Parigi con il treno della mezzanotte era il povero Basil, mentre la polizia francese sostiene che Basil non è mai arrivato a Parigi. Penso che tra due settimane ci diranno che è stato visto a San Francisco. Deve essere una città deliziosa, con tutte le attrattive del futuro.»

«Che cosa pensi sia successo a Basil?» chiese Dorian alzando il rosso vino di Borgogna contro luce e meravigliandosi di essere in grado di discutere della faccenda con tanta calma.

«Non ne ho la più pallida idea. Se Basil preferisce nascondersi, non è affar mio. Se è morto, non voglio pensarci. La morte è l'unica cosa che mi terrorizza. La odio.»

«Perché?» disse il giovane con aria stanca.

«Perché,» disse Lord Henry passandosi sotto le narici la griglia dorata di una boccetta di sali «oggi si può sopravvivere a tutto, tranne che a questo. La morte e la volgarità sono le uniche due cose nel XIX secolo che non si possono spiegare. Passiamo nella sala da musica a prendere il caffè, Dorian. Devi suonarmi Chopin. L'uomo con cui è fuggita mia moglie suonava Chopin in modo divino. Povera Vittoria! Le volevo molto bene. La casa è piuttosto vuota senza di lei. Naturalmente la vita coniugale è un'abitudine. Una cattiva abitudine. Ma in fondo si rimpiange la perdita anche delle nostre peggiori abitudini. Forse sono quelle che si rimpiangono di più. Sono certamente una parte essenziale della nostra personalità.»

Dorian non disse nulla, ma si alzò dal tavolo e, passato nella stanza accanto, sedette al pianoforte, lasciando scorrere le dita sui tasti d'avorio bianchi e neri. Dopo che il caffè era stato servito, si fermò e, alzando lo sguardo su Lord Henry, disse: «Harry, hai mai pensato che Basil possa essere stato assassinato?»

Lord Henry sbadigliò. «Basil era simpatico e portava sempre un orologio Waterbury. Perché avrebbe dovuto essere assassinato? Non era abbastanza intelligente da avere nemici. Certamente aveva un gran talento per la pittura, ma si può dipingere come Velasquez ed essere estremamente ottusi. Basil in effetti lo era abbastanza. Ho provato interesse per lui una volta sola, anni fa, quando mi disse che ti adorava smisuratamente e che eri l'ispirazione dominante della sua arte.»

«Volevo molto bene a Basil,» disse Dorian con una sfumatura di tristezza nella voce. «Ma non si dice che sia stato assassinato?»

«Oh, alcuni giornali lo sostengono. Ma a me sembra del tutto improbabile. So che ci sono dei posti spaventosi a Parigi, ma Basil non era il tipo da frequentarli. Non era per nulla curioso. Questo era il suo difetto principale.»

«Che cosa diresti, Harry, se ti confessassi che sono stato io a uccidere Basil?» disse il giovane, osservandolo attentamente dopo queste parole.

«Direi, mio caro amico, che stai fingendo una parte che non ti si addice. Ogni delitto è volgare, proprio come la volgarità è un delitto. Non è da te, Dorian, commettere un delitto. Mi dispiace se ho ferito la tua vanità dicendotelo, ma è proprio così. Il delitto è prerogativa esclusiva delle classi inferiori. Non le biasimo affatto per questo. Immagino che per loro il delitto sia ciò che per noi è l'arte: un semplice metodo per procurarsi straordinarie sensazioni.»

«Un metodo per procurarsi sensazioni? Credi perciò che un uomo, che abbia commesso un delitto una volta, potrebbe commetterlo una seconda? Non ci credo.»

«Oh, ogni cosa diventa un piacere se la si fa troppo spesso,» esclamò Lord Henry ridendo. «Questo è uno dei segreti più importanti della vita. Personalmente penso che il delitto sia sempre un errore. Non si dovrebbe mai fare nulla di cui non si possa parlare dopo pranzo. Ma lasciamo perdere il povero Basil. Vorrei davvero credere che abbia fatto una morte romantica come quella che immagini tu, ma non ne sono convinto. Forse è caduto nella Senna da un omnibus e il bigliettaio ha messo a tacere lo scandalo. Sì, penso proprio che questa sia stata la sua fine. Lo vedo mentre giace supino sotto quell'acqua verde cupo, mentre le chiatte galleggiano sopra di lui e lunghe alghe gli si impigliano nei capelli. Sai, penso che non avrebbe più fatto dei bei quadri. Negli ultimi dieci anni la sua pittura non era certo migliorata.»

Dorian sospirò; Lord Henry attraversò la stanza e incominciò ad accarezzare la testa di uno strano pappagallo di Giava, un grosso uccello con le ali grigio piombo, con la coda e la cresta rosa, appollaiato su di un trespolo di bambù. Come le sue dita affusolate lo toccarono, l'uccello lasciò cadere le palpebre rugose sugli occhi vitrei e cominciò a dondolarsi.

«Sì,» proseguì voltandosi ed estraendo il fazzoletto dalla tasca «la sua pittura era certamente decaduta. A me sembrava che avesse perso qualche cosa. Aveva perso un ideale. Quando tu e lui cessaste di essere amici, cessò di essere un grande artista. Che cosa vi allontanò l'uno dall'altro? Immagino che lui ti sia venuto a noia. Se è così, non te lo avrà mai perdonato. È una brutta abitudine propria delle persone noiose. A proposito, che cosa è successo di quel meraviglioso ritratto che ti fece? Non l'ho più visto da quando lo ha finito. Oh, ora mi ricordo: anni fa mi dicesti di averlo mandato a Selby e che era andato perduto o rubato durante il viaggio. Non lo hai mai più ritrovato? Che peccato! Era un vero capolavoro. Ricordo che lo volevo comperare. Ora vorrei averlo fatto. Era del miglior periodo di Basil. Da allora i suoi quadri sono diventati quella curiosa mistura di cattiva pittura e buone intenzioni che permette sempre a un uomo di farsi chiamare un rappresentante tipico degli artisti britannici. Hai messo un' inserzione tra gli "Oggetti smarriti"? Dovresti farlo.»

«Me ne sono dimenticato,» disse Dorian. «Forse l'ho messa. A dire il vero, a me non è mai piaciuto. Mi dispiace di aver posato. Non sopporto nemmeno il ricordo. Perché ne parli? Mi ha sempre ricordato quei strani versi di un dramma – *Amleto*, mi pare – come dicono?

Come il ritratto di una pena,
Un volto senza cuore.

Sì: era proprio così.»

Lord Henry rise. «Se un uomo tratta la vita con senso artistico, la sua mente e il suo cuore sono un tutt'uno,» rispose affondando in una poltrona.

Dorian scosse il capo e battè qualche tasto al pianoforte. "Come il ritratto di una pena", ripetè, "un volto senza un cuore".

L'amico più anziano si appoggiò all'indietro e lo guardò con occhi semichiusi. «A proposito, Dorian,» disse dopo una pausa «Che cosa serve a un uomo se conquista il mondo intero e perde" – come dice la citazione? – "la sua anima"?»

La musica ebbe una dissonanza e Dorian Gray sobbalzò. Guardò fisso l'amico. «Perché me lo chiedi, Harry?»

«Mio caro amico,» disse Lord Henry sollevando le sopracciglia con aria sorpresa «te lo chiedo pensando che tu sia in grado di darmi una risposta. Tutto qui. Stavo attraversando Hyde Park la scorsa domenica e vicino a Marble Arch c'era una piccola folla di poveri diavoli intenti ad ascoltare uno dei soliti predicatori di strada. Mentre passavo ho sentito l'uomo gridare questa domanda agli ascoltatori. Mi ha colpito per la sua drammaticità. Londra offre molti effetti di questo genere. Una domenica piovosa, un cristiano goffo nel suo impermeabile, una fila di facce pallide dall'aspetto malaticcio sotto gli ombrelli sgocciolanti, e una frase meravigliosa fiondata nell'aria da una voce stridula, isterica: un ottimo effetto, molto suggestivo. Per un momento pensai di dire al profeta che l'arte ha un'anima, l'uomo no. Temo, tuttavia, che non mi avrebbe capito.»

«No, Harry. L'anima è una realtà terribile. La si può comperare, vendere, barattare. La si può intossicare o rendere perfetta. Ognuno di noi ha un'anima. Lo so.»

«Ne sei proprio sicuro, Dorian?»

«Sì.»

«Allora deve essere un'illusione. Le cose di cui uno si sente assolutamente sicuro non sono mai vere. Questa è la fatalità della fede e la lezione del sentimento. Che aria grave hai. Non essere così serio. Che cosa abbiamo a che fare, tu e io, con le superstizioni della nostra epoca? No: abbiamo rinunciato a credere nell'anima. Suonami qualcosa. Suonami un notturno, Dorian. E, mentre suoni, dimmi a bassa voce come hai fatto a conservare la giovinezza. Devi avere un segreto. Ho soltanto dieci anni più di te e sono pieno di rughe, logoro, ingiallito. Tu sei davvero meraviglioso, Dorian. Non sei mai stato tanto affascinante come questa sera. Mi ricordi la prima volta in cui ti ho visto. Eri un po' arrogante, molto timido e assolutamente straordinario. Sei cambiato naturalmente, ma non nell'aspetto. Vorrei che tu mi dicessi il tuo segreto. Farei qualsiasi cosa al mondo pur di riavere la giovinezza, fuorché ginnastica, alzarmi presto, ed essere rispettabile. La giovinezza! Non c'è nulla che valga tanto! È assurdo parlare dell'ignoranza della giovinezza. Le uniche persone di cui ascolto le opinioni con un certo rispetto sono molto più giovani di me. Mi pare che siano più avanti di me. La vita ha rivelato loro il suo ultimo splendore. Gli anziani... contraddico sempre gli anziani. Lo faccio per principio. Se si chiede loro un'opinione su un fatto che è avvenuto ieri, ti elargiscono solennemente le opinioni correnti nel 1820, quando la gente portava i colletti alti, credeva a tutto e non sapeva assolutamente nulla. Come è bello il pezzo che stai suonando. Chissà se Chopin lo ha composto a Maiorca, mentre il mare batteva gemendo ai piedi della sua villa e gli schizzi di salsedine raggiungevano i vetri? È meravigliosamente romantico. È una benedizione che ci sia rimasta ancora un'arte impossibile da imitare! Non smettere. Ho voglia di musica questa sera. È come se tu fossi il giovane Apollo e io Marsia che l'ascolta. Ho angustie mie, Dorian, che neppure tu conosci. La tragedia della vecchiaia non consiste nell'essere vecchi, ma nell'essere giovani. A volte sono colpito dalla mia stessa sincerità. Ah, Dorian, come sei felice. Che vita splendida hai avuto. Hai bevuto profondamente da ogni coppa. Hai assaporato l'uva dal grappolo. Nulla ti è rimasto segreto. Tutto per te non è stato altro che il suono della musica. Nulla ti ha rovinato. Sei sempre lo stesso.»

«Non sono lo stesso, Harry.»

«Sì, lo sei. Mi chiedo che cosa sarà il resto della tua vita. Non rovinarlo con le rinunce. Ora sei un tipo perfetto. Non renderti incompleto. Sei senza difetti. Non scuotere il capo: lo sai anche tu. Inoltre, Dorian, non ingannare te stesso. La vita non è governata dalla volontà o dalle intenzioni. La vita è una questione di nervi, fibre, cellule costruite lentamente, in cui si nasconde il pensiero, e la passione crea i suoi sogni. Puoi immaginare di essere salvo e crederti forte, ma un tono casuale di colore in una stanza o in un cielo mattutino, un profumo particolare, un tempo da te amato e che porta con sé associazioni profonde, un verso di una poesia dimenticata e improvvisamente riscoperta, una cadenza musicale mai più suonata... ti dico, Dorian, che da cose come queste dipende la nostra vita. Lo ha scritto Browning da qualche parte, ma i nostri sensi lo immaginano per noi. Ci sono momenti in cui il profumo dei lillà bianchi mi sfiora e sono costretto a rivivere quello strano mese del mio passato. Vorrei essere al tuo posto, Dorian. La gente ha sempre sparlato di noi due, ma ti ha sempre adorato. Ti adorerà sempre. Sei il modello che la nostra età cerca e che teme di avere trovato. Sono felice che tu non abbia mai fatto nulla, né scolpito una statua né dipinto un quadro né altro, se non esprimere te stesso. La vita è stata la tua opera d'arte. Ti sei dato alla musica. I tuoi giorni sono i tuoi sonetti.»

Dorian si alzò dal piano e si passò una mano tra i capelli. «Sì, la vita è stata squisita,» mormorò «ma non la vivrò più allo stesso modo, Harry. E tu non devi più dirmi queste cose stravaganti. Non sai tutto di me. Penso che se lo sapessi anche tu mi volteresti le spalle. Ridi. Non ridere.»

«Perché hai smesso di suonare, Dorian? Rimettiti al piano e suona di nuovo quel notturno. Guarda la luna del colore del miele, sospesa nell'aria velata. Aspetta che tu la incanti e, se suoni, si farà più vicina alla terra. Non vuoi? Andiamo al club, allora. È stata una serata affascinante e dobbiamo finirla in modo affascinante. C'è una persona al White che desidera immensamente conoscerti: il giovane Lord Poole, il primogenito di Lord Bournemouth. Si è già messo a copiare le tue cravatte e mi ha pregato di presentarvi. È delizioso e ti assomiglia un poco.»

«Spero di no,» disse Dorian con un'espressione triste negli occhi. «Ma questa sera sono stanco, Harry. Non verrò al club. Sono quasi le undici e voglio andare a letto presto.»

«Fermati. Non hai mai suonato bene come questa sera. C'era qualcosa di meraviglioso nel tuo tocco. Sprigionava una forza come non avevo mai udito prima.»

«Perché ho intenzione di diventare buono,» rispose sorridendo. «Sono già un po' cambiato.»

«Per me non puoi cambiare, Dorian,» disse Lord Henry. «Tu e io resteremo sempre amici.»

«Sì, una volta mi hai avvelenato con un libro. Non dovrei perdonartelo. Harry, promettimi che non presterai mai più quel libro a nessuno. Può fare molto male.»

«Mio caro ragazzo, stai davvero cominciando a moraleggiare. Presto andrai in giro come i convertiti e i revivalisti a mettere in guardia la gente dai peccati di cui ora tu ti sei stancato. Sei troppo delizioso per farlo. E poi non serve a nulla. Tu e io siamo quello che siamo, e saremo quello che saremo. Quanto poi all'essere avvelenato da un libro, non parlarne neppure. L'arte non influenza le azioni. Annulla ogni volontà di azione. È superbamente sterile. I libri che il mondo definisce immorali mostrano solo al mondo la sua vergogna. Tutto qui. Ma ora non ci metteremo a parlare di letteratura. Passa da me domani mattina. Andrò a cavalcare alle undici. Possiamo andarci insieme. Poi ti porterò a pranzo da Lady Branksome. È una donna affascinante e vorrebbe sentire il tuo parere su alcuni arazzi che intende acquistare. Cerca di venire. O andremo piuttosto dalla nostra piccola duchessa? Continua a ripetere che non ti vede più. Forse ti sei stancato di Gladys? L'immaginavo. Quelle sue battute intelligenti danno proprio sui nervi. Bene, in ogni caso, passa da me alle undici.»

«Devo proprio venire, Harry?»

«Certo. Il parco è bellissimo, ora. Non penso ci sia stata una fioritura di lillà così bella dall'anno in cui ti ho conosciuto.»

«Benissimo. Ci vediamo alle undici,» disse Dorian. «Buona notte, Harry.» Quando giunse alla porta esitò per un istante, come se volesse dire ancora qualcosa. Poi sospirò e uscì.

20

Era una notte bellissima, così tiepida che Dorian gettò sul braccio il soprabito e non si avvolse neppure la sciarpa di seta intorno al collo. Mentre si dirigeva a casa, fumando una sigaretta, due giovani in abito da sera lo superarono. Sentì uno dei due sussurrare all'altro: «Quello è Dorian Gray.» Si ricordò di com'era lusingato quando lo additavano, lo fissavano o parlavano di lui. Ora invece era stanco di sentir ripetere il suo nome. Gran parte del fascino del piccolo villaggio, dove era stato così spesso ultimamente, risiedeva nel fatto che nessuno sapeva chi fosse. Spesso aveva detto alla ragazza che aveva indotto ad amarlo di essere povero e lei gli aveva creduto. Una volta le aveva detto di essere malvagio e lei aveva riso, replicando che i malvagi sono sempre vecchi e brutti. Come era bella la sua risata, simile al canto di un tordo. E come era graziosa nel suo vestito di cotone e con i grandi cappelli. Non sapeva nulla, ma aveva tutto ciò che lui aveva perduto.

Giunto a casa trovò il cameriere che lo stava aspettando. Lo mandò a letto e si gettò sul divano in biblioteca. Cominciò a riflettere su alcune delle cose che Lord Henry gli aveva detto.

Era proprio vero che non si poteva cambiare? Sentì un desiderio infinito per la purezza immacolata della sua fanciullezza: la sua fanciullezza bianca e rosata, come Lord Henry l'aveva definita. Sapeva di essersi macchiato, di aver profuso la corruzione nella mente, di aver colmato di orrori la fantasia; sapeva di avere avuto un'influenza nociva sugli altri e di aver provato una perfida gioia terribile nell'esercitarla. Sapeva che aveva condotto all'infamia le vite che avevano attraversato la sua, proprio le più belle, e le più ricche di promesse. Ma era irreparabile tutto questo? Non c'era più speranza per lui?

Ah! In quale mostruoso attimo di orgoglio e passione aveva pregato che il ritratto portasse il peso dei suoi giorni ed egli conservasse l'intatto splendore dell'eterna giovinezza! A ciò era dovuto ogni suo fallimento. Sarebbe stato meglio se ogni peccato da lui commesso avesse portato con sé una condanna rapida e sicura. Le punizioni purificano. Non: «perdona i nostri peccati», ma: «colpisci le nostre inique azioni» dovrebbe risuonare la preghiera dell'uomo a un Dio giusto.

Lo specchio stranamente intagliato che Lord Henry gli aveva donato molti anni prima era sul tavolo e, come un tempo, gli amorini dalle bianche membra sbalzati tutt'intorno ridevano. Lo prese in mano, come aveva fatto in quell'orribile notte, quando aveva notato per la prima volta il cambiamento nel quadro fatale e con occhi stravolti, offuscati dalle lacrime, aveva guardato nella sua liscia superficie. Una volta qualcuno che lo aveva amato terribilmente gli aveva scritto una folle lettera che terminava con queste parole idolatranti: «Il mondo è cambiato perché tu sei fatto d'avorio e d'oro. Le curve delle tue labbra riscrivono la storia.» Queste frasi gli ritornarono alla memoria ed egli le ripeté nel suo intimo. Quindi maledisse la propria bellezza e, gettato lo specchio sul pavimento, lo calpestò sotto i tacchi, riducendolo a schegge d'argento. La sua bellezza lo aveva rovinato, la bellezza e la giovinezza che aveva invocato. Se non fosse stato per queste due cose, la sua vita avrebbe potuto essere pura. La bellezza non era stata per lui che una maschera, la giovinezza una beffa. Che cos'era la giovinezza nel migliore dei casi? Un'età verde e acerba, un tempo di umori superficiali e di pensieri morbosi. Perché ne aveva indossato la livrea? La giovinezza lo aveva rovinato.

Era meglio non pensare al passato. Nulla poteva mutarlo. Ora doveva pensare a se stesso, al suo futuro. James Vane era sepolto in una tomba senza nome nel cimitero di Selby. Alan Campbell si era ucciso una notte con una pistola nel suo laboratorio, senza rivelare il segreto che gli era stato imposto. L'eccitazione per la scomparsa di Hallward si sarebbe presto esaurita. Stava già scemando. Non aveva nulla da temere a quel proposito. Né, in verità, era la morte di Basil Hallward che gli opprimeva la mente. Ciò che lo tormentava era la morte vivente della sua anima. Basil aveva dipinto il ritratto che gli aveva rovinato la vita. Non glielo poteva perdonare. La colpa era tutta del ritratto. Basil gli aveva detto cose insostenibili che tuttavia aveva sopportato con pazienza. L'assassinio era stato solo la follia di un momento. Per quanto riguardava Alan Campbell, poi, si era suicidato di sua volontà. Lui lo aveva scelto. La cosa non lo toccava affatto.

Una nuova vita! Era quello che voleva. E certamente l'aveva già iniziata. In ogni caso aveva risparmiato una creatura innocente. Non avrebbe mai più indotto l'innocenza in tentazione. Sarebbe stato buono.

Pensando a Hetty Merton, cominciò a chiedersi se il ritratto che aveva chiuso a chiave nella stanza era cambiato. Era ancora così terribile come in passato? Forse, mentre la sua vita si sarebbe purificata, sarebbe stato in grado di espellere dal volto ogni traccia di infamia. Forse quelle tracce erano già scomparse. Sarebbe salito a vedere.

Prese la lampada dal tavolo e scivolò di sopra. Mentre disserrava la porta, un sorriso di gioia gli balenò sul viso dall'aspetto stranamente giovane, e per un istante si soffermò sulle labbra. Sì, sarebbe stato buono e quella vergogna nascosta non l'avrebbe più terrorizzato. Gli sembrò che un peso gli fosse già caduto dalle spalle.

Entrò quietamente, chiudendosi la porta alle spalle come d'abitudine e strappò il drappo color porpora dal ritratto. Un grido di dolore e di indignazione gli uscì dalle labbra. Non c'era stato nessun cambiamento, a eccezione dello sguardo astuto negli occhi e dell'ipocrita piega ricurva intorno alle labbra. La cosa era ancora ripugnante – ancor più ripugnante, se possibile, di prima – mentre la rugiada scarlatta che gli macchiava la mano sembrava più splendente, più simile a sangue appena versato. Allora tremò. Per semplice vanità aveva compiuto la sua unica buona azione? Oppure era stato il desiderio di una nuova sensazione, come aveva accennato Lord Henry con la sua risata beffarda? O la passione di interpretare una parte che a volte ci fa compiere azioni migliori di noi? O forse ancora tutte queste cose insieme? E perché la macchia rossa era più grande di prima? Sembrava essersi insinuata come un orribile morbo tra le dita rugose. C'era del sangue anche sui piedi come se fosse colato, sangue anche sulla mano che non aveva impugnato il coltello. Confessare? Significava che doveva confessare? Consegnarsi ed essere messo a morte? Rise. Gli parve un'idea mostruosa. E poi, anche se avesse confessato, chi gli avrebbe creduto? Non c'era nessuna traccia dell'ucciso. Tutto ciò che gli era appartenuto era stato distrutto. Lui stesso aveva bruciato le cose rimaste al piano di sotto. La gente avrebbe detto che era semplicemente matto. Lo avrebbero rinchiuso in manicomio se avesse insistito... Eppure era suo dovere confessare, soffrire pubblicamente la sua vergogna, espiare davanti a tutti. C'era un Dio che esigeva dagli uomini che confessassero i loro peccati in terra così come in cielo. Nulla lo avrebbe mondato finché non avesse confessato il suo peccato. Il suo peccato? Si strinse nelle spalle. La morte di Basil Hallward gli sembrava di poca importanza. Pensava a Hetty Merton. Era uno specchio infedele questo specchio della sua anima che stava osservando? Vanità? Curiosità? Ipocrisia? C'erano altri motivi nella sua rinuncia? Sì, c'era stato dell'altro. Almeno così pensava. Ma chi poteva dirlo. No, non c'era stato nient'altro. L'aveva risparmiata per vanità. Per ipocrisia aveva indossato la maschera della bontà. Per curiosità aveva assaporato la rinuncia. Ora gli era chiaro.

Ma questo delitto... lo avrebbe perseguitato per tutta la vita? Lo avrebbe sempre oppresso il peso del suo passato? Doveva proprio confessare? Mai. Esisteva soltanto un piccolo indizio contro di lui. Il ritratto stesso: questa era la prova. Lo avrebbe distrutto. Perché lo aveva conservato così a lungo? Un tempo gli faceva piacere vederlo cambiare e invecchiare. Ma ora non aveva più provato questo piacere. Lo aveva tenuto sveglio di notte. Quando era assente era terrorizzato per il timore che altri potessero vederlo. Aveva portato malinconia nelle sue azioni. Il semplice ricordo gli aveva rovinato momenti di gioia. Aveva funzionato come una coscienza. Sì, era stato una coscienza. L'avrebbe distrutto.

Si guardò in giro e vide il coltello che aveva ucciso Basil Hallward. Lo aveva pulito molte volte finché non vi era rimasta più alcuna macchia. Era lucido e brillante. Aveva ucciso il pittore: ora avrebbe ucciso la sua opera con tutto ciò che essa significava. Avrebbe ucciso il passato e, quando questo fosse morto, sarebbe stato libero. Avrebbe ucciso questa mostruosa vita dell'anima e, senza i suoi insopportabili avvertimenti, sarebbe stato in pace. Afferrò il coltello e colpì la tela.

Si udì un grido e poi un fragore. Un grido di agonia così terribile che i domestici si svegliarono spaventati e uscirono dalle loro stanze. Due signori che passavano nella piazza sottostante si fermarono e guardarono in alto verso la grande casa. Si affrettarono finché incontrarono un poliziotto e lo condussero indietro. L'uomo suonò ripetutamente il campanello, ma non ci fu risposta. Tranne che per una finestra illuminata all'ultimo piano, la casa era immersa nel buio. Dopo poco se ne andò e si fermò a guardare da sotto un porticato vicino.

«Di chi è questa casa, sergente?» domandò il più anziano dei due gentiluomini.

«Del signor Gray, signore,» rispose il poliziotto.

I due uomini si guardarono, allontanandosi con aria di scherno. Uno dei due era lo zio di Sir Henry Ashton.

All'interno, nell'ala della casa usata alla servitù, i domestici mezzo vestiti parlavano tra di loro sussurrando. La vecchia signora Leaf piangeva e si torceva le mani. Francis era pallido come un morto.

Dopo circa un quarto d'ora prese con sé il cocchiere e uno degli uomini di fatica e salirono. Bussarono, ma non ci fu risposta. Chiamarono. Tutto era silenzioso. Infine, dopo aver tentato invano di forzare la porta, salirono sul tetto e si calarono sul balcone. Le finestre cedettero subito: le serrature erano vecchie.

Quando entrarono videro, appeso alla parete, uno splendido ritratto del loro padrone come l'avevano visto l'ultima volta, in tutto lo splendore della sua gioventù e squisita bellezza. Sul pavimento giaceva un uomo, in abito da sera, con un coltello nel cuore. Era morto. Il viso era appassito, rugoso, ripugnante. Solo dopo aver esaminato gli anelli lo riconobbero.

Indice

Oscar Wilde: la vita e le opere   5
Il peccato e la bellezza   8

Il ritratto di Dorian Gray
Prefazione   11

Finito di stampare nel mese di giugno 1996
dalle Grafiche BUSTI - Vago di Lavagno (VR)
per conto della Casa Editrice DEMETRA s.r.l.